오늘도 돈과 사람 때문에
지친 당신에게

사는게
참 내 맘 같지
않네

사는게 참 내 맘 같지 않네

초판인쇄	2020년 03월 09일
초판발행	2020년 03월 13일

지은이	서보경
발행인	조용재
펴낸곳	도서출판 북퀘이크
마케팅	이동호
IT 마케팅	북퀘이크 영업팀
디자인 디렉터	오종국 Design CREO

ADD	경기도 고양시 일산동구 백석2동 1301-2
	넥스빌오피스텔 704호
전화	031-925-5366~7
팩스	031-925-5368
이메일	yongjae1110@naver.com
등록번호	제2018-000111호
등록	2018년 06월 27일
ISBN	979-11-964289-6-9-03810

정가 15,800원

오늘도 돈과 사람 때문에
지친 당신에게

사는게 참 내 맘 같지 않네

서보경 지음

BOOKQUAKE

"오늘도 아무렇지 않은 척 지친 하루를
버텨내느라 당신 참 애썼다"

  일하다 보면 한 번씩 '아, 내가 이렇게까지 해야 되나' 싶은 날이 있다. 그런 날에는 창밖의 먼 허공을 바라보며 노을과 함께 사라지고 싶다는 생각이 들곤 한다. 누구나 한 번쯤 다 내려놓고 떠나고 싶다는 생각을 하지만 이내 현실이라는 녀석에게 발목이 잡히고 만다. 성인이 된 후 때론 하고 싶지 않은 일도 해야 했고, 하고 싶은 말도 삼켜야 했으며, 불편한 사람들을 맞춰줘야 했고, 듣고 싶지 않은 말도 버텨내야 했다. 그런데 이토록 힘겨운 하루를 견뎌냈음에도 이를 당연하게 여기는 사람들뿐 누구 하나 수고했다고 토닥여 주는 이가 없다.

  분명 사회생활을 막 시작했을 땐 퇴근만 하면 신나서 펄펄 날아다

넜는데 언제부턴가 몸도 마음도 천근만근 무거워져 버렸다. 사회 초년생일 땐 시키는 일만 하면 되었고 실수를 해도 커버해 줄 윗사람이 있었지만 시간이 흐를수록 역할과 책임이 더 무거워져 인생의 중압감에 짓눌려 힘들어도 핸들을 쉽게 틀수도, 멈출 수도 없어 쉬지 않고 달리고 있다. 당신의 이러한 혼란 속에 그리 대단하지도 똑똑하지도 않은 내가 감히 인생의 나침반은 되어줄 순 없지만 당신과 같은 마음에 서서 공감하여주고 응원하고자 집필을 시작하였다.

언젠가부터 우리는 하고 싶은 일보단 해야 하는 일에 집중하고, 좋아하는 공부보단 필요한 공부를, 마음의 안부가 아닌 용건이 있는 연락만을, 맹목적인 만남보단 목적이 있는 만남을, 진솔한 이야기보단 타인의 시선을 의식한 언행을 하며 점점 나다움을 잃어왔다. 자신의 마음을 들여다 볼 여유도 없이 쳇바퀴 같은 일상을 살아가며 겉에서 보기엔 멀쩡해 보이지만 내면 깊이 들여다보면 곪아있는 사람이 많다. 이렇게 곪아가면서도 인생의 무게를 감당하느라 힘들다는 내색도 못한 채 오늘도 아무렇지 않은 척 지친 하루를 버텨내느라 당신 참 애썼다

이 책을 읽기에 앞서 한 가지 오해가 없었으면 하는 것이 소제목에 자주 등장하는 '을'이란 표현이다. 나는 갑과 을로 사람을 분류하려고 한 것이 아니라, 이 책의 독자층이 단순히 직장인이 아닌 자신의 사업체를 끌어가는 오너도 포함되기에 직장인이란 단어 대신 '을'이라 표현한 것이니 너무 불편하게 생각하지 않길 바란다. 그간 나에게 참 많은 직장인들과 업체 대표들이 하소연해왔고 나는 그들의 귀한 에피소드를 담아 이 책을 완성시킬 수 있었다. 그들의 풍부한 인생 스토리가 나에게 깨달음을 주고 나를 저자로 만들어주었기에 그들에게 감사한 마음을 전하고 싶다.

2020년 1월 새 아침에...

저자 **서보경**

일러두기

이 책을 읽기에 앞서 한 가지 오해가 없었으면 하는 것이 소제목에 자주 등장하는 '을'이란 표현이다. 나는 갑과 을로 사람을 분류하려고 한 것이 아니라, 이 책의 독자층이 단순히 직장인이 아닌 자신의 사업체를 끌어가는 오너도 포함되기에 직장인이란 단어 대신 '을'이라 표현한 것이니 너무 불편하게 생각하지 않길 바란다.

01 | "삶이 힘들 때, 잠시 쉬어가고 싶을 때"

인생을 살아오며 예상치 못한 순간에 닥쳐온 사건 사고를 해결하는 동안 내 자신에게 고통을 주며 고뇌의 시간을 보내곤 하였다. 지나고 보니 깔끔하게 해결된 것은 없지만 어떻게든 그 시간은 지나갔다. 이 책은 그간 잊고 지냈던 나 자신을 발견하게 해준다.

세상 나 혼자라고 느낄 때, 삶이 힘들 때, 잠시 쉬어가고 싶을 때 당신의 친구이자 안식처가 되어줄 것이다.

하이트진로음료 이달원 팀장

02 | "모두 공감하며 따뜻한 친구가 될 수 있음에"

우리는 원하든, 원치 않든 멀티플레이어로서 세상을 살아가게 된다. 특히 취업, 결혼을 하고, 아이가 태어나면 우린 직장인, 남편과 아내, 부모의 역할이 더해진다. 어느 날 무게감에 지쳐있는 나를 발견하게 되고 힐링과 위로를 갈망하게 된다. 이 책은 온전히 나를 생각하게 해주며 마음에 난 작은 상처들을 치료해 주는 빨간약과 같다. 이제 막 취업을 한 20대부터 사회생활에 정점에 있는 50대까지 모두 공감하며 따뜻한 친구가 될 수 있음에 이 책을 추천한다.

국순당 차영화 차장

03 | "이 책에 빠져들면 자연스럽게 재충전 될 것"

전엔 회사 일로 힘들 때면 연인에게 괜한 화풀이를 하고, 동료들과 늦은 밤 술을 기울이며 신세를 한탄하기도 했지만, 어느 순간부턴 너무 지쳐 아무것도 하고 싶지 않았다.

그런 날이면 집에서 조용히 앉아 혼자만의 시간을 보내곤 했는데 이 책은 누구나 살면서 한번쯤 경험하고 고민해 보았을 법한 이야기로 독자의 마음을 공감해주고 안아준다.

혼술 하고 싶은 날 맥주 한잔 하며 이 책에 빠져들면 자연스럽게 재충전 될 것이다.

삼성바이오로직스 **이민주**

04 | "직장인의 마음을 대변해 주는 사이다 같은 책"

나는 직장 생활 7년차인 직장인이다. 그동안 정말 다양한 사람들을 만나왔음에도 여전히 소통이 어려울 때가 있다. 이 책은 상하간의 입장 차이와 중간자가 겪는 고충을 다른 각도에서 담백하게 해석하여 인간관계로 지친 마음을 달래준다.

이 책은 사람 때문에 힘 빠지는 직장인의 마음을 대변해 주는 사이다 같은 책이라 확신한다.

현대중공업 **김수헌** 대리

Contents | **차례**

Chapter

01

오늘도 힘들었던
을에게

66

우리의 삶이
사계절의 연속인 것처럼
시련 또한
지극히 정상적인 하나의
계절일 뿐이다.

99

01

일과의 권태기가
찾아올 때

———

　예전엔 나만 그런 줄 알았다. 단순히 내 감정기복과 끈기가 약해서 한 번씩 거세게 퇴사욕구가 몰려오는 것이라 생각했다. 그런데 직장인들의 이야기를 들어보니 모두들 한번쯤 퇴사앓이를 한 경험이 있으며 그 중 많은 이들이 주기적으로 퇴사준비생이 되어보곤 한다고 했다. 나는 그 시기가 되면 마치 권태기에 접어든 연인마냥 직장 내 모든 지시 사항에 불평불만이 가득 차오르며 평소에도 갑을 썩 좋아하지 않았지만 이때는 갑의 웃음소리조차 거슬린다. 게다가 업무 집중력도 확연히 떨어지고 '내가 여기서 뭐하고 있나' 하는 회의감이 몰려오며 자꾸 딴 생각을 하게 된다. 이는 비단 직장뿐만이 아니다. 자기 사업인데도 정말 더럽게 때려치우고 싶은 시기가 있다. 사업자도 '나 업종을 바꿔야 하나?', '나는 사업가 자질이 없는 것은 아닐까' 하는 막연한 두려움이 머릿속을 가득 메우지만 뾰족한 묘수는 떠오르지 않는다. 나는 그간 몇 차례 내가 하는 일에 대한 권태기를 겪으며 깨달은 바가 있다.

　아무리 좋아하는 인연도 단점이 부각되어 보이는 시기가 있듯 사람마다 주기의 차이는 있지만 어떤 일을 하든 단점이 더 크게 보이는 시기가 올 수 있다는 것이다. 그렇다면 좋아하는 일을 하면 그런 시기가 안 오지 않을까? 물론 그런 사람도 있겠지만 나는 그렇게 천직이라 자부하며 죽고 못 살던 강의를 하면서도 방황을 하던 시기가 있었다. 이는 일종의 발작과도 같은데 사람마다 발작 기간이 달라서 한두 달 안에 마음을 다시 다잡는 사람도 있지만 나 같은 경우 최대 6개월 동안 발작이 지속된 적도 있다. 물론 그 시기를 이겨내지 못하고 무너진 적도 있지만 꾸역꾸역 버텨내며 한 가지 깨달은 건 그 당시에는 마치 그 순간이 영원할 것 같았지만 시린 겨울은 때가되면 자연스럽게 지나가고 또 언제 그랬냐는 듯 봄이 찾아온다는 것이다. 그러니 이러한 시기가 찾아오면 반드시 지나갈 것이라는 것을 인지하고 생각을 단순화시키는 것이 중요하다. 권태기 때 생각이 많아지면 자꾸 부정적인 생각이 꼬리의 꼬리를 물고 늘어져 더욱 암울하게 만들기 쉽지만 나에게는 아주 심플하게 현실적으로 권태기를 잠재우는 요령이 있다.

먼저 자기 자신에게 "일을 해야 하는가? 안 해도 되는가?" 라고 질문을 던져보아라.

그럼 여러 가지 답변들이 나올 것이다.

'당장 일을 안 하는 것보단 일을 하는 것이 나으니까'

'당장 여기보다 더 좋은 조건에서 일할 수 없으니까'

'매달 나가야되는 카드 값이 있으니까'

와 같은 아주 현실적인 울림을 들을 수 있을 것이다. 우리가 힘들어도 참고 일하는 이유가 반드시 거창한 비전과 목표 때문이 아니다. 해야 되니까 하는 것이며 버텨야 되니까 참는 것이다. 물론 일할 때 비전을 가지고 자신을 성장시키는 과정으로 생각하면 너무나 좋겠지만 일터를 꿈터로 생각하는 사람이 얼마나 될까? 안타깝게도 일터에서 매일 성취감을 느끼며 즐겁기만 한 사람은 그리 많지 않다. 월말만 되면 실적 압박 때문에 출근하기 싫은 직장인, 진상 고객한테 시달려 매일 정신이 반쯤 나가 퇴근하는 서비스업 종사자 그밖에도 불편한 사람들과 업무 스트레스까지 있다 보니 하루에 열두 번도 더 그만두고 싶은 마음은 지극히 당연한 현상이다. 그러니 부디 부정적인 생각 하나에만 꽂혀 그 생각만 하며 자신을 바닥으로 끌어내리지 않길 바란다. 다들 그렇게 엎치락덮치락하며 권태기로부터 연명해 나간다. 어차피 당신은 다른 일을 했어도 권태기는 찾아왔을 것이기에 자신의 선택을 후회할 필요도 없다. '언젠간 지나가겠지'하고 단순하게 생각하고 퇴근 후 워라벨을 즐기며 무덤덤하게 보내다보면 자연스럽게 권태기는 지나갈 것이다.

02

당신을 참아내는
을도 있다

———

매일 고단한 일상을 살아가는 당신이지만 주위를 둘러보면 당신보다 더 어려운 상황에서 고군분투하는 사람들이 보일 것이다. 영업하며 온갖 갑질을 당하는 친구A, 직장을 잃고 카드빚에 허덕이는 동창B, 대표님한테 매일 탈탈 털리는 상사C, 욱해서 사직서 던지고 나와 일자리 알아보는 지인D, 사업하다 부도난 선배E, 당신에게 매번 깨지는 주임F까지……. 이들은 오히려 당신을 부러워할 수도 있다. 나는 예전에 지인들과의 모임 자리에서 요즘 힘들다고 하소연한 적이 있는데 그 말을 하고 나서 부끄러웠던 기억이 있다. 친구들이 한 명씩 돌아가며 자신의 고초를 털어놓았는데 그중 나의 삶의 무게가 가장 가볍게 느껴졌던 것이다. 놀라웠던 건 그 친구들 모두 겉으로 보기에는 너무나 여유 있고 화려해 보였지만 실상은 그렇지 않았다. 시집 잘 간 줄 알았던 친구는 남편이 직장 그만두고 두 달째 집에 있다고 하였고 한 친구는 회사 형편이 안 좋아 위태위태하게 연명하고 있다고 하였으며 다른 한 친구는 시댁 때문에 이혼하고 싶다고 하였다. 나는 당시 고작 협력업체와 직장 상사 때문에 괴로운 정도였다면 이들은 그야말로 삶과 전쟁을 치르고 있었다.

얼마 전에 지인과 통화하며 내가 근래에 몸이 안 좋아 우울했었다는 이야기를 하려고 했는데 지인은 며칠 전 빗길에 고속도로에서 교통사고가 크게 나서 차가 3바퀴 반을 돌았고 차 수리비만 삼천만원이 넘게 나왔다고 하였다. 그 순간 내 고통은 그에 비하면 새 발의 피의 혈소판 수준이라 느껴져 하려던 이야기는 입 밖으로 꺼낼 수 없었다. 우리가 힘들 땐 당장에 힘든 자신만 보이겠지만 주위를 둘러보면 훨씬 더 큰 고충을 감내하고 있거나 당신을 갑이라 여기는 을도 있을 것이다. 당신이 갑에게 멘탈이 탈탈 털리고 나면 누군가는 당신의 분노까지 합쳐진 화를 당하고 있을 수 있다. 여기서 언급한 '화'는 대놓고 윽박지르며 화를 전가한다는 말이 아니다. 물론 윗사람에게 탈탈 털리고 후배 대리에게 작은 일에도 쉽게 짜증을 내는 사람도 있지만 요즘은 화를 내색하지 않으려하는 사람이 많다. 그런데 문제는 자신은 화를 내색하고 있지 않아도 타인은 당신의 기류만으로 짓눌릴 수 있다는 것이다.

예전 직장에서 매주 주간 회의 때마다 회의실이 떠나가라 소리를 질러대던 상사가 있었는데 그 회의가 끝나고 나면 사무실 전체가 분위기 싸해져 회의에 참석하지 않았던 직원조차도 종일 수눅 들어 눈치를 보곤 했다. 당신이 굳이 언성을 높이고 짜증을 내지 않아도 자신도 모르게 표정이 어두워져있거나 주위에 부정적인 에너지를 풍기기 쉽다. 그래서 나는 상사에게 결재 받으러 갈 때면 그들의 상태를 먼저 확인하곤 했다.

"오늘 부장님에게 심란한 기류가 흐르는데? 급한 건 아니니 결재는 내일 받아야지"

괜히 상사가 기분 안 좋을 때 결제 받으러 갔다가 나에게 화를 드러내지 않았지만 납득도 안 되는 꼬투리에 시달리며 보고서를 수차례 퇴자 맞은 이후론 '보고는 타이밍' 이란 결론을 얻었기 때문이다. 당신이 영업하느라 멘탈이 탈탈 털렸다면 당신 아랫사람들은 멘탈이 붕괴된 당신과 일하느라 알게 모르게 눈치도 많이 보고 스트레스 받을 것이다. 당신이 아무리 참는다고 해도 분노의 에너지는 오묘하게 퍼져나간다. 나름 감정컨트롤을 한다고 해도 이렇게 영향을 끼치는데 여기서 감정상태가 언어를 통해 입 밖으로 드러나기까지 하면 당신의 을은 죽어난다. 당신의 분노는 곧 대리에게 전가 될 것이고, 그 짜증을 받은 대리는 주임에게, 주임은 인턴에게 분노가 이전되어 당신의 화는 결국 가장 취약한 을에게 전달되는 것이다. 이는 명백한 분노의 사슬이다. 생각하는 것보다 감정의 파장은 더 넓게 퍼져나가 당신의 최종 분노를 받는 사람은 당신의 가족이 될 수도 있고 당신의 기류에 짓눌린 누군가의 가족이 될 수도 있다.

　사람은 대개 자신의 입장을 기준으로 생각하기 때문에 타인으로부터 힘든 자신에게 집중하느라 당신 때문에 힘든 또 다른 누군가를 생각하기란 쉽지 않다. 이는 당신이 이기적이라는 말이 아니라 너무나 당연한 것이다. 내가 아파서 때굴때굴 구르고 있는데 타인의 고통이 먼저 눈에 들어오는 것이 오히려 더 이상하지 않은가. 여기서 중요한건 가정에서든 사회에서든 당신의 을은 존재할 수 있으며 그들은 당신의 분노까지 가슴에 담고 살아간다는 점이다.

　당신이 아무리 힘들어도 당신보다 열 곱절은 더 힘들게 살아가는 을이 많다는 것을…….

　그들도 다 견뎌내며 산다는 것을 잊지 않길 바란다.

03

누가 시련을 극복하라
했던가?

———

　인생을 살다보면 소리 소문 없이 시련이 찾아오곤 한다. 예고도 없이 찾아온 시련이라는 불청객은 단기간에 내 인생을 송두리째 흔들어 놓고 홀연히 떠나버린다. 생각보다 많은 사람들이 모질게 찾아온 시련에 한번쯤 크게 휘청인다. 내 지인들만 봐도 매년 시련 덩어리와 씨름을 하며 살고 있다. 사업하다 소송에 휘말려 고생하고 있는 선배, 마흔밖에 안됐는데 척추에 문제가 생겨 반년이상 휴직중인 전 직장상사, 결혼할 거라 굳게 믿고 있었던 연인에게 배신당한 동창, 어머니께서 갑자기 쓰러지셔서 수심이 가득한 친구, 곧 직장을 구할 줄 알고 사표 썼는데 일 년 넘게 방황하고 있는 후배까지……. 이처럼 우리의 삶은 늘 크고 작은 시련의 연속이다. 빗겨갈 수 있으면 참 좋겠지만 시련은 늘 의도치 않은 시기에 생각지도 못한 형태로 불쑥 나타나 심장을 철렁 내려앉게 한다. 우리가 위기에 놓였을 때 드라마처럼 상황이 대역전되는 기적은 현실에선 일어나기 힘들다. 현실에서는 죽어라 있는 힘껏 막아보아도 결국엔 몰려오는 파도에 휩쓸리고 만다. 이렇듯 모두가 시련의 아픔을 공감하며 방법을 찾지만 그간의 경험을 통해 내가 내린 시련의 정의는 '시련은 극복하는 것이 아니다'였다. 물론 위인전이나 유명인의 자서전을 보면 위기를 기회로 삼아 시련을 멋지게 극복한 스토리를 접할 수 있지만 위인전에 나올 법한 인물이 몇이나 되겠는가. 그저 하루하루 겨우 버티고 있는 생계형 을에겐 뜬구름 같은 이야기로 보일 수 있다. 혹시 나만 이렇게 생각하는 건 아닐까 싶어 작년 연말 모임에서 지인들에게 시련을 어떻게 극복하고 있는지 물어보았는데 친구가 내 질문에 반문을 하며 "시련이 극복이 되는 거야? 금수저나 극복하겠지... 우리 같은 일반 수저들은 그냥 버티기지"라고 대답하였고 그 자리에 있던 모두가 격하게 공감했다.

내가 개인 방송을 시작하고 구독자가 크게 늘지 않자 친한 언니에게 "접을까요?"라고 물어본 적이 있다. 보통 이런 질문하면 "그래, 때려치워~"라고 이야기하는 사람은 거의 없다. 대체로 "아냐, 좋은날도 올 거야", "잘하고 있어"와 같은 희망적인 이야기를 해주는데 이 언니는 통쾌하게 "원래 인생은 버티기 싸움이야. 버티는 사람이 이기는 거야."라고 응원해 주었다. 박진영씨 노래 중에 "강한 자가 오래 가는 게 아냐. 오래 가는 자가 강한 자란 말야"라는 가사가 있다. 많은 이들이 공감하는 이 가사에는 잘하는 것보다 잘 버티는 자가 진정한 강한자라는 의미가 담겨있다. 시련도 이와 같은 맥락이다. 사람마다 시련의 크기는 제각각이지만 중요한건 시련의 형태가 아니라 버티는 힘에 달려있는 것이다. 실연당한 사람들이 죽어라 운동하고 일에 더 몰두하는 것 역시 시간을 버텨내기 위함이다. 인생경험이 더 풍부하다고 마음의 그릇이 더 커졌다고 모든 시련을 가뿐히 담아낼 수 있는 것은 아니다. 당신의 내공이 강해진 만큼 시련의 강도도 세어지기에 시련 앞에 한없이 작아지는 자신을 비관하는 대신 이만한 강도의 시련과 부딪힐 정도로 커진 자신의 그릇을 기특해 하면 된다. 우리의 삶이 사계절의 연속인 것처럼 시련 또한 지극히 정상적인 하나의 계절일 뿐이다. 아무리 겨울을 벗어나려 발버둥 쳐도 갑자기 한여름이 되지 않는다. 그저 이 추위가 지나갈 때까지 내복을 입고, 핫팩을 붙이고, 난방을 틀며 이 시린 겨울을 견뎌낼 뿐이다. 시련은 극복하는 것이 아니라 괜찮아지는 날까지 버텨내는 것임을 인지하고 묵묵하게 시련을 대처하는 자세가 필요하다.

04

인생의 그린라이트
'고민'을 즐겨라

———

나는 몇 해 전부터 가까운 지인들로부터 유튜브를 하라는 제안을 몇 차례 받았는데 계속 한귀로 흘려오다 2018년 9월 한 지인의 강력한 설득에 고민하기 시작하였다. 몇 번이고 망설이다 슬쩍 한번 질러본 시작이 내 삶의 전환점이 되었다. 유튜브를 시작한지 며칠 안 되었을 때 난생 처음 북 콘서트 MC제의를 받았고 그로부터 한 달 뒤에는 출판사로부터 출간 의뢰를 받게 되었다. 나에게 새로운 기회를 주신 이 두 분은 모두 내 영상을 시청하신 뒤 연락을 주신 것이다. 그런데 이러한 좋은 기회는 나에게 또 다른 고민을 안겨다 주었다.

"이일에 경험이 전무한 내가 과연 할 수 있을까?"라는 생각이 내 발목을 잡았지만, 치열한 고민 끝은 늘 새로운 기회와 연결되어 있었다. 예전에 이직을 고민할 때도 매번 심각한 고민 끝에 결정을 내렸고 때론 그 선택이 나를 고난의 길로 인도할 때도 있었지만 결과적으론 긍정적인 성장통이 되었다. 우리는 살면서 끊임없이 그고 작은 고민을 하며 살아간다.

얼마 전에 만난 친구가 "요즘 고민돼 죽겠어. 이번에 입사 지원한 A 사와 B사 전부 1차 서류 심사에서 합격했는데 하필 면접일이 같은 날 비슷한 시간대라……." 왜 하필 그날이라며 억울해 죽겠다는 친구에게 나는 이렇게 얘기했다. "둘 다 붙었다는 건 선택권이 너에게 있는 거네, 너무 잘됐다! 어떤 선택이든 너한테는 좋은 기회가 될 거야" 이처럼 양손에 행복한 고민을 쥐고 괴로워하는 이도 있는 반면 고민을 굉장히 긍정적으로 풀어내는 긍정 해석형도 있다.

한 친구가 나에게 말했다.

"나 양손에 떡을 쥐었다?"

"무슨 떡?"

"나 전부터 김선배네 회사 들어가고 싶었다고 했잖아. 김선배가 어제 마케팅 팀원 인력충원이 필요하다고 나보고 왔으면 좋겠다고 하네? 그런데 지금 직장에서도 나 곧 승진을 앞두고 있고, 연봉도 꽤 올라갈 텐데 고민이야."라고 하며 양사의 비전을 쭉 늘어놓는 것이다.

"내가 김선배 회사에 들어가면 승진이 빠를 것 같아. 팀장 직이 공석인데 외부에서 팀장을 충원할 생각이 없다고 하더라고. 회사 복지도 잘되어 있고 내가 신나게 역량을 펼치기 좋은 환경이야. 반면에 지금 회사는 오너 마인드도 좋은데다가 이번에 승진 가능성이 높고 이미 회사 내부 시스템도 너무 잘 알고 있고"라며 선택의 기로를 즐기고 있었다. 이와 같은 상황에서도 "좋은 제안이긴 한데 회사가 멀고, 그 회사 시스템도 잘 모르고, 새로 다시 적응해야 되는데 시간도 걸릴 거고, 지금 회사는 승진을 앞두고 있지만 회사 복지가 안 좋고, 박 부장이 나랑 안 맞긴 하지"하며 부정적인 요소만 늘어놓으며 괴로워하는 사람도 있다.

내 친구가 선택의 갈림길에서 긍정적으로 고민할 수 있었던 건 선택 후 자신에게 다가올 미래의 긍정적인 에너지를 미리 당겨와 썼기 때문이다. 우리는 모두 지금 보다 더 나은 삶을 살기 위해 고민한다. 자신이 더 행복해지고 싶기 때문에 "이 사람과 헤어질까?"와 같은 고민을 하는 것이다. 만약 지금이 너무 행복하다면 이런 고민을 애초에 하지도 않았을 것이다. 우리가 자주하는 진로에 대한 고민, 더 많은 돈을 벌기 위한 고민, 더 잘하기 위한 고민 역시 '더 잘 살기 위해' 하는 것이다. 그러니 고민이 시작되었다는 것은 굉장히 긍정적인 신호이다. 보통 우리는 무언가를 결정하고자 하는 변화의 시점에서 고민이 집중된다.

이 때 왜 당신이 그런 고민을 하게 되었는지 명확하게 이해하는 것이 중요하다. 많은 사람들이 선택하기에 앞서 고민을 하지만 왜 그런 고민을 하게 되었는지 자신을 잘 이해하지 못하는 경우가 많다.

'어디로 이직하면 좋을까?' 이전에 '내가 왜 이직을 하려고 하는 것인가?'

'이 사람과 헤어질까, 말까?' 이전에 '내가 왜 이별을 고민하는가?'에 대해 원인을 쭉 나열해 나가다보면 아주 솔직한 마음의 소리를 들을 수 있을 것이다. 당신의 깊은 내면의 울림 속에 가장 현명한 해답의 실마리가 숨겨져 있을 것이다. 세상에 불행해지고 싶어서 고민하는 사람은 없다. 우리가 고민을 하는 건 더 나은 내일을 꿈꾸기 때문이며 새로운 기회는 늘 고민의 끝에 붙어 있다는 것을 기억하자.

05

너무 눈치 보지 말 것

―――

　일하다보면 갑으로부터 정말 난감한 요청을 받을 때가 있다. 그 중 내가 가장 난감해하는 갑의 요청은 보통 누군가를 곤란하게 만드는 일이었다. 갑이 급하다는 이유로 뻔히 업체 상황을 잘 알면서도 무리하게 일정을 당겨야 한다던가 이미 수차례 협상이 진행되어 더 이상 여유가 없다는 것을 알면서도 더 쥐어짜야 할 때도 있으며 계약 조항 외의 사항도 지속적으로 요청해야 하는 등 갑(甲)은 을(乙)인 나를 통해 병(丙)의 목을 조르곤 한다. 매번 중간에서 난감할 때가 한두 번이 아니지만 돈을 받는 입장에선 거절할 수도 없어 밤잠을 못 이루며 고민하다 결국 강행하게 된다. 그렇게 밀어붙였다가 거래처로부터 욕을 바가지로 먹으며 물어뜯기는 일을 감당하는 것 역시 나의 몫이다. 그런데 갑(甲)의 무리한 요청보다 더 힘든 건 나름 최선을 다했지만 갑의 요청대로 진행이 어려운 상황을 이해시키는 일이다. 아무리 내가 이리 뛰고 저리 뛰어도 어쩔 수 없는 상황이 따르기 마련이다. 나는 그럴 때 죄인이 된 것 같이 주눅들며 스스로가 참 무능력한 존재로 느껴지곤 하였다. 설령 내가 이런 생각을 갖지 않는다고 해도 갑이 나를 바라보는 시선이 참 힘들었던 것 같다. 그렇게 혼자 눈치 보며 말도 못한 채 끙끙 앓던 시절이 있었는데 작은 생각의 변화가 나를 그 불편한 사슬로부터 벗어나게 해주었다. 예전에 김제동의 토크 콘서트에서 고백을 망설이는 사람에게 "당신은 당신이 할 것을 하면 됩니다."라는 조언을 해준 적이 있다. "고백하는 건 내 자유(나의 몫), 거절하는 건 네 자유(상대방의 몫)" 이 말을 일할 때 대입하니 마음이 한결 가벼워졌다. 지금은 갑이 불편한 요청을 해올 때면 "난감한 요청을 하는 건 갑의 업무, 그 요청에 최선을 다하는 건 내 업무" 최선을 다했지만 갑에게 불편한 결과를 전달해야 할 때도

"결과를 전달하는 것은 내 의무, 받아들이는 것은 갑의 업무"라고 생각하였다. 지금은 이미 내 손을 벗어난 상황(어쩔 수 없는 일)에 지나친 책임감을 부여하며 내 자신을 괴롭히지 않고 있다. 당신이 최선을 다했음에도 어쩔 수 없는 불가항력의 상황이 따라오기 마련이며 머리를 쥐어뜯으며 괴로워해도 크게 달라질 것은 없다. 갑의 입장에선 일이 원하는 대로 안 풀려 분노가 치밀 순 있어도 이는 당신이 어찌할 수 없는 것이다. 아마 당신이 가져다준 결과로 인해 회사가 송두리째 흔들리진 않을 테니 너무 주눅 들지 말자. 만약 회사의 운명이 좌지우지 될 만한 사안이었다면 애초에 당신에게 맡기지도 않았을 것이다. 원래 사람이 하는 일이란 것이 늘 원하는 방향으로만 흘러가지만은 않는다는 것을 당신의 갑도 잘 알고 있을 것이다. 그러니

갑이 원하는 결과가 나오지 않았다고 해서 당신이 무능력하거나 애쓰지 않은 것이 아니다. 우리는 매일 생각지 못한 변수들과 고군분투하며 해결해 나가는 아주 중요한 역할을 하는 사람이다. 그러니 당신은 자부심을 가지고 일하기에 충분하며 당신이 할 수 있는 최선을 다한 뒤에는 너무 죄책감을 갖지 않기를 바란다. 그간 당신은 충분히 애썼다. 지금까지 잘해왔고 지금도 잘하고 있고 앞으로도 잘할 거라 믿어 의심치 않는다. 그러니 스스로를 자꾸 병, 정으로 낮추지 말고 어깨에 힘을 주고 당당해지길 바란다.

06

한계를 뛰어넘는 힘은
어디서 오는가?

———

매일 퇴근 후 특별한 일정이 없으면 배드민턴을 치러가는 친구가 있다. 그는 하루하루의 스트레스를 배드민턴으로 푸는 워라벨의 삶을 살고 있는 직장인이다. 그런데 배드민턴을 시작한 지 일 년이 넘었을 때쯤 요즘은 통 재미가 없다며 하소연을 하였다. 왜 그런지 물어보니 처음에 막 시작하였을 땐 매달 자신이 성장하는 것이 느껴져서 재밌었는데 실력이 어느 정도 올라오다가 근래에는 계속 제자리 걸음을 하는 것 같아 흥미가 떨어졌다고 하였다. 나 역시 처음에 무언가를 배우면 신나다 못해 거의 미쳐 있곤 한다. 그러다 어느 순간 더 이상 늘지 않고 몇 달째 쳇바퀴 도는 것 같은 기분이 들면 서서히 포기할 준비를 한다. 주위에 사업하는 지인 중에 자신은 사업가 체질이 아닌 것 같다고 하소연하는 분이 계셨다. 이미 대박을 경험하신 분이 그렇게 말씀하시니 의아해서 이유를 여쭈어 보았다. 내막을 들어보니 근래 계속 침체기를 겪어(여기서 말하는 침체기란 큰 적자를 이야기하는 것이 아니라 예전처럼 흑자폭이 크지 않다는 것이다.) 의욕이 떨어져 자신의 자질을 자꾸 의심하게 된다는 것이다. 누구나 한 번쯤 '이렇게 쉬지 않고 달려왔는데 왜 내가 아직도 여기에 있는 거지?', '나 요즘 왜 이렇게 안 되지? 이 길이 내 길이 아닌가?' 하는 회의감이 몰려올 때가 있을 것이다. 특히 죽어라 노력해도 목표치 근처는커녕 여전히 시작점에서 맴돌고 있는 것 같이 느껴지면 힘이 빠질 수밖에 없다. 하물며 하기 싫은 일을 하더라도 매달 들어오는 급여 덕에 성취감이 있을 판에 성취감은커녕 매일 회의감에 젖어 들다 보면 이내 슬럼프에 빠지곤 한다. 그럴 때 나는 등산의 원리 속에서 슬럼프에 대한 해답을 찾는다. 당신은 등산할 때 언제가 가장 에너지 넘치는가? 일반적으론 입산할 때 "오늘 정상을 정복한다!"고 하며 가장 파이팅 넘친다. 그렇다면 당신은 등산 중 언제가 가장 힘들다고 느끼는가? 아마도 많은 이들이 정상에 가까워질수록 숨이 턱턱 차오르며 한걸음이 1km같이 느껴질 것이다. 나는 분명 걷고 있는데 몸이 안 나가지는 듯한 느낌, 뒤에서 누가 쭉 잡아당기고 있는 듯한 느낌을 받을 때가 있다. 내 감각에만 의존하면 나는 뒤로 가고 있는 것처럼 느껴지지만 누가 봐도 나는 한 걸음 한 걸음 앞으로 나아가는 중이다. 2009년 남동생과 함께 한겨울에 아이젠을 착용하고 한라산을 등반한 적이 있다. 처음에는 설산이 너무 아름다워 수십 장의 사진을 찍으며 으싸으싸하고 올라가다 대피소에서 컵라면에 김밥을 먹고 난 뒤 다리에 힘이 완전히 풀려버렸다. 다시 일어나 얼마 남지 않은 정상을 향해 움직이려니 태풍급 바람에 몸을 가누기도 힘들고 눈보라가 얼굴을 때려 눈이 잘 떠지지도 않는다며 결국 7km가 넘는 거리를 등반하고 마지막 2.3km를 버티지 못한 채 하산하고 말았다. 나는 이날의 경험을 통해 슬럼프의 유입경로를 알 수 있었다. 그동안 슬럼프는 외부의 사건으로부터 유입되는 것이라고 생각했었는데 깊이 들여다보니 나의 의지박약으로부터 시작된 것이었다. 태풍급 바람, 눈보라는 명백한 나의 합리화였다. 나는 분명 정상까지 얼마 남지 않았다는 것을 알면서도 그 순간 자신과의 싸움에서 이기지 못하고 포기한 것이다. 누구 하나 나에게 하산하라고 등 떠민 것도 아니었고 그렇다고 기상악화로 길이 통제된 것도 아니었다. 이렇듯 나는 매번 제자리걸음을 하는 듯한 시기가 오면 안 되는 이유만 늘어놓으며 잠재되어 있던 슬럼프를 깨워내기 바빴다. 내가 만약 의지가 강했더라면 이는 제자리걸음을 가장한 전진임을 자각하고 한 걸음 한 걸음 힘겹게 나아갔을 것이다. 근래에 지난번 배드민턴 슬럼프에 빠졌던 친구로부터 반가운 연락을 받았다. 중간에 포기하고 하산했던 나와는 달리 그 친구는 요즘 한계를 뛰어넘어 날아다닌다는 자랑을 늘어놓았다. 그 이야기를 듣고 "이야, 멋진데? 비결이 뭐야?"라고 묻자 생각보다 단순한 대답에 놀랐다. 더 솔직히 말하면 별거 없었다. 그냥 여느 때처럼 퇴근 후 배드민턴을 치러 간 것이 전부였다. 그는 특별히 레슨을 받거나 더 잘하려고 피땀을 흘리며 노력을 한 것이 아니었다. 많은 사람이 한계에 부딪혔을 때 초인적인 에너지와 대단한 능력이 한계를 뛰어넘게 하는 것이라 생각하지만 사실 제자리걸음인 듯한 그 답답한 시기를 꾸준히 끌고 가는 힘으로 한계를 뛰어넘는 것이다. 우리가 살다 보면 한 발짝도 내 뜻대로 나아가기 힘든 막막한 시기를 겪을 때가 있다. 그럴 때 자신이 안 되는 이유를 합리화시켜 잠들어 있는 슬럼프를 깨우는 대신 "아, 이제 거의 다 왔구나." 하며 손뼉 치며 기뻐하라. 당신이 거의 다 왔기 때문에 한걸음 한걸음이 무겁고 지치는 것이다.

지친 몸과 마음을 토닥이며 힘겹게 한 걸음씩 떼나 가다 보면 당신도 모르는 사이 이미 그 한계를 뛰어넘은 자신과 만나게 될 것이다. 우리 머리는 제 자리 걸음으로 인지하겠지만 우리 몸은 조금씩 나아가고 있는 중이다. 지친 몸을 이끌고 힘겹게 한 걸음씩 떼어 나가다 보면 당신도 모르는 사이 이미 그 한계를 뛰어넘은 자신과 만나게 될 것이다.

07

어느 날 갑자기 삶의
비수기가 찾아왔다면

어느 날 문득 인생에 비수기가 찾아올 때가 있다. 그럴 때면 자존감이 급격히 떨어지며 우울한 감정이 몰려오곤 한다. 비수기 때 나를 가장 힘들게 했던 건 바로 불안감이었다. 지인들은 너무 열심히 잘 살고 있는데 나만 도태되는 것 같은 기분. 겪어보니 불안감은 참 무서운 감정이었다. 그 감정은 매일 밤잠을 뒤척이게 했으며 어느 곳 하나 집중할 수 없게 만들었다. 그렇게 두려움에 떨던 내가 비수기를 재해석하면서부터 비수기를 더 이상 부정적으로 바라보지 않게 되었다. 인생에 비수기가 찾아왔다고 느낀다는 건 성수기를 경험해 보았다는 반증이다. 내가 지금 냉탕에 있다고 인지하는 것은 온탕을 경험해 보았기 때문에 가능한 것이다. 만약 당신이 평생 냉탕에만 있었다면 그 차갑기만한 냉탕만을 느끼며 살아왔기에 평생 온탕의 맛을 모르고 살아갈 가능성이 높다. 즉 여름을 경험해 본 자만이 겨울이 왔음을 알아차릴 수 있는 법이다. 당신이 성수기를 경험하였기 때문에, 꼭 성수기까지는 아니더라도 적어도 지금보다 나은 생활을 경험해 보았기 때문에 어느 날 문득 찾아온 비수기에 두려움

을 느끼는 것이다. 그런데 주위를 보면 매년 주기적으로 비수기를 겪는 사람이 많다. 맥주 회사는 매년 겨울이 비수기이지만 핫팩 회사는 여름이 비수기이다. 심지어 매주 비수기를 겪는 업체도 있다. 회사가 많은 지역의 상가는 주중에는 사람이 터져나가지만, 주말에는 사람의 왕래가 없어 주말을 아예 휴무로 지정한 식당도 많으며 학교 옆 문구점과 분식집은 방학만 되면 세상 조용해진다. 이처럼 매년, 매월, 매주 비수기를 겪으면서도 이들이 영업을 지속할 수 있는 이유는 비수기가 전체 중 일부라는 것을 잘 알고 있기 때문이다.

우리가 인생의 비수기를 두려워하는 건 언제 끝날지 모르는 막연함이 크기 때문이 아닐까? 나는 이십 대 때 인생의 비수기라고 생각되었던 시기가 있었고 막막하고 두려운 마음에 무작정 철학관을 찾아간 적이 있다. 더 정확하게 말하면 난 한 번도 성수기가 없었던 것 같아 물어보러 갔었는데 "호랑이가 자는 시기 네……."라는 이 말이 전부였다. 지나고 나서 생각해보니 우리가 살아있는 한 동면기가 영원할 순 없다. 사람마다 동면기가 다르긴 하나 분명한 건 멀리서 보면 그저 인생의 한 구간일 뿐이다. 만약 비수기가 십 년 넘게 지속하면 어떡하냐고? 이 질문에 나는 이렇게 대답하고 싶다. 어쩌면 그것은 인생의 비수기가 아니라 해석이 비수기였을 수 있다. 당신의 그 힘들었던 십 년 안에는 소소한 기쁨과 예상치 못한 행운이 담겨 있었음에도 힘들었던 일에 대한 기억이 강렬하게 남아 그 시기를 통틀어 비수기로 해석하고 있던 것이었을지도 모른다. 나는 명리학을 공부하며 삶의 흐름을 크게 바라보는 습관이 생겼는데 아무리 좋은 해라도 365일 좋은 일만 있을 수 없고, 아무리 안 풀리는 해라도 365일 안 좋기만 할 수 없다는 것을 깨달았다. 물론 이 이치는 명리학을 떠나 우리가 살아온 삶과 매칭시켜도 금세 알 수 있다. 나에게 너무 힘들었던 2014년을 돌이켜봐도 최악이었던 시점은 8월이지만 그 해에 정말 좋은 인연을 많이 만났으며 더 좋은 기회와 연결되는 행운도 있었다. 그리고 인생의 비수기가 꼭 나쁜 것만은 아니다. 우리가 처한 모든 상황은 동전의 양면처럼 장단점이 존재한다. 방송인 중에 무명 시절에는 유명인이 부러웠지만, 막상 유명해지니 사생활도 없어지는 데다 지속적으로 악플에 시달리다 보면 모든 걸 내려놓고 싶은 마음이 들기도 한다는 인터뷰를 접한 적이 꽤 있다. 이처럼 당신의 성수기를 돌이켜보면 그때도 그때 나름의 스트레스 요소가 있었을 것이다. 원래 너무 잘나가면 잘나가는 데로 바람 잘 날 없고 너무 안 풀리면 안 풀려 힘든 것이 인생이지 않던가. 비수기야말로 당신이 그간 정신없이 달리느라 놓쳤던 것들을 하나하나 챙길 수 있는 절호의 기회일 수 있다. 제조사는 비수기에 제품개발에 집중하며 서비스업은 비수기 때 서비스 품질 향상에 노력을 가한다. 강사는 비수기에 강의 콘텐츠 개발에 집중하고 사업가는 새로운 돌파구를 기획한다. 이 시기에 아무도 만나지 않고 혼자 좌절의 늪으로 빠져드는 사람이 있는데 그럴 때 자꾸 사람을 만나 많은 이야기를 나누어 자신의 관성을 깨야한다. 사람은 자기 자신을 객관적으로 보기 힘들기 때문에 다양한 사람들과의 만남 속에 당신이 생각지 못했던 황금 열쇠가 숨겨져 있을 수 있다. 나는 집필을 시작하며 시간이 흐를수록 배가 산으로 가는 듯한 혼란을 셀 수 없이 겪었고 그때마다 지인들에게 조언을 구하며 하나씩 윤곽을 잡아갔다. 혼자 창문을 꼭 닫고 커튼을 쳐버리면 빛이 들어올 틈이 생기지 않는다. 비수기는 숨어서 병을 키우는 시기가 아니라 주위에 병을 알리고 약을 바르는 시기이다. 인생을 살며 한 번씩 비수기가 불쑥 찾아오는 것은 그간 정신없이 달리느라 재충전을 잊은 당신에게 한 박자 쉬어가며 재정비하라는 선물같은 시간이다.

08

누구에게나 노을처럼 사라지고 싶은 날이 있다

―――

일하다 한 번씩 서러움이 몰려오는 날이 있다.

주위에 사람이 많아도 쓸쓸한 날이 있다.

큰일도 아닌데 울컥할 때가 있다.

한마디도 하고 싶지 않은 날이 있다.

상대방이 별 뜻 없이 건넨 한마디에 마음이 상해버리는 날이 있다.

이유 없이 힘이 쭉 빠지는 날이 있다.

그냥 혼자 있고 싶은 날이 있다.

어제와 별다를 게 없는 일상인데 유독 답답한 날이 있다.

정말 일하기 싫은 날이 있다.

마음 같아선 이런 날에는 멀리 떠나버리고 싶다. 일하다 창밖으로 붉게 물든 노을을 바라보며 문득 이런 생각이 들었다.

'저 노을과 함께 고요하고 잔잔하게 사라지고 싶다.'

'비록 내 육체는 노을과 함께 사라질 순 없겠지만 잠시 내 영혼이나마

노을과 함께 하늘에 스며들게 놓아두어도 되겠구나…….'

　한 번씩 어깨가 축 처지는 날엔 저 멀리 날아가는 새, 해지는 노을 처럼 멀리 사라질 수 있는 그 무언가에 당신의 마음을 기대여 멀리 보내보는 것이 어떨까. 나는 유독 지치고 힘든 날이면 하늘을 바라 보며 구름이 되어 본다. 지금 내가 압박을 느끼는 현실과는 전혀 다 른 모습으로 정처없이 하늘을 둥둥 떠다녀 본다. 이 방법이 지친 마 음을 달래는데 효과적이었던 이유는 굳이 마음에도 없는 긍정적인 생각을 하려고 노력하지 않아도 되고 복잡한 머리속을 비워내려 발 버둥치지 않아도 되기 때문이다. 언젠가부터 우리는 저마다의 삶의 무게를 어깨에 지고 사느라 흘러가는 데로 생각하기보단 의식적으 로 해야 하는 생각에 집중하며 살고 있다. 더 안타까운 건 자신의 의 식이 갇혀있는 지도 모른 채 살아가며 간혹 자유롭게 생각의 날개를 펼치려고 하면 '웬 망상이야' 하며 이내 떨쳐내 버리곤 한다. 하지만 이는 망상이 아니라 자연스러운 의식의 흐름일 뿐이다. 그러니 누가 손가락으로 툭 찔러도 멘탈이 와르르 무너질 것 같은 날엔 굳이 생 각을 비워내려 몸부림치는 대신 노을과 함께 사라지는 상상을 하며 생각이 흘러가는 대로 편하게 놓아두자. 눈을 감고 물에 물 탄 듯 술 에 술 탄 듯 흐르게 놓아두면 생각이 자연스럽게 흘러 불편한 마음 도 서서히 흘러갈 것이다.

09

우리에겐 트림만 해도
칭찬받던 시절이 있었다

———

　예전에 타국에서 생활하며 아무리 주위에 친구들이 있어도 채워지지 않는 공허함이 몰려오는 날이 있었다. 그때는 내가 어렸기 때문에 멘탈이 약해서 느끼는 감정이라고 생각했는데 나이가 들어도 여전히 한 번씩 공허하고 먹먹한 감정이 몰려올 때가 있다. 나만 그런 건가 싶어 주위에 감정의 요동이 거의 없는 지인들에게 이런 날이 없는지 물어봤다. 내가 오랜 시간 알고 지내며 봐온 이들의 성향은 매사에 무덤덤하여 크게 기뻐하지도, 그렇다고 크게 다운되지도 않았는데 이들 역시 간혹 특별한 이유 없이 알 수 없는 감정에 빠져든다고 하였다. 그중 놀라웠던 것은 내가 평소에 상남자 중 상남자라고 생각했던 지인조차 가끔 마음이 유리잔 같은 날이 있다고 하였다. 그 이야기를 듣고 나만 그런 것이 아니라는 생각에 왠지 모를 위안이 되었다. 분명 나이가 들수록 나 자신을 컨트롤 할 수 있는 능력도 더 강해지고 사는 게 더 유연해지는 것 같은데 왜 그런 감정이 한 번씩 파도처럼 몰려오는 것일까?

　나는 이러한 현상을 자존감이 우리에게 보내는 신호라 해석했다.

기억은 잘 안 나겠지만 우리에게는 트림만 해도 칭찬받던 시절이 있었다. 뒤집기만 해도 부모님이 '우리 애가 뒤집기를 했네.' 하시며 손뼉 치고 좋아하셨고, 첫걸음마를 한날엔 마치 마라톤 우승이라도 한 마냥 눈물을 머금고 기특해하셨다. "엄~~~~마~" 이 한마디만 해도 온 동네에 자랑하셨고 한 번씩 까르르 웃기만 해도 주위 사람들이 행복해하던 때가 있었다. 우리에게는 아무것도 하지 않아도 그저 먹고, 자고, 싸기만 반복해도 존재만으로 귀염받던 시절이 있었다. 그러다 언제부턴가 아기 때처럼 존재만으로 사랑받기가 어려워졌다. 초등학교만 가도 칭찬받는데 조건이 붙기 시작한다.

"엄마, 나 오늘 받아쓰기 100점 맞았어!"

"엄마, 나 오늘 발표 세 번 했어."

"엄마, 나 학교에서 글짓기상 받았어."

그 어린 나이에도 뭐가 그렇게 칭찬받고 싶었는지 집에 가면 늘 엄마한테 칭찬받을 수 있을 만한 이야기를 조잘거리곤 했다. 성인이 되어 돈을 벌기 시작한 이후론 눈에 보이는 성과를 내야지만 존재감을 인정받곤 하였으며 어쩔 땐 그렇게 고생을 했음에도 칭찬은커녕 수고했단 말 한마디 못 듣는 날도 수두룩하였다. 몇 년 전부터 매년 한해 한해가 참 쉽지 않다는 생각이 들었는데 내 지인들 역시 예외는 아닐 거라는 생각이 들어 나는 매년 연말이 되며 "올 한해도 수고 많았어." 이 한 마디 만큼은 아끼지 않고 있다. 그중 나의 연말 인사에 유독 뭉클해 하는 지인이 있었다. 이유를 들어보니 근 몇 년 사업이 너무 안 풀려 엄청난 마음고생을 했음에도 주위에서 수고 많았다는 인사 한마디를 듣지 못했다고 하였다.

일이 잘 풀릴 때는 "역시 능력자", "정말 대단해"와 같은 자존감을 높여주는 말을 종종 듣다가 일이 꼬이면서부터 "내 돈 언제 갚을 거냐?", "수습 어떻게 할 거냐?"와 같은 압박의 언어가 일상이 되었다고 한다. 매년 그 누구보다 열심히 달려왔지만 연말이면 직원들에게 수고했다고 인사하기 바쁠 뿐 정작 자신을 토닥여주는 이가 없다고 하소연하는 대표도 있고, 회사를 위해 일년 내내 죽어라 달려왔음에도 수고했다는 인사 한마디를 듣지 못한 채 한 해를 마무리하는 직장인도 있다. 사람은 죽을 때까지 존재만으로 사랑받고 칭찬받아야 하는 존재인데 나이가 들수록 내가 숨만 쉬어도 기특하다고 말하는 사람은 없는 것 같다. 아무리 성인이라도 자신의 존재감을 인정받아야 채워지는 에너지가 있는데 이것이 제때 채워지지 않아 마음에 결핍이 일거나 한 번씩 공허함이 몰려오는 것이 아닐까 싶다. 휴대폰처럼 인간도 주기적으로 충전이 필요한데 육체적 충전은 푹 쉬어줌으로써 회복이 되지만, 많은 이들이 영혼 충전의 필요성을 못 느끼는데다 충전 법조차 잘 모른다.

누군가로부터

"잘하고 있어",

"너는 숨만 쉬어도 소중해",

"오늘도 정말 수고 많았어.",

"애썼어!!",

"다 네 덕이야",

"정말 고마워" 등의 말을 자주 들어주면 영혼 충전이 되겠지만, 이런 말들은 내가 타인에게 먼저 하기도 어려울 뿐더러 타인에게서 듣기는 더욱더 힘들다. 그렇다고 누군가에게 "나 영혼 충전이 필요하니 자존감을 높이는 말을 해줘"라고 말할 수도 없는 노릇이다. 그럴 땐 두 가지 방법이 있다. 오늘부터 주위 사람들에게 그들의 자존감을 높여주는 언어를 자주 해 주는 것이다. "팀장님 정말 수고하셨습니다." 이렇게 가는 말이 고우면 보통은 "그래, 너도 수고했다." 또는 "고마워"와 같이 오는 말도 곱게 되어있다.

물론 상대방이 당장은 어색해서 오는 말이 곱지 않더라도 점점 당신의 언어를 옮아갈 테니 손해 본다고 생각하지 말고 자주 표현해 주자. 그리고 매일 밤 취침 전 자신에게 "오늘 하루도 수고 많다. 애썼어."하고 자기 자신을 토닥여주며 영혼을 충전해 주는 일도 잊지 않길 바란다. 꼭 큰돈을 벌지 않아도, 엄청난 결과를 내지 않아도 이 긴 하루를 버텨낸 것만으로도 자신을 기특해하기 충분하다. 당신은 숨만 쉬어도 소중한 사람이다.

10

오늘도 돈 벌기 힘들었던
당신에게

——

　어릴 땐 학원에 가기 싫은 날이면 엄마 몰래 빼먹을 수 있었다. 물론 학원에서 집으로 전화를 걸면 쉽게 들통이 나긴 했지만 어쨌든 하루 정도 땡땡이치는 건 큰 문제가 되지 않았다. 그런데 돈을 벌기 시작하며 정말 일하기 싫은 날에도, 심지어 아픈 날 조차 네발로 기어가는 한이 있어도 출근해야 하는 책임감이 따랐다. 옛날엔 마음 맞는 친구들과 삼삼오오 모여 식사를 했지만, 언젠가부터 원하지 않는 자리에서 불편하게 식사하는 날도 많아졌다. 나는 학창 시절에 좋아하는 과목은 열심히 했지만 지루하기 그지없던 과목은 수업 시간에 딴 짓을 자주 했었는데 일터에선 하기 싫은 일도 입 다물고 꾸역꾸역해야만 했다. 더 솔직하게 말하면 하고 싶은 일보다 하기 싫을 정도로 따분하고 지루한 업무가 훨씬 더 많았던 것 같다. 학창 시절에는 지각하는 날이면 오리걸음으로 운동장 한 바퀴 돌면 그만이었는데 직장에서는 오 분만 늦어도 죄인이라도 된 것 마냥 온갖 눈치를 보며 얼굴도 못 들고 들어갔다. 어릴 땐 마음에 안 맞는 친구는 멀리할 수 있었지만, 직장에선 불편한 사람과도 온종일 얼굴 맞대며 일해야 하고 때론 그들로부터 쓴 소리를 들어야 하며 심지어 직장 내 유일한 자유시간인 점심시간조차 그들과 함께 시간을 보내곤 한다. 이건 비단 직장인뿐 아니라 업체 대표들도 마찬가지다. 십 분도 같이 있기 싫은 사람의 비위를 맞춰주며 그들의 부당한 거래조건을 울며 겨자 먹기로 들어줄 때가 있다. 가끔 어찌나 이 사람 저 사람 번갈아 가며 피를 말리는지 대체 어쩌라는 거냐며 소리 높여 따지고 싶지만, 이들에게 할 수 있는 건 고작 참는 것뿐이다. 힘들어도 허심탄회하게 이야기할 곳도 없이 오늘도 어깨에 커다란 짐을 이고 힘겹게 한 걸음 한 걸음 나아가고 있는 당신. "아, 내가 이 돈 벌려고 이렇게까지 해야 하나", "돈 버는 기계인가" 하는 생각이 들 때마다 서글퍼지는 당신에게 나는 오늘 이 말을 꼭 해주고 싶다.

"참 애썼다. 당신"

"오늘도 이 긴 하루를 버텨내느라, 책임을 다하느라 너무 수고 많았다."

"오늘도 참 잘했다."

분노의 발길질을
하고픈 을에게

> 66
>
> 흑역사는 더 이상
> 부끄러운 과거가 아니라
> 더 나은 내일의 나와
> 만나기 위한
> 위대한 과정이다.
>
> 99

01

퇴사는 복수가 아니다

———

　나는 그간 다양한 업체를 만나오며 직원들을 부속품으로 생각하는 오너가 생각보다 많다는 것을 알게 되었다. 이들은 마치 부속품을 교체하듯 직원을 언제든 버리고 새로 갈아 끼울 수 있다고 생각하며 요즘 직원들은 왜 이렇게 주인의식이 없냐는 불평불만을 쏟아내곤 한다. 나는 이런 이야기를 들을 때마다 그들에게 이렇게 묻고 싶다. "당신은 직원들에게 주인 대접하고 있습니까?" 정작 자신은 직원들의 가치를 한낱 자전거의 나사 하나쯤으로 생각하면서 직원들이 회사에 주인 의식을 갖길 바라는 건 명백한 모순이다. 어릴 때를 돌이켜보면 선생님께 칭찬받고 싶어서 발표도 열심히 하고 숙제도 성심성의껏 해갔던 기억이 있다. 그런데 꼭 아이들만 칭찬받고 싶고 자신의 가치를 인정받고 싶은 것이 아니다. 성인들도 자신의 존재를 인정받고 자신을 귀하게 여겨주는 곳에서 일하고 싶은 건 마찬가지다. 생각보다 많은 사람이 직장에서 자신의 가치를 알아주지 않는다는 이유로 그만둔다. 얼마 전 한 지인이 자신의 퇴사 소식을 알려왔다. 그 누구보다 열심히 일하던 사람이라 퇴사 사유를 안 물어볼 수가 없었다. "그렇게 죽어라 전국을 뛰어다니며 영업했는데 매출이 200% 상승한 요인이 오직 제품의 우수성이라고만 생각하는 오너가 괘씸해…."설령 매출 상승 요인이 오로지 제품의 퀄리티 때문이라고 생각하더라도 적어도 상대방에게 "수고 많았어, 애썼어."라고 한마디 할 법도한데 어쩜 그렇게 표현에 인색한지……. 참 안타깝다. 생각보다 타인의 수고를 그저 급여에 대한 응당한 대가라고만 생각하는 리더가 많다. 물론 그 이야기가 틀렸다는 것은 아니지만 자신의 가치를 소주잔보다 작은 그릇으로 여기는 조직에서 누가 일할 맛이 나겠는가. 이러한 상황은 악순환이 되기 쉽다. 윗사람이 직원들을 존중하지 않으니 직원들은 의욕이 떨어져 해야 할 일만 수동적으로 처리하게 되고, 그 모습이 못마땅한 오너는 직원들에게 불만이 쌓여 직원의 가치를 더욱 낮추게 된다. 그렇다고 자신의 가치를 귀하게 여기지 않는다고 흥분하여서 그만두면 나만 손해다(더 좋은 직장으로 바로 갈아탈 수 있는 상황을 제외하고). 왜냐하면 회사는 곧바로 대체 인력을 채용할 것이며 설령 당신이 퇴사함으로서 치명타를 입더라도 이내 회복되어 아무 일도 없었다는 듯 운영될 것이다. 결국 그다음 달부터 카드값에 시달리며 그간 모아놓은 돈을 다 까먹고 수개 월간 방황하는 건 그만둔 사람의 몫이다. 욱해서 퇴사하기 전에 '과연 누구 좋으라고 퇴사하는 것인가'에 대해 이성적으로 생각해 볼 필요가 있다. 퇴사는 회사에 복수하는 것이 아니라 굴복하는 것임을 기억하자.

02

당신이 가장 중요해!

———

점심시간만 되면 너무 스트레스라고 하는 지인이 있다. 자신은 김치찌개가 먹고 싶지 않은데 메뉴를 통일시켜야 빨리 나온다고 매일 메뉴를 강요당하고 있으며 식후에는 사다리타기를 해서 커피 사 오기를 하는데 본인은 커피를 마시고 싶지 않아도 빠질 수 없는 분위기라고 하였다. 이와 비슷한 사례는 주위에서 종종 듣는다.

한 친구는 자신의 카카오톡 메시지를 캡처해서 나한테 보내왔다.

팀장 : 오늘 술 한잔하자, 불금이잖아

친구 : 네 알겠습니다.

팀장 : 뭐 먹을까?

친구 : 제가 적당한 곳으로 알아보겠습니다.^^

마지막이 ^^ 웃는 이모티콘을 보며 너무 안쓰러웠다. 그 이유는 친구는 이 캡처한 메시지를 나에게 보내며 우는 이모티콘 3개를 연달아 보내왔기 때문이다. 내가 친구한테 "불금이라 선약이 있다고 하지"

라고 했더니, "내가 얼마나 그러고 싶었겠니…"라는 회신이 왔다. 나는 금요일이면 피곤이 절정에 다다른다. 어떨 때는 밥이고 뭐고 그냥 쓰러져 자고 싶다. 그런데 꼭 금요일만 되면 "내일 출근도 안 하는데"라는 명분으로 한잔하자며 회식을 제안하는 상사가 있었다. 상사와의 회식이 친구들과의 만남처럼 편하길 하나, 아니면 재밌길 하나, 게다가 나는 술도 마시지 않으니 컨디션이 안 좋은 날에는 '언제 집에 가나…' 하는 생각만 들었던 것 같다. 물론 단체 생활을 하다 보면 늘 내 입맛대로만 행동할 수 없기 마련이다. 때론 개인의 불편함을 감수하며 조직의 균형을 유지해야 하지만 매일 메뉴를 통일하지 않는다고 조직의 균형이 파괴되는 것은 아니다. 어쩌다 한번 하는 회식 메뉴 정도는 충분히 맞춰줄 수 있지만, 매일 찾아오는 점심시간은 자기 자신을 위한 재충전의 시간이기도 한데 매일 점심시간마다 불편하고 스트레스받아서야 오후 업무를 즐겁게 시작할 수 있겠는가? 그간 원치 않는 점심 메뉴로 힘들어하던 지인은 얼마 전부터 "저는 된장찌개요" 하며 손을 들었다고 한다. 순간 정적이 흘렀지만 잇달아 몇몇 직원들도 "저도 된장찌개요" 하며 줄줄이 손을 들었다고 한다. 그리고 식후 사다리타기에서도 "전 오늘 빠질게요." 하며 조심스럽게 이야기했는데 순간은 분위기가 냉랭해졌지만 지금은 마시고 싶은 몇몇만 모여 진행하고 있다고 한다. 매주 회식 때마다 도살장에 끌려가는 소처럼 괴로워하던 친구도 반드시 참석해야 하는 전체 회식이 아닌 이상 한 번씩 선약이 있다고 거절한 뒤 칼퇴근한다고 했다. 만약 당신이 타인의 압박에 의해 강행하고 있는 무언가로 인해 너무 큰 스트레스를 받고 있다면 타인에게 피해를 주지 않는 선에서 보다 유연하게 대처할 필요가 있다.

매주 시댁에 가는 친구가 너무 힘들다며 하소연한 적이 있다. 그 친구는 혼자 끙끙 앓으며 무리하게 맞추다가 결국 우울증이 오고야 말았다. 나는 친구에게 남편과 상의하여 횟수를 조율해보라고 하였으나 자신 때문에 집안에 분란이 생길까 참고 있다며 이 말을 덧붙였다.

"나 하나만 참으면 모두가 편한데……" 난 이 말을 듣는 순간 속이 새까맣게 타 목에 힘을 주며 이렇게 말했다. "너 하나가 가장 중요해!"

어떤 관계든 어느 한쪽이 무리하며 맞추다보면 어느 순간 한계가 오기 마련이다. 연인 사이에서도 한쪽이 일방적으로 참고 참다가 한계가 오면 갑자기 이별 통보를 해오며 직장에서도 '도저히 못 해 먹겠다.'는 정도가 되면 돌연히 사직서를 날리기도 한다. 이렇게 타인의 불편한 시선이 두려워 무작정 맞춰주다 더욱 곤란한 상황을 야기시키는 것보다 유연한 거절이 장기적으로 보면 관계를 더욱더 단단하게 만들어 줄 수 있다. 그래서 나는 타인에게 피해를 주지 않는 선에서는 욕을 좀 먹더라도 무리하다 가랑이를 찢는 일은 하지 않는 편이다. 내가 포용할 수 있는 범위 내에서는 최선을 다해 맞추되 그 범위를 넘어서면 타인의 불편한 시선을 감수하고 '이건 좀 힘들 것 같다'고 솔직하게 이야기하려고 한다. 누가 뭐래도 당신이 일 순위가 되어야 자신도 행복하고 주위 사람들도 행복할 수 있다. 아이가 일 순위인 부모는 행복의 기준을 자식에게 두고 아이가 자신의 기대치만큼 따라주지 않으면 집착하게 되어 결과적으론 부모도 자식도 행복할 수 없다. 자식을 위해 울면서 희생하는 엄마보다 자신이 좋아하는 일을 하며 즐거워하는 엄마 곁에서 아이는 더 행복하게 자란다. 결과적으로 나를 위함이 곧 타인을 위함이니 만약 당신이 현재 누군가로 인해 일방적으로 무리하고 있다면 꾸역꾸역 참지만 말고 조율할 수 있는 방법을 찾아보자. 당장은 막막해도 뭐든 처음이 가장 어려운 법이다. "저는 된장찌개요", "오늘은 선약이 있습니다."라고 외치며 용감하게 자신을 구출해낸 나의 두 지인처럼 분명 조율할 수 있는 공간이 있을 것이다. 당신의 인생에서 가장 중요한 사람은 바로 당신임을 잊지 않길 바란다.

03

"오늘도 저 인간 때문에 스트레스!!" 이렇게 짜증 날 때?

―――

　살다 보면 나랑 정말 안 맞는 사람이 있다. 여기서 안 맞는다는 표현에는 여러 의미가 담겨있는데 이유 없이 불편한 사람, 불편할 수밖에 없는 관계의 형태(갑을 관계, 수직관계), 대화가 안 통하는 사람, 과거에 안 좋은 기억이 있는 사람 등 다양하게 존재한다. 그런데 생각해보면 원래 잘 맞는 사람보다 안 맞는 사람이 훨씬 더 많다. 학창 시절만 돌이켜봐도 한 반에 마흔여 명의 친구들이 있었음에도 정말 가까운 친구는 몇 명밖에 되지 않았다. 그간 셀 수 없이 많은 사람을 만나왔음에도 정작 힘들 때 허심탄회하게 속 이야기를 털어놓을 수 있는 사람은 그리 많지 않다는 것도 이와 같은 맥락이다. 그러니 당신 주위에 불편한 사람이 많다는 건 전혀 이상한 일이 아니지만 한 번씩 그런 사람들 때문에 숨이 탁탁 막혀 괴로울 때면 그 관계에서 벗어나고 싶은 마음이 간절해진다. 그런데 자세히 들여다보면 이들과의 관계가 처음부터 이렇게 삭막했던 것은 아니었을 것이다. 하물며 사기꾼도 처음에는 좋은 인연으로 가장하여 달라붙었고, 얼굴만 봐도 분노가 치미는 상사를 꽤 괜찮게 생각하던 시절도 있었다. 이처럼 상대방의 본모습을 보기 전까지는 꽤 괜찮은 관계를 유지하였을 가능성이 높다. 보통 사람은 상대방이 어느 정도 자신의 사정거리 안에 들어와야 발톱을 드러낸다. 연인 사이만 봐도 사귀기 전과 후에 보이는 것이 확연히 다르며, 결혼 전후에 부딪히는 것이 또 달라지는 것도 이와 같은 이치다. 이 말을 바꿔 말하면 상대방과 일정한 거리를 유지하면 부딪칠 일이 확연히 줄어든다는 말과 같다. 매일 보던 사람을 한 달에 한 번 만난다면? 한 달에 한 번 만나던 사람을 일 년에 한 번 만난다면? 아마도 당신은 지금보다 훨씬 더 상대방을 반갑게 맞이할 수 있을 것이다. 하지만 우리는 모든 사람과 관계의 거리를 조율할 수 있는 것은 아니다. 원하지 않아도 매일 봐야 하는 직장 상사, 거래처, 동료, 고객처럼 우리의 일상은 자신의 의지대로 조율할 수 없는 환경에 놓여 있다. 이럴 땐 육안상으론 거리 조율이 불가능하므로 마음의 거리로 관계를 조율할 수 있어야 한다. 당신을 불편하게 하는 사람이 먼 해외에 있다는 상상을 해보자. 그리고 난 뒤 저 멀리 지구 밖에 있다고 상상해 보자. 그렇게 되면 우주에 놓인 상대방의 크기는 먼지보다도 작은 점에 불과하다. 그렇다. 당신에게 있어 그 사람은 딱 그만한 존재인 것이다. 지금이야 일 때문에 어쩔 수 없이 마주하는 것이지 거기서 나오면 평생 연락할 일도 없는, 당신과 쥐똥보다 작게 얽힌 관계일 뿐이다. 그러니 당신의 귀한 감정을 소모할 가치도 없는 존재 때문에 너무 힘들어할 필요가 없다. 게다가 그런 암적인 존재가 꼭 우리 인생에 해롭기만 한 것은 아니다. 나는 명리학을 어설프게 공부하기 시작하면서 악연이라는 표현 대신 상극이라는 표현을 사용하기 시작했다. 상극의 사전적 의미는 '둘 사이에 마음이 서로 맞지 아니하여 항상 충돌함' 을 뜻하는데 쉽게 비유를 하면 물과 불같은 관계, 나무와 도끼 같은 관계를 말한다. 물은 불을 꺼버리고 도끼는 나무를 베어내어 상극을 이루는 것이다. 그런데 가끔 미쳐 날뛰는 산불에는 오히려 물을 뿌려주는 것이 은인이 되고 나무가 너무 빼곡한 숲은 도끼로 가지치기를 해줘야 햇빛을 볼 수 있다. 매일 피를 말리는 깐깐한 상사 덕에 업무를 더 꼼꼼하고 완벽하게 보는 능력이 키워졌다면 당시에는 악연이라 생각했겠지만, 시간이 지나면 '그래도 그놈 덕에' 라며 은인으로 인정하는 날도 오며, 과욕이 앞서 막무가내로 일을 벌이는 사람에게는 가끔 냉정하게 브레이크를 걸어주는 사람이 은인이 될 수 있다. 살면서 누군가로부터 크게 배신당한 경험이 있는 사람은 그간의 경험을 토대로 거래 원칙을 세우게 되고, 이성 친구의 외모만 보고 사귀다 몇 차례 힘든 상황을 겪어본 사람은 비로소 상대방의 성격과 가치관의 중요성을 깨닫게 된다. 돌이켜보면 나랑 안 맞는 사람 때문에 힘들었던 경험이 결과적으론 나를 더 단단하게 만들어 주었으며 누군가가 나에게 던진 돌멩이 덕에 나 자신을 더 깊게 들여다볼 수 있었다. 당신과 상극인 인연 역시 당신의 긴 인생에 나름의 역할을 하기 위해 찾아온 것이니 그들 때문에 너무 괴로워하는 대신 그들이 당신의 인생에 어떠한 작용을 하게끔 그냥 놓아두어 보자. 물론 지금 당장은 힘들겠지만 '그 또한 인연이었구나.' 하며 감사하게 되는 날도 올 것이다. 개똥 같은 인연도 세월이 지나면 다 약이 된다.

04

마음에 얼룩이
생기는 날엔

———

얼마 전 김치통에서 김치를 덜어 그릇에 담다가 김칫국물 한 방울을 바닥에 뚝 떨어뜨렸는데 당시 배가 너무 배고파서 '밥부터 먹고 닦아야지~' 하며 우선 식사부터 했다. 식사 후 얼룩을 닦아내려고 하는데 때마침 전화 한 통이 걸려왔다. 한참 통화하다 설거지하고 바닥을 닦으려니 그새 김칫국물이 말라 한번 닦아냈음에도 여전히 바닥에 얼룩이 남아있었다. 그때부터 힘을 주고 박박 문질러 닦는 노동을 하며 '아, 바로 닦았으면 한번 쓱~ 닦아내도 지워졌을 텐데…. 얼마 걸리지도 않는데 식사 전에 닦고 먹을 걸' 하는 후회가 몰려왔다. 이처럼 우리의 마음에도 얼룩이 생기는 날이 있다. 본의 아니게 타인에게 마음의 얼룩을 남기기도 하고 타인이 나의 마음에 짙은 얼룩을 남길 때도 있다. 마음의 얼룩 역시 바로 닦아내면 쉽게 지워진다는 것을 알면서도 가까운 사이라는 이유로 또는 내색하기 민망하다는 이유로 간과해 버릴 때가 많다. 그렇게 시간이 흐르면 상처가 아무는 것이 아니라 딱딱하게 굳어 훨씬 많은 시간과 노력을 기울여야 하는데 그럼에도 여흔이 쉽게 사라지지 않는다. 마음의 얼룩은 보통 내가 타인에게 남기는 경우와 타인이 나에게 남기는 경우가 있다. 타인이 나에게 남겼을 땐 자신의 불편한 감정을 바로 인지할 수 있는데, 그럴 때 불쾌함을 내색하지 않고 참는 사람이 많다. 솔직하게 말하자니 괜히 속 좁은 사람이 되는 것 같고 괜히 말했다가 관계가 불편해질까 봐 침묵하지만, 일방적인 침묵은 당신의 얼룩을 더 굳게 만들뿐이다. 그렇다고 순간 서운한 감정을 참지 못하고 터트려 상대방 마음에 얼룩으로 보복해버리면 관계가 깨지기 쉽다. 이때 가장 좋은 방법은 얼룩을 방치하지 않고 유쾌하고 솔직하게 소통하는 것이다. 출판사와 미팅 중에 요즘은 책 표지에 (유명인을 제외하고) 작가 얼굴은 안 넣는 추세라고 하셨는데 그로부터 얼마 뒤 출간된 다른 작가의 책 표지에는 사진이 들어가 있었다. 그 표지를 보고 '나는 예쁘지 않아서 사진을 넣으면 안 된다는 거였군' 이렇게 자격지심 가득한 결론을 내리고 혼자 꿍하게 있을 수도 있었으나 다음 미팅 때 우스갯소리처럼(사실 반은 진심이었음) "저는 안 예뻐서 얼굴 넣으면 안 된다고 하셨나 봐요"라고 너스레를 떨며 말씀드렸더니 본부장님께서 이 책도 표지에는 얼굴이 안 들어갔다며 띠를 별도로 제작한 것이라고 설명해 주시며 내게도 적용 가능하다고 하셨다. 그 말씀을 듣고 여쭤보길 잘했단 생각이 들었다. 우리에겐 이렇게 가볍게 닦아낼 수 있는 얼룩이 많음에도 혼자 오해하고 결론짓고 상처받으며 얼룩을 스스로 키울 때가 있다. 막상 오해를 풀고 보면 고의로 상처 주려는 사람보다 자신의 언행이 타인에게 어떠한 얼룩을 남겼는지 모르는 사람이 더 많았다.

　반면에 당신이 타인에게 마음의 얼룩을 남길 때도 있는데 여기서 주의할 것은 당신이 얼룩을 남겼다는 것을 인지하고 있느냐의 여부다. 당신이 상대방의 상처를 인지하고 있다면 상대방의 얼룩을 닦아내기 훨씬 용이하다. 바로 상대방에게 당신의 잘못을 인정하고 사과를 하면 웬만한 사람들에게는 얼룩이 크게 남지 않을 것이다. 그런데 인지를 하고 있어도 입 밖으로 꺼내기 민망하다며 침묵으로 일관하면 상대방의 얼룩은 굳게 될 것이며 오랜 시간이 지나고 난 뒤엔 관계 회복이 어려워질 수 있다. 그런데 더 심각한 것은 아예 상대방의 얼룩을 인지하지 못할 때도 많다는 것이다. 이런 현상은 주로 수직관계에서 많이 발생하는데 말을 뱉는 사람 입장에선 "이 정도면 괜찮겠지"라고 안일하게 넘어가겠지만 듣는 사람 입장에선 매일 죽어나고 있을 수 있다. 같은 말도 사람의 성향에 따라 받아들이는 것이 제각각인데 무의식중에 직위 폭력까지 이루어지고 있다면 상대방의 얼룩은 당신의 생각보다 훨씬 더 짙고 넓을 수 있다. 무심코 던진 돌멩이에 개구리는 맞아 죽을 수 있기에 말하기 전 상대방의 성향을 먼저 고려하여 그 입장에 서서 생각해보는 것이 중요하다. 타인의 얼룩을 잘 닦아내기 위해서는 당신의 언어가 당신의 의도와는 다르게 상대방에게 전달될 수 있음을 늘 인지하고 있어야 한다. 때론 아무리 생각해도 상대방의 얼룩이 이해되지 않을 수 있겠지만 그 또한 당신 기준의 생각임을 인지하자. 원래 타인은 이해할 수 있는 존재가 아니라 그저 받아들이는 존재이다. 이해할 순 없지만 배려할 순 있다.

05

몸이 살만해져야
일도 할 만해 진다

———

내가 강의를 듣기도 하고 강의를 직접 하면서 느낀 건 생각보다 교육의 효과가 길게 가지 않는다는 점이다. 강의를 들을 때 그 순간은 아하! 하며 무릎을 치며 무언가를 깊게 깨달은 것 같지만 며칠이 지나면 다시 원래 습관대로 돌아오곤 했다.

예전에 한창 호텔에 서비스 교육을 많이 하던 시절이 있었는데 교육을 하고 나면 그 당시에는 직원들이 인사도 열심히 하고 밝은 표정을 유지하였지만 얼마 지나지 않아 다시 원상태로 돌아왔다. 그래서 나는 한동안 교육의 효과가 지속하지 않는 원인에 대해 고민에 빠져있었다. 물론 내 강의력이 부족해서 일수도 있고 원래 사람은 잘 변하지 않기 때문일 수도 있겠지만 교육생들과 소통을 하며 크게 두 가지 원인이 눈에 띄었다. 업체에 교육을 하러 가면 무거운 기류에 눌릴 때가 있었는데 졸음이 가득한 눈빛, 냉랭한 무표정, 늘어진 어깨, 구부정한 허리 등 피곤함에 찌든 모습이 역력하였다. 만성피로에 시달리는 직장인이 얼마나 많은지 매일 충분한 수면을 취하는 사람도 드물었다. 나 역시 왕복 100km를 출퇴근 하던 시절이 있었는데 아침에 회사에만 도착해도 이미 영혼이 반쯤 이탈되어 있었다. 그야말로 아침부터 모든 의욕이 다 사라진 상태였는데 늦은 시간까지 회식 자리로 이어지는 날엔 기절하다시피 잠들었고, 이튿날 아침이면 내가 대체 잠을 잔 건지 안 잔 건지 헷갈릴 정도였다.

그렇게 괴로운 몸을 이끌고 출근을 하니 업무의 효율이 떨어지는 것은 둘째 치고 종일 물에 젖은 종이처럼 축 처져있었다. 컨디션이 최악인 날에는 '어휴 이제 오후 2시네, 이제 오후 5시네' 하며 집에 가고 싶다는 생각밖에 들지 않았다. 내 몸이 힘들어 서 있기 조차 고통스러운데 서비스 교육을 받았다고 해서 고객에게 방긋 웃으며 대하기 쉬운 일이겠는가. 아무리 교육내용이 와 닿아 실천의 필요성을 느꼈다고 하더라도 육체적 에너지가 뒷받침되지 않으면 몸뚱이가 실행할 수가 없다. 게다가 대다수의 직장인에게 내재되어 있는 스트레스 역시 한몫했다. 어느 직장이든 스트레스 요소는 있기 마련이며 직장 외의 환경에서도 우리의 일상은 늘 스트레스에 노출되어 있다. 매일 아주 즐거운 마음으로만 일하는 사람은 극히 드물며 한 번씩 감정의 소용돌이가 몰아치는 날엔 표정 관리조차 잘 안되는 게 사람이다. 늘 옆구리에 스트레스 덩어리를 끼고 살며 감정노동에까지 충실하기란 쉬운 일이 아니다. 사람은 육체적으로 고단하고 심적으로 지친 상황에서는 어떠한 의욕도 잘 생기지 않는다. 게다가 이러한 기류는 타인에게까지 영향을 끼치기 마련이다.

　나는 그간 만성피로에 시달리는 직장인을 대상으로 강의할 때가 많았는데 이들의 공통점은 회사 도살장에 끌려온 소처럼 어깨는 처져 있고 표정은 시무룩하였으며 동공이 풀려 있다는 점이다. 수십 명의 사람들이 무거운 기류를 풍겨대며 앉아있으면 나도 함께 힘이 빠지고 그들의 냉랭한 표정에 주눅이 들어 잘못한 것도 없는데 자꾸 눈치를 보게 되며, 강의 분위기를 살리는데 보통 때의 몇 배의 에너지를 쏟아내야 한다. 그렇게 가까스로 분위기를 끌어올린 강의가 끝나고 나면 다리가 풀릴 정도로 지쳐 있곤 했다. 강사는 한 명인데 나에게 에너지를 풍기는 사람은 수십 명에 다다르니 나는 1:100으로 그 무거운 에너지와 싸워야 할 때도 있고 때론 그들 덕에 활력이 더 솟아나는 날도 있다. 이러한 경험을 통해 육체적 정신적 컨디션의 중요성을 일찍이 깨달은 나는 중요한 일정이 있을 땐 며칠 전부터 에너지 관리에 집중한다. 우선 충분한 수면시간을 확보하려 노력하고 최상의 컨디션을 유지하기 위해 스트레스도 그때그때 풀어내려고 한다.

　오늘도 욱해서 귀가한 당신은 어쩌면 그 상황 때문에 화가 난 것이 아니라 그 상황을 받아들일만한 몸과 마음의 여유가 없어서 일 수도 있다. 매일 마음에 독이 쌓이지 않게 하고 몸뚱이를 살만히게 관리해주는 것은 일상에 활력을 채워 더욱 능동적이게 만들어 줄

뿐만 아니라 주위의 소중한 사람들에게도 긍정적인 에너지를 선사할 수 있다. 아무리 노력해도 주위 상황이 바뀌지 않는다면 당신의 컨디션부터 바꿔보는 것이 어떨까.

06

누구 좋으라고 자신을
상하게 하는가?

———

살다 보면 한 번씩 억울하고 속상한 날이 있다.

너무 열 받아서 입맛도 없고 빈속에 술만 들이켜고 싶은 날,

누구도 만나고 싶지 않은 날,

아무것도 하기 싫은 날,

괴로운 생각에 짓눌려 밤잠을 못 이루고 뒤척이는 날이 있다.

그러다 문득 나를 이렇게 만든 사람이 떠오른다.

당신에게 한바탕 무례하게 행동하고 간 놈은 그 순간은 욱했을지 몰라도 때가 되면 먹고 잠을 자며 어느 때와 같은 일상을 보내고 있다는 생각을 해본 적이 있는가? 어쩌면 상대방은 내가 본인 때문에 이렇게 괴로워하는지도 모를 거란 생각을 하니 더 큰 패배감이 들었다. 이처럼 분노의 감정은 서로 언성을 높여가며 부딪히지 않는 이상 일방통행할 때가 많다.

내가 아는 00업체 대표는 욱하는 것으로 올림픽 나가면 금메달감이다. 회의하며 고래고래 소리를 질러놓고 십 분도 채 지나지 않아

방긋 웃으며 직원들에게 말을 건다. 본인은 화를 분출한 뒤 마음이 풀린 건지 아니면 직원들에게 미안해서 그렇게 웃는건지는 몰라도 당하는 사람 입장에서는 그야말로 소름이다. 상처받은 사람은 이미 스트레스가 극에 달하여 아침부터 소주 생각이 나는데 상대방은 아무 일도 없었다는 듯 하루를 보내는 모습을 보면 속이 뒤집힌다. 세상에는 정말 밥맛 떨어지게 만드는 인간이 많다. 그렇다고 굶으면 내 위장만 상하며, 술을 들이키면 내 간만 상한다. 너무 열 받아서 밤새 이불킥 하다가 잠을 설치면 결국 나만 더 예민해지고 피곤할 뿐이다. 결국 나만 손해다. 누구 좋은 일 하느라고 나 자신을 훼손시키는 것인가. 속상해서 안 먹고 안자고 빈속에 술만 들이키는 건 명백한 자해다. 꼭 손목을 긋고 자살 시도를 해야만 자해가 아니라 자신을 조금이라도 상하게 하는 모든 행위가 자해에 해당한다. 사람이 잘 못 자고 못 먹으면 예민해지기 마련이고, 사람이 예민해지면 같은 상황도 훨씬 부정적으로 받아들이는 악순환이 계속 된다. 그런데 따지고 보면 입맛이 없는 날은 많아도 살면서 밥을 굶을 만한 일은 없다. 연인과 헤어졌다고 식음 전폐하고 울고만 있다고 떠나간 연인이 돌아오는 것도 아니고, 사기당하고 빈속에 술만 들이킨다고 가출한 돈이 돌아오는 것도 아니다. 그러니 아무리 열 받아도 밥은 꼭 제때 챙겨 먹자!

그래야 그 감정을 건강하게 이겨낼 힘도 생긴다. 당신이 굳이 자기 자신을 공격하지 않아도 세상에는 호시탐탐 당신을 공격하려는 사람이 널리고 깔렸다. 그러니 힘든 상황일수록 자신을 보호하는 데 힘써야 한다. 어쩌면 당신은 상황에 패배 당한 것이 아니라 자신을 학대함으로써 스스로를 무기력한 패배자로 만드는 것일지도 모른다.

07

오늘도 이직하고 싶은 당신,
달력을 활용하라!

————

주기적으로 한 번씩 이직에 대한 욕구가 강력하게 몰려오는 날이 있다. 한번 그 생각에 꽂히면 생각이 많아지면서 한동안 마음이 참 싱숭생숭 하다. 이 시기에는 종종 마음이 콩밭에 가 있어 일이 손에 잘 안 잡히기도 하고 심지어 철학관을 가서 "저 지금 일 그만둬도 될까요?"하고 물어보는 사람도 있다. 사실 모든 해답은 당신 안에 담겨있다.

자, 그럼 이제 달력을 펼치고 나와 함께 달력에 표시하며 이직에 대한 해답을 스스로 찾아보자. 매일 퇴근 전 달력에 당신의 마음 상태를 ×, △, O, ☆로 표기해 보자.

× : 스트레스가 극에 달하는 날 (회사를 당장 때려치우고 싶은 정도)

△ : 스트레스를 받긴 했지만, 회사를 때려치우고 싶진 않은 정도

O : 그냥저냥 무난하게 하루를 넘긴 날

☆ : 성취감을 느끼는 날

한 달 근무일은 대개 휴무를 제외하면 약 20일 정도 된다. 당신은 이 이십일 중 스트레스가 최고치에 달하는 (당장 일을 때려치고 싶은) 날이 며칠이나 되는가? 나는 보통 20일 중 하루 이틀 정도가 X 날에 해당한다. 이는 전체 근무일 중 약 10% 정도 되는 시간이다. 그렇다고 나머지 90%에 해당하는 날이 좋은 것만은 아니다. 스트레스가 최고치에 다다르는 이틀을 제외한 18일 중 한 9일 정도는 '오늘 하루 무난하게 넘어갔다, 할 만하다' 정도이며 나머지 4일은 스트레스를 받긴 하지만 일을 그만두고 싶을 정도는 아니다. 결국 나는 이러한 날을 제외하고 남은 4~5일 정도만이 일에 대한 흥미와 성취감을 느끼는 것으로 확인되었다. 만약 당신의 20일 근무 기간 중 극도의 스트레스에 시달리는 날이 15일 이상이라면 당신에게 다른 직장을 서서히 알아보라고 권하고 싶다. 예전에는 '한 우물만 파야 된다.' 라는 관념이 있어 업의 방향을 틀거나 이직에 대한 인식이 좋지 않았지만, 시시각각 변화하는 요즘 같은 세상에서는 생소한 분야에서도 성공하는 사람이 많으며 더 좋은 조건으로 이직하는 사람을 능력자라고 이야기한다. 예전에 한 지인으로부터 매일같이 언성을 높이며 물건을 집어 던지는 상사 때문에 괴롭다는 하소연을 듣고 "요즘도 물건을 던지는 상사가 있다니……." 순간 경악하며 다른 직장을 알아보라고 권한 적이 있다. 현재 이 지인은 나름 수평적인 조직 분위기에서 만족도 높은 직장생활을 하고 있다. 이렇듯 직장과도 인연이 있고 조직과도 궁합이라는 것이 있다. 아침마다 출근길이 도살장에 끌려가는 것처럼 괴롭기만 하다면 당신과 맞지 않는 직장일 수 있다. 물론 최상의 궁합을 이루는 직장은 드물겠지만 적어도 지금보다는 잘 맞는 조직이 있을 수 있다. 만약 당신이 현재 직장이 썩 마음에 들지는 않더라도 20일 중 10일 이상 그냥저냥 버틸 만 하다면 그냥 참고 다니길 권유한다. 왜냐하면 그 정도의 스트레스는 어느 직장에 가도 마찬가지기 때문이다. 여기서 한 가지 주의할 점은 매달 자신의 컨디션과 감정 상태에 따라 ×, △, ○, ☆ 표기 사항에 변동이 있을 수 있으니 반년은 통계를 내라고 권하고 싶다. 당신은 "헉! 반년이나 하라고?"라는 생각을 할 수 있겠지만 극단적인 예로 이번 달에 연인으로부터 실연을 당했다면 회사와 상관없이 한 달 내내 ×가 주를 이룰 수 있다. 꼭 이런 일이 아니더라도 살다 보면 유독 힘든 달이 있기 때문에 그 한두 달의 감정에 휩쓸리지 않는 객관적인 통계를 내야 후회를 최소화하는 결정을 내릴 수 있으며, 반년간 충분한 시간을 두기 때문에 돌연히 백수가 되어 다음 달 생계를 걱정하는 일도 방지할 수 있다. 퇴사하고 일 년 가까이 백수로 보낸 지인들의 이야기를 들어보면 그 쓰레기 같은 직장이라도 다닐 때가 나았다는 말을 한 번씩 한다. 보통 사직서를 제출할 땐 본인은 합리적인 결정이었다고 생각하지만 시간이 지나 돌이켜보면 감정의 늪에 빠져 객관적이지 못했던 자신의 모습이 보이곤 한다. 나는 예전에 자포자기한

심정으로 달력에 표기하며 통계를 완성하고 있었는데 신기하게도 마지막 육 개월째 접어들었을 때 그 생각이 싹 사라졌다. 그러니 이런 일은 성급한 판단보단 충분히 기간을 두고 천천히 결정하길 권한다. 혼란스러울 때 가장 신뢰하지 말아야 할 것은 당신의 차가워진 마음과 뜨거워진 머리이다. 마음이 차가워지면 그간 직장에서 쌓아온 귀중한 가치를 냉담하게 바라보게 되고 뜨거워진 머리는 감정에 치우친 결정을 내리기 쉽다. 당장 눈앞의 유혹에 현혹되지 말고 그간 미운 정 고운 정 들며 걸어온 지난 길도 되돌아보며 생각의 숙성기를 거쳐 현명한 결정을 하길 바란다.

08

숨겨진 원인에
해답이 있다

———

당신은 퇴사할 때 퇴사 사유를 솔직하게 이야기한 적이 있는가? 대다수의 직장인이 퇴사할 때 솔직한 사유를 언급하지 않는다. 전 직장에서 딸이 곧 출산 예정이라 손자를 돌보아야 한다는 사유로 사직서를 제출하신 분이 계셨는데 사실 진짜 퇴사 이유는 수 년 전부터 회사에 쌓여오던 불만이 터진 것이었다. 누가 퇴사하는 마당에 "대표가 또라이라 같이 일 못 하겠다. 복지가 엉망이다."라고 이야기하겠는가. 보통은 백 가지 이유 중 한두 가지 정도 이야기하거나 아예 다른 핑계를 대는 경우도 많다. 이는 곧 그만두는 마당에 굳이 안 좋은 이야기를 할 필요성도 못 느낄뿐더러 또 언제 어디에서 다시 만날지 모르는 사람과 굳이 얼굴을 붉히며 언쟁을 하고 싶지 않기 때문이다. 돌이켜보면 나도 퇴사할 때 단 한 번도 속내를 이야기 한 적이 없다. 매번 건강상의 문제라는 둥 대충 둘러대었는데 그럴 때면 회사에선 뜬금없이 연봉을 더 올려주겠다, 직급을 더 올려주겠다는 제안을 하였고 이미 회사에 대한 불만이 수십 가지에 다다라 마음이 뜰 때로 떠버린 나는 그런 제안들이 귓등으로도 들리지 않았다. 퇴사할 때 상대방을 붙잡기 위해 내세우는 조건들이 퇴사자의 마음을 움직이는데 큰 효과가 없는 이유는 회사에서 제안한 조건보다 퇴사자가 말하지 못한 고통의 크기가 훨씬 더 크기 때문이다.

　어떤 직원이 퇴사하면서 "쪽팔려서 더는 이 회사 못 다니겠습니다."라고 얘기한 적이 있다. 충격 받은 관리자가 직원들 모아놓고 우리 회사가 왜 부끄러운지 소통하자고 자리를 만들었으나 아무도 솔직하게 이야기하지 않았다. 엄밀히 말하면 이야기하지 않은 것이 아니라 이야기하지 못한 것이다. 누가 관리자 앞에서 회사에 대한 불만을 속 시원히 털어 놓겠는가? 정말 직원들의 솔직한 이야기가 듣고 싶었다면 익명성이 보장되는 형태로 의견을 구했어야 했다. 퇴사하는 직원들은 단순히 어제 오늘 일로 퇴사하는 것이 아니다. 아주 많은 사건이 얽히고 설켜 오랜 시간 고민 끝에 결정을 내렸을 텐데 면담 중에 사유를 추궁한들 어디 한두 마디로 깔끔하게 정리되어 나올 수 있겠는가. 어느 날 갑자기 연인으로부터 헤어지자는 통보를 받은 지인들의 이야기를 들어보면 만나온 시간에 비해 이별 사유가 너무 간단해서 납득이 안 된다는 말을 많이 한다. 아마 이별을 결심하게 만든 원인은 그보다 더 깊고 굵게 내재되어 있을 것이다. 이미 오랜 시간에 걸쳐 쌓인 불만이 더 이상 감당할 수 없는 지경이 되어 폭발한 사람에게 "내가 이제 술 줄일게", "연락 자주 할게", "게임 안 할게"등과 깊은 행동 변화를 다짐한들 상대방의 마음을 쉽게 되돌릴 수 있을까? 이처럼 주의에 발생되는 문제의 원인을 들여다보면 아주 오랜 시간에 걸쳐 뿌리 깊게 얽혀있는 경우가 많다. 그래서 수십 년을 함께해 온 부부가 싸우는 이야기를 들어보면 단순히 어제 오늘 서운해서 터진 것이 아니라 기억도 잘 안 나는 오래전부터 얽힌 감정들과 사건이 묶여 있어 칼로 무 썰 듯 깔끔하게 정리가 안 되는 것이다. 전날 회식 자리에서 말실수해서 이튿날부터 그 직원과 불편해졌다는 하소연을 하는 지인에게 "어쩌면 상대방은 그 전부터 쌓인 것이 있었을 지도 몰라요"라고 이야기해 주었다. 한두 번 실수했다고 인연이 돌변하거나 한두 가지가 불편하다고 퇴사하는 경우는 드물다. 그러니 현상의 원인을 파악할 때는 보다 넓고 깊게 들여다보아야 하며 설령 그 원인이 당신의 상식 밖에서 충격적인 형태로 발견되더라도 적나라하게 마주할 수 있어야 현상을 개선해 나갈 수 있다. 어쩌면 당신이 현재 겪고 있는 문제의 원인은 당신이 생각하는 것보다 훨씬 더 깊은 곳에 또는 상상 하지도 못한 곳에 숨겨져 있을 수 있다.

09

누군가는 당신의 요청을
갑질로 느낄 수 있다

———

우리는 일터에서건 가정에서건 종종 중간입장에 놓일 때가 있다. 상사와 후배직원의 중간에서 완충작용을 해야 할 때도 있고 회사 입장과 거래처 입장 중간에 서서 그들의 입장을 대변해야 할 때도 있다. 그런데 이러한 상황은 꼭 일터에서만 있는 것은 아니다. 가까운 두 지인이 근래에 연인이 되었는데 싸울 때마다 나한테 번갈아 가며 하소연을 해왔다. 나는 중간 끼어 함께 상대방을 욕할 수도 없고 그렇다고 상대방 입장에서 이야기하면 너는 대체 누구 편이냐고 서운해 하니 이러지도 저러지도 못하는 상황의 연속이었다.

한 친구는 와이프가 시댁 가기 싫다고 자신을 들들 볶고 그의 부모님은 매주 오라고 연락을 하시니 핑계 대는 것도 하루 이틀이지 중간에서 미쳐버리겠다고 한다. 이처럼 나도 일하다 보면 중간 입장에 놓일 때가 종종 있다. 거래처와 더는 협의가 어려운 건들은 사유를 정리하여 회사 또는 고객사에 전달하는데 생각지도 못한 오해를 받아 난감했던 적이 있다. 나름 객관적으로 설명한다고 한 것이 마치 타 업체 편을 드는 것처럼 보인 것이다. 내 입장에선 편을 든 것이 아니라 중재가 필요하여 양해를 구한 것인데 듣는 사람 입장에서는 그렇지 않았다. 그간 나름 양측의 중간에 서서 중심을 지켰다고 생각했지만, 양측에서 바라보는 중립의 위치는 제각각이었다. 하지만 나도 상대방의 입장에 놓이자 그 마음이 십분 이해되었다. 예전에 프로모션 진행을 하기 위해 거래처에 물량지원을 요청한 적이 있는데 이런 건 담당자 선에서 바로 확답할 수 없으니 통상적으론 내부적으로 검토 후 답신을 준다. 보통 거절의 메시지를 담은 이메일의 경우 "안 됩니다."와 같은 칼 대답이 주를 이루고 조금 더 신경 써주는 경우에는 사유를 간략하게 보내준다. 그런데 거절의 메시지를 볼 때마다 머리로는 그 담당자가 할 수 있는 최선을 다했을 것이라는 생각을 하면서도 마음 한편으로는 '조금 더 윗분들을 설득해주지. 너무 회사 입장에서만 이야기 하네' 와 같은 아쉬움이 남는다. 그런데 재밌는 건 승낙의 메시지가 담긴 회신의 경우에는 중간 입장자가 한 뼘 더 가깝게 느껴진다는 것이다. 유치한 표현이긴 하지만 왠지 내 편을 더 들어준 기분이라고 할까……. 사실 결과가 이렇든 저렇든 중간 입장자는 딱 그 자리에 있었을 텐데 상황에 따라 나는 그거리를 다르게 바라보는 것이었다. 그래서 예전에는 내 기준에서 중립을 잘 지키기 위한 방법을 고심했더라면 요즘은 어떻게 해야 상대방의 관점에서 중심을 잘 잡을 수 있을지를 생각한다. 그러려면 최대한 상대방의 입장을 헤아리는 것이 중요하다. 상대방의 요청에 부응하지 못하는 거절의 메시지 하나도 딱 잘라서 "회사 내규라 안됩니다."가 아니라 "지금 저희 때문에 굉장히 난감하실 것 같아서 요청 사항을 최대한 수용해 드리려고 내부적으로 몇 차례 더 검토해 보았지만 기존 원자재 납품 업체가 공급을 중단하는 바람에 진행이 어려울 것 같습니다. 죄송합니다." 와 같이 상대방의 현재 상황을 충분히 공감해주고 내입장에서 최선을 다한 모습과 현재 상황을 상대방이 이해할 수 있도록 설명해주면 한쪽 편만 든다는 오해를 줄일 수 있다.

반대로 당신의 요구를 상대방으로 하여금 간곡한 부탁으로 들리게 하는 표현은 생각보다 간단하니 말재주가 없다고 부담 가질 필요 없다. "요즘 많이 바쁘실 텐데 제가 또 번거로움을 끼쳐드렸네요", "과장님께서 중간에서 정말 수고 많으시네요.", "매번 애써주셔서 감사합니다." 와 같이 상대방을 존중하는 한마디를 붙여주는 것으로 충분하다. 별거 아닌 것 같은 그 한마디를 더 신경 쓰고 안 쓰고의 차이가 누군가에겐 거북한 갑질로 느껴질 수도 있고 젠틀한 요청으로 받아들일 수도 있다는 것을 기억하자.

10

부끄럽다고 느낄 수 있는 건
축복이다

———

 정확히 언제였는지 기억조차 희미해졌지만, 학창시절 릴레이 발표를 하다가 울어버린 적이 있다. 발표를 마친 사람이 다음 발표자를 지목하여 발표를 이어가는 방식이었는데 한 친구가 나를 지목하자 당황해서 울었던 것 같다. 나는 아직도 그날의 내 행동이 이해되지 않는다. 이밖에도 화장실 갈 때 꼭 친구랑 같이 가던 기억, HOT 멤버 중 누가 더 잘생겼다며 친구들과 옥신각신했던 일까지 돌이켜보면 낯 뜨거운 기억투성이다. 돌이켜보면 나는 성인이 되어서도 매년 부끄럽지 않은 해가 없었던 것 같다.

 2011년 얼떨결에 싱가포르에서 강의를 시작하게 되었는데 당시 촬영한 영상을 보면 손발이 오그라들어 얼굴을 들고 볼 수가 없다. 어찌나 부자연스러운지 꼭 로봇이 말하는 것 같았다. 그로부터 삼년 뒤 나는 팟캐스트를 시작하였고 그 시점으로부터 다시 오 년이 지난 지금 당시의 녹음 파일을 들어보면 너무 어색하고 유치해서 닭살이 다 돋는다. 나는 킥복싱을 시작한지 얼마 안 되었을 때 내가 꽤 잘한다고 생각하고 촬영한 적이 있는데 (사실 촬영한다고 보통 때 보다 훨씬 오버해서 액션을 취했음에도 불구하고) 지금 보면 어설프기 짝이 없으며, 화장을 처음 시작했을 때 눈썹을 짝짝이로 그리기 일쑤였고 예전에 나의 철없던 언행을 돌이켜보면 부끄러워 온몸이 뒤틀린다.

배우들이 신인 때 연기한 영상을 보면 민망해서 얼굴이 붉어지곤 하는 데 최선을 다한 과거가 부끄럽다고 느껴지는 건 성장의 흔적이다. 분명 지금의 베테랑도 지난 세월 수없이 많은 시행착오와 흑역사를 거쳐 지금의 자리에 다다를 수 있었을 것이다. 그런데 아주 오래된 과거가 아닌 불과 몇 개월 전 또는 근래의 흔적도 부끄럽게 느껴질 때가 있다. 나는 불과 몇 개월 전 시작한 유튜브 영상을 한 번씩 다시 보곤 하는데 편집 상태, 콘텐츠, 스피치 전부 엉망이라 비공개로 돌려놓고 싶은 적이 한 두 번이 아니다. 심지어 며칠 전 집필한 글도 오늘 보면 수정할 곳 투성이다. 이렇게 불과 며칠, 몇 달 전 일도 부끄럽다고 느낄 수 있다는 것은 눈에 보이진 않지만 매일 조금씩 성장하고 있다는 긍정적인 신호가 아닐까?

흑역사는 더 이상 부끄러운 과거가 아니라 더 나은 내일의 나와 만나기 위한 위대한 과정이다. 살면서 정말 부끄러워해야 할 일은 흑역사가 아니라 여전히 자신의 부끄러운 행동을 깨닫지 못하는 것이다. 오랜 세월 잘못된 행동을 일삼으며 지금까지도 부끄럽다고 인지하지 못하고 있다면 그 사람은 여전히 그 행동을 반복하고 있을 가능성이 높다. 그래서 나는 지난 세월을 부끄럽다고 느낄 수 있는 오늘에 참 감사하다. 당신도 문득 지난날을 돌이키다 흑역사와 마주한다면 창피해하지 말고 그때를 부끄러워할 수 있는 오늘을 기특하게 생각해주길 바란다.

03

오늘도 사람 때문에
지친 을에게

> 숙성된 관계에서는
> 상대방의 행동이
> 설령 이해되지 않더라도
> 받아들일 수 있는
> 여유가 생긴다.

01

관계의 패턴 속에
힌트가 담겨 있다

우리가 맺고 있는 인간관계는 자세히 들여다보면 나름의 패턴이 있다. 주위 커플들을 보면 매번 싸우는 패턴이 유사한데 먼저 삐지는 사람과 풀어주는 사람이 거의 정해져 있으며 집착을 하는 쪽과 구속을 당하는 쪽 역시 고정된 경우가 많다. 직장과 가정에서도 잔소리하는 쪽과 듣는 쪽은 거의 정해져 있는데 이러한 패턴은 상대방과 설정된 관계에 따라 유동적인 특성을 갖는다.

한 친구는 친구들 사이에선 그 누구보다 화통하지만 연애를 하면 세상 예민해지며 또 다른 친구는 동성친구와의 관계에선 늘 얻어먹는 패턴을 유지하지만 이성친구들 사이에선 이와 상반된 패턴을 갖는다. 나 역시 가까운 지인들을 만나면 이래도 흥 저래도 흥(별 생각 없이 친구 따라 강남 가는 스타일)인 피동적인 패턴을 갖지만 일로 얽힌 만남에서는 웃짝 가르듯 분명하고 주동적인 패턴이 유지된다.

얼마 전 한 친구가 나에게 하소연하였다. 남편이 다른 사람들을 대할 땐 아주 쿨한데 자신에게는 굉장히 보수적이라 피곤하다는 것이다. 내가 보기엔 친구 신랑이 전혀 보수적인 사람이 아닌데 가족이라는 틀 안에서는 보수적인 패턴이 생겼다. 그런데 이러한 패턴은 한번 셋팅되면 웬만해선 잘 바뀌지 않는 지속성이 강하다. 대표적인 예로 세월이 지나도 늘 자식 걱정부터 하시는 부모님의 내림 사랑도 고정적인 패턴 중 하나이다. 이는 바꾸어 말하면 이미 경험해 본 패턴을 근거로 유사한 관계가 설정되었을 때 미리 패턴의 흐름을 가늠해 볼 수 있다는 것이다. 잘 생각해보면 우리는 그간 만나온 많은 사람 중 유사한 성향의 사람과 형성된 관계의 패턴을 경험한 적이 있을 것이다. "엇? 이렇게 집착하는 사람은 이전에도 경험 했었는데?" 하며 이전 기억을 돌이켜보면 지난날 지치고 힘들었던 기억이 떠오르면서 어느 정도 이 관계의 윤곽이 그려질 것이다.

지인 중에 "동업은 절대 안 한다."고 외치는 분이 있는데 그분은 수십 년간 경험해온 관계의 패턴을 통해 동업자들과의 관계에서 발생하는 고질적인 문제를 깊게 인지하고 있었다.

아무리 평소에 뜻이 잘 맞는 사람이라도 이해관계가 되면 잡음이 생기기 마련이며 가까운 사이기 때문에 감정이 상하기 쉬워 일이 주관적으로 진행될 때가 있다고 하였다. 하지만 때론 자금 압박에 의해 타인의 자금 유입이 불가피한 상황이 있는데 그럴 땐 투자를 받되 경영권은 자신이 확보한다고 하였다. 살다 보면 '이 사람과 동업해야 하나 말아야 하나', '이런 사람 밑에서 계속 일해야 되나 말아야 하나', '이 친구를 계속 만나야 하나 말아야 하나' 하는 관계의 맺고 끊음에 대해 고민을 할 때가 있다. 그럴 땐 그간 당신이 살면서 맺어온 무수히 많은 관계의 패턴 속에 담긴 힌트를 찾아보자. 나는 인간관계에 통달한 사람은 아니지만 적어도 나를 힘들게만 하는 관계의 패턴은 귀신같이 알아차리는 편이다. 나는 불편한 패턴이 발견되면 상대방과 적당한 거리를 유지하여 스트레스를 최소화하려 한다. 우리가 살면서 겪은 인간관계가 경험이라면 인간관계의 패턴은 그 경험을 나열하여 유형화시킨 것이다. 이는 막연한 실마리가 아닌 당신의 인생에 녹아있는 근거 있는 지침서가 된다. 하지만 인생을 살다 보면 그간 경험해 보지 못한 새로운 패턴이 형성되기도 하고 기존 패턴에서 변수가 발생되기도 한다. 그러니 당신의 통계는 지침서로 삼되 그것에만 갇혀 새로운 패턴을 놓치지 않는 유연함이 필요하다. 살면서 스쳐 간 그리고 앞으로 스쳐 갈 인연들이 남기는 패턴은 당신의 인생에 중요한 교과서가 될 것이다.

02

갑한테 뺨 맞고
을에게 풀지 말 것

———

　일을 하다보면 나의 의지와는 상관없이 동시에 갑, 을 두 입장에 놓일 때가 있다. 건설사에서 건축 자재를 구입 할 때는 갑이 되지만 건축물을 분양할 때는 을이 되며, 식당에서 식자재를 구매할 땐 갑이 되지만 음식을 판매하는 순간 을이 된다. 전자제품 제조사도 부품을 구매할 때는 갑이 되지만 제품이 출시되는 순간 을이 되며 무역업체는 제품을 대외 구매할 때는 바이어가 되지만 그 제품을 고객사에 제안할 때는 을이 된다. 이렇듯 우리는 비용을 집행하는 순간과 비용을 거두어들이기 위한 순간이 번갈아 가며 오기도 하고 동시에 오기도 한다. 이렇다 보니 어제는 갑이 되었다가 오늘은 을이 되기도 하고 오전에는 갑이 되었다가 오후에는 을이 되기도 한다. 조직문화 역시 이와 비슷한 구조인데 윗사람 앞에서는 을과 유사한 관계가 되고 아래 직원 앞에서는 갑과 엇비슷한 입장이 된다. 직장에서 갑을을 나누는 기준은 생각보다 단순한데 보통 쓴 소리하는 쪽이 갑에 가까운 입장이고 쓴 소리를 듣는 쪽이 을에 가깝다. 대리는 과장 앞에서 을이 되지만 주임에게는 갑이 되는 격이니 하루에도 수차

렐썩 입장이 뒤바뀌며 갑에게 빰맞고 을에게 풀어버리는 모습을 볼수 있다.

　와이프에게 바가지 긁히고 아이들에게 화풀이하는 사람, 상사한테 깨지고 아래 직원에게 짜증을 내는 사람, 고객에게 당하고 거래처에 성질내는 사람 등이 있는데 문제는 자신이 화풀이하고 있다는 사실을 인지하지 못하는 사람이 많다는 것이다. 직장에서 윗사람에게 크게 깨지고 난 뒤 후배 직원들에게 별일 아닌데도 계속 꼬투리 잡으며 자신의 화풀이를 업무적으로 합리화시키는 모습을 보면 아랫사람은 울화가 치밀어 오른다. 나는 예전에 자기 기분 내키는 대로 일하는 사람과 일하다 정신병에 걸릴 뻔한 적이 있다. 자신의 기분에 따라 전날에 승인한 일도 하룻밤 사이 명분도 없이 갑자기 결정을 뒤집어버리기 일쑤였는데 이런 일이 장기간 지속되자 도저히 같이 일 못하겠다는 결론을 내렸다. 원래 일이라는 것이 늘 변수의 연속이긴 하지만 이렇게 감정적인 요소로 좌지우지되면 대체 어느 장단에 맞춰야 할지도 감을 못 잡을 뿐만 아니라 사기도 팍팍 떨어진다. 생각보다 많은 사람들이 감정적으로 일할 때가 많은데 자신이 얼마나 주관적으로 일하고 있는지 깨닫지 못하고 주위 사람만 괴롭히기 바쁘다. 문제는 종일 갑에게 시달리다 보면 자신도 모르는 사이 유사한 행동을 하게 될 수도 있다. 그렇게되면 당신의 분노 에너지를 받은 약자는 또 다른 희생자를 만든다. 아침에 진상 고객에게 시달린 김 팀장은 무의식중에 박 대리에게 짜증을 내고 그 부정적인 에너지를 흡수한 박 대리는 허 주임에게 인상을 쓰며 툭툭댄다. 허 주임은 퇴근 후 괜히 남편의 행동을 꼬투리 잡아 시비를 걸고 그녀의 남편은 자녀에게 잔소리하며 짜증을 푼다면 결국 아침에 한 진상 고객으로부터 시작된 분노가 아무 잘못도, 연관도 없는 아이에게까지 전달되는 셈이다. 이러한 먹이사슬 형 분노 전달은 조직 분위기를 망칠 뿐 아니라 심지어 가정불화에도 영향을 끼친다. 이런 상황을 방지하려면 갑에게 쌓인 감정은 갑과 풀어야 하며, 갑에게 풀 수 없는 상황이라면 스스로 컨트롤 할 수 있어야 한다. 그런데 여기서 간과하지 말아야 할 것은 당신이 을에게 화를 내지 않았다고 해서 화풀이를 안 하고 있다고 말할 순 없다. 화풀이라는 것이 반드시 인상 쓰며 언성을 높이는 것만이 해당하는 것이 아니다. 갑한테 뺨 맞았다고 그날 저녁 을에게 술 한 잔 하자는 것도(비록 화풀이는 아니지만) 을 입장에선 상당히 부담될 수 있다. 을은 당신의 기분 맞춰주는 사람이 아니다. 정 회식을 하고 싶다면 당신 속을 뒤집어 놓은 갑과 회식하며 푸는 것이 문제 해결에는 더 효율적이다. 만약 갑과의 회식이 생각만 해도 소름 돋는다면 당신의 을도 그와 같은 마음일 수도 있다는 것을 기억하자. 굳이 타인에게 화를 내지 않아도 마음에 화가(anger) 자리 잡은 상태에서는 본인도 모르게 분노의 기류가 흐르게 되어있다. 그럴 땐 마음이 가라앉을 때까지 소통을 잠시 미루는 것이 도움이 된다. 잠시 탁 트인 곳에서 심호흡을 하던, 잠시 걷다 오던 마음을 진정 시켜 아무 죄 없는 사람을 당신의 희생양으로 만들지 말자. 당신이 무심코 던진 돌멩이에 어떤 이는 맞아 죽을 수도 있다.

03

인간관계에
답이 없는 이유

───

  나는 기업체 강의를 하러 가면 "일이 더 힘든가요, 사람이 더 힘든가요?"라는 질문을 종종 한다. 그때마다 대다수의 사람은 사람이 더 힘들다고 이야기한다. 일하다 보면 누구나 한 번쯤 "저 인간만 아니면 일 할만 할 텐데…."라고 생각했던 적이 있을 것이다. 여기서 말하는 '저 인간'은 직장 내부에 있을 수도 있고 외부에 있을 수도 있다. 나도 가끔 극도의 스트레스에 시달릴 때가 있는데 90% 이상이 사람때문이다. 지인들이 한 번씩 찾아와 털어놓는 고민 역시 관계 (상사, 동료, 동업자, 연인, 자녀)에 관한 이야기가 주를 이룬다. 살면서 다양한 사람들을 만나오며 나름의 경험치가 쌓여 사람을 보는 안목도 늘고 처세도 훨씬 유연해졌지만 우리는 여전히 관계의 스트레스로부터 완벽하게 벗어나지 못하고 있다. 그동안 인간관계의 솔루션에 관한 서적이 수 없이 출간되었지만, 과연 인간관계에 명확한 솔루션이 있을까? 누군가 아무리 좋은 솔루션을 제시해 주어도 완벽한 답이 될 수 없는 첫 번째 이유는 인간관계는 쌍방통행이기 때문에 내 의지대로만 흘러가지 않는다는 것이다. 평소에 동료에게 늘 친절하고 배려심 깊은 지인 A는 상사의 폭언 때문에 힘들다고 털어놓았다. 본인이 아무리 주위 사람들에게 잘해도 일방통행으로 쌍방통행의 모든 변수를 컨트롤하긴 어렵다. 인간관계에 완벽한 솔루션이 없는 두 번째 이유는 제삼자의 영향도 많이 받기 때문이다.

"중학교 일학년인 딸아이가 남자친구가 생겼는데 어떡하죠?"라며 나에게 조언을 구하는 지인 B에게 "뭘 어떻게 해요, 때 되면 알아서 헤어지니 그냥 놔두세요."라고 대답하였다. 나의 이 간단한 대답에 남의 일이라고 강 건너 불구경하듯 이야기한다는 듯한 표정을 지어 보였지만 나한테까지 찾아와 조언을 구한다는 것은 이미 자녀에게 이야기했지만 아무 소용이 없었거나 아직 이야기하지 않았지만 말해봐야 듣지 않을 것 같다는 것을 알고 있다는 뜻이기에 식상하고 의미 없는 답변을 늘어놓지 않은 것뿐이다. 결정적으로 그녀가 원하는 해결책을 줄 수 없었던 이유는 이 문제는 단순히 부모와 자녀 둘만의 일이 아니었기 때문이다. 자녀는 이미 제삼자와 감정적으로 관계가 묶여있어 부모가 아무리 어르고 달래도 제 삼자와 감정적으로 변화가 생기지 않는 이상 쉽게 정리하긴 어려울 것이다. 마지막으로 인간관계에 명확한 해결책이 없는 세 번째 이유는 우리는 관계의 본질보다 설정의 영향을 크게 받기 때문이다. 직장인 C는 "부장님 얼굴만 보면 토할 것 같아요"라며 하소연을 해왔는데 그 부장님을 직장이 아닌 동호회에서 만나 한 달에 한두 번 만나 취미 생활을 공유하는 정도로 관계가 세팅되었다면 어땠을까? 아무리 좋아하는 노래도 알람으로 설정해 놓으면 어느 순간 그 노래가 듣기 싫어지며 아무리 좋아하는 일도 생계가 되면 스트레스를 받는다. 이십 년간 술 마시며 놀 때는 절친 이었는데 동업을 하며 원수가 되었다면 그것은 관계 본질의 문제가 아닌 관계의 설정 때문일 수 있다. 만약 그 친구와 돈으로 얽힌 관계로 설정되지 않았다면 그들은 지금까지도 사이좋게 지냈을 수 있다. 온종일 당신을 들들 볶는 혐오스러운 상사도 가끔 만나 안부 인사 정도만 나누는 사이였다면 지금보다 열 곱절은 잘 지냈을 수 있었을 것이다. 부장님 얼굴만 봐도 토할 것 같은 친구에게 "그 부장도 언젠간 은퇴하겠지, 아니면 네가 그전에 이직하는 날이 올 수도 있고"라며 농담 반 진담 반으로 이야기한 적이 있다. 이 말 속에는 '그래도 어쩌겠냐? 먹고 살아야 되는데' 라는 어쩔 수 없는 현실이 담겨져 있다. 위에서 언급한 쌍방통행에 대한 컨트롤도, 제삼자의 영향력도, 관계의 설정도 모두 당신 의지대로 어찌할 수 없는 일이다. 그러니 당신이 백날 고민해도 인간관계에 답이 없는 건 마찬가지 이므로 괴로워하며 자신의 귀한 시간과 에너지를 소진하지 않길 바란다.

04

원래 내부의 적이
더 힘들다

———

　예전에 일본 생활용품 제조사의 한국지사에 방문한 적이 있는데 지사장님이 일본 분이셨다. 국내에 거주한 지 수년 차라는 이야기를 듣고 "한국어를 전혀 못 하시는데 한국 생활 힘들지 않으세요?"라고 질문 드렸더니 "한국에서 생활하는 것보다 오히려 일본 본사와의 소통이 훨씬 힘들어요. 진짜 적은 내부에 있습니다."라는 의외의 대답을 들었다. 그 이야기를 듣고 순간 잊고 지내던 이전 기억들이 머릿속을 스쳐 지나갔고 나도 모르는 사이 고개를 격하게 끄덕이며 그 말에 공감하고 있었다. 돌이켜보면 나도 내부의 적이 훨씬 힘들 때가 많았다. 외부의 적이라 하면 거래처, 경쟁업체, 고객들인데 그들 때문에 힘든 것은 한시적이지만 내부의 적은 매일 하루 여덟 시간을 함께 보내야 하는 지속성이 따른다. 게다가 외부의 적은 대상이 유동적이지만 내부의 적은 대상이 고정적이라 감정이 누적되어 더 힘들 수밖에 없다. 간혹 외부의 적도 고정적일 때가 있지만 그래도 내부의 적보단 원거리를 유지할 수 있다는 장점이 있다. 내부에 적은 어찌나 하는 짓도 얄미운지 실적 가로채는 놈, 문제 생기면 남에게 책임을 떠넘기는 놈, 강자에 약하고 약자에 강한 놈, 이간질하는 놈, 루머제조기 등 별의별 놈들이 다 있었다. 많은 이들이 이 말에 공감하면서도 달리 방법이 없어 괴로워하는 모습을 보며 내가 작은 도움이라도 되고자 내부의 적과 잘 지내는 방법에 대한 강의를 한 적이 있지만, 현실적으로 적용이 쉽지 않았다. 칭찬으로 하루를 시작하고 싶어도 말이 떨어져야 말이지, 얼굴만 봐도 속이 뒤집히는데 웃는 얼굴로 대하고 싶어도 표정 관리부터 의지대로 되지 않는다. 게다가 오는 말이 어느 정도 고와 줘야 가는 말도 괜찮은 말이 나갈 텐데 이건 뭐 입만 열면 폭탄이니 상종 자체가 힘 빠지는 일이다. 그래서 나는 적들과 잘 지내는 방법에 관해 이야기 하는 대신 그들로부터 힐링하는 방법을 소개하는 것으로 강의 방향을 바꾸었다. 힐링이라 하면 명상과 산책 같이 차분하고 잔잔한 행위를 연상하는 사람이 많지만 나는 다소 과격하게 힐링을 한다.

얼마 전 지인에게 나는 샌드백 칠 때 '퍽퍽' 울리는 소리로 힐링한다고 했더니 지인이 조금 당황한 얼굴로 "그 소리가 널 힐링 되게 해준다고? 에이~ 그냥 스트레스가 풀리는 거겠지."라고 말하였다. 그래서 나는 "스트레스는 주먹을 휘두를 때 풀리는 거고, 그 소리야말로 내 막힌 속을 뻥 뚫어준다니까"라고 받아쳤다. '힐링이 뭐 별건가, 내 속이 개운하면 그만이지.' 반드시 남들과 같은 정형화된 방식으로 힐링할 필요는 없다. 퇴근길에 신나는 음악을 틀어놓고 운전하며 그들을 향해 신나게 욕도 뱉어보고 소리도 지르는 것도 힐링이 되며 가까운 지인들을 만나 시원하게 욕을 날려보는 것도 괜찮다. "뭐 어때? 당사자만 모르면 되지!" 우리가 신도 아니고 모든 사람을 너그러이 포용하는 것은 불가능하다. 소중한 사람들만 잘 챙기기도 쉽지 않을 판에 나를 괴롭히고 상처 주는 사람들에게까지 굳이 애쓸 필요 없다. 그들이 뭐라고 난리를 치든 당신은 묵묵히 당신 할 일만 하면 된다. 이해관계로 얽힌 집단에서는 아군이 적군으로 돌아서는 것도 한순간이고 적군이 아군이 되는 것도 지극히 자연스러운 일이다. 그러니 내부의 적이 어느 날 갑자기 당신에게 아군인 척 달라붙었다고 기뻐할 것도 없고 당신의 측근이 한순간에 적군이 되었다고 슬퍼할 필요도 없다. 그 좁은 조직에서 관계는 쉬지 않고 돌고 돌기에 당신이 아무리 가만히 있으려 해도 자기들끼리 범퍼카처럼 우르르 달려들어 부딪혔다 튕겨 나갔다 하며 무한 반복할 뿐이다. 그러니 그 의미 없는 판에 치여 괴로워하지 말고 스트레스를 받는 힘보단 스트레스를 푸는 힘에 더 집중하여 중심을 잘 잡아가길 바란다. 오늘도 진상 중의 진상인 내부의 적으로부터 당신을 지켜내느라 정말 수고 많았다.

05

관계에도 계절이 있다

———

  수년전 직장에서 원수같이 지내던 상사를 우연히 길에서 마주친 적이 있다. 그런데 인간은 망각의 동물이라 그런지 순간 나도 모르게 반갑게 인사를 하고 있었다. 한참 서로의 근황을 이야기하다 당시 내가 인테리어 업체를 알아보고 있다는 말에 선뜻 자신의 지인을 소개해주었고 감사한 마음에 식사를 대접하게 되면서 이전의 악감정이 휘발유처럼 증발하였다. 이십대 초반에 나랑 엄청 안 맞았던 친구가 있었다. 오죽했으면 친구들이 내가 나오는 자리는 그 친구를 부르지 않았고 그 친구가 나오는 자리는 나를 부르지 않았을 정도였다. 그렇게 세월이 흘러 삼십대 초반이 되자 친구들이 하나 둘씩 결혼 소식을 알려왔고 한 친구가 청첩장을 돌리기 위해 마련한 자리에서 자연스럽게 그 친구와 재회하게 되었다. 재밌었던 건 당시에 내가 한참 명리학에 빠져있을 때였는데 그 불편했던 친구 역시 명리학을 공부를 했던 터라 그날 우리의 대화 소재가 통해버렸고 둘 다 신나서 폭풍수다로 이어졌다. 아마 그 이상한 관경을 본 모임의 친구들도 속으론 무지 웃었을 것이다. 그날 이후 그 친구에 대한 안 좋은 감정이 싹 사라졌고 지금까지도 잘 만나고 있다. 이처럼 과거에 불편했던 인연이 시간이 지나 우연한 계기로 다시 좋은 인연이 되기도 하고 반대로 오랜 시간 잘 지내던 인연과 생각지도 못한 일로 한순간에 틀어지기도 한다. 이러한 경험을 수차례 한 뒤 인연에도 관계에도 계절이 있다는 것을 깨달았다. 영원할 것 같았던 따스한 봄햇살 같은 관계도 때가 되면 꽁꽁 얼어붙는 겨울이 오기도 하고 한여름 땡볕처럼 뜨거웠던 관계도 어느 순간 냉랭한 기류가 흐르기도 한다. 나는 이십대 때 진로 문제로 부모님과 냉혹한 겨울을 보냈지만 서른을 넘기면서부터 자연스럽게 봄이 찾아왔다. 예전엔 상대방과 인연이 아니라 관계가 틀어졌다고 생각했는데 지금 와서 돌이켜 보면 인연의 시기가 맞지 않았던 것이 아닐까 싶다.

'그래, 당시에 둘 다 취업 준비로 예민했었지……'
'이 사람을 몇 년 뒤에 만났더라면 더 잘 지낼 수 있었을 텐데'
'그땐 내가 참 어렸지……'
'참 성실한 직원이었는데 하필 가장 어려운 시기에 만나 잘 챙겨주지도 못했네.'

그저 누군가와는 봄에서 시작되어 겨울에 오래 머무르고 또 누군가와는 겨울에서 시작하여 봄에 잠깐 머물렀다 곧 가을로 넘어가는 것뿐인데 그 기간을 견뎌 내지 못하고 관계에 마침표를 찍을 때가 많다. 그래서 예전엔 인간관계가 틀어지면 굉장히 힘들어 했지만 관계의 계절에 대해 생각하면서 부터는 불편한 감정이 한풀 꺾이며 다음 계절을 기약하는 습관이 생겼다. '그래, 지금 당장은 힘들지만 언젠간 좋은 계절도 오겠지' 내가 이런 마음을 먹어서인지는 모르겠으나 요즘에는 과거의 불편하거나 오랜 시간 연락이 끊어졌던 지인들로부터 도움 받는 일이 부쩍 늘고 있다. 당시엔 죽어라 용을 써도 꿈쩍도 안 하던 관계가 때가 되니 자연스럽게 봄을 향해 흘러갔다. 당신은 인연을 운명이라 생각하는가 아니면 의지라고 생각하는가? 인연은 시기를 버텨내는 의지에 달려 있다고 생각한다. 당신이 현재 겪고 있는 계절에 마침표를 찍으면 그 인연과의 결과가 되고 쉼표를 찍으면 자연스럽게 다음 계절로 자연스럽게 이어지게 될 것이다. 어느 날 갑자기 당신의 인간관계에 겨울이 찾아왔다면 그 순간의 감정에 너무 깊게 빠져들기 보단 시야를 넓게 확보하고 잠시 쉼표를 찍어보는 것이 어떨까? 결국 인연마다 계절의 시작점과 계절이 머무르는 기간이 다를 뿐 세상에 인연이 아닌 인연은 없다.

06

당신을 싫어하는
사람 때문에 힘들다면?

———

언제부턴가 목적이 있는 만남이 많아지고 용건이 없는 전화는 잘 안 걸게 된다. 지인에게 특별한 용건 없이 안부 목적 전화 걸었다가 상대방이 "무슨 일로…"하며 용건을 물으면 괜히 뻘쭘해진다. 그런데 바꿔서 생각해보면 나 역시 상대방으로부터 전화나 메시지를 받으면 당연히 상대방이 용건이 있을 것이란 생각을 한다. 얼마 전 한 지인이 화가 잔뜩 난 목소리로 전화를 걸어왔다. 내막을 들어보니 믿었던 지인이 뒤에서 자신의 욕을 하고 다닌다는 내용이었다. 나는 친구에게 "네가 너무 잘나서 질투하는 거야. 신경 쓰지 마"라고 위로해 주며 한편으로는 그 친구의 마음이 몹시 공감되었다. 나는 직장에서도 그 많은 인원 중 단 한 명이라도 나를 싫어하면 주눅이 들었고 SNS에 안 좋은 댓글이라도 달리면 종일 신경이 쓰였다. 아무리 수십 개의 '좋아요'가 눌러 있어도 나는 늘 한두 개의 '싫어요'에 더 집착하곤 했다. 사실 이런 마음 때문에 책을 출간하는데도 두려움이 앞서 집필을 시작할 때쯤 친구에게 속마음을 털어놓은 적이 있다.

나 : "나는 댓글 하나에도 온몸이 움츠려 드는데 내 책이 사람들에게
　　　비난을 받을까 무서워"
친구 : "논어도 비판하는 사람이 그렇게 많은데 어떻게 모두를 다 맞출
　　　수 있겠어. 분명 네 책으로 위로받고 힘내는 사람들이 많을 거야,
　　　정말 의미 있는 일인 것 같아."

　나는 친구의 응원 메시지를 받는 순간 아차! 싶었다. 하물며 방송
을 탔던 맛집도 맛에 대한 의견이 분분하고 인기 많은 아이돌도 안
티팬이 있는데... 내가 감히 모든 사람에게 사랑받는 책을 욕심냈던
것이다. 음식 하나에도 그렇게 호불호가 갈리고 사람마다 취향과 생
각 차가 천차만별인데 사람에 대한 감정차는 얼마나 크겠는가. 입장
을 바꾸어 놓고 생각해보면 나도 모든 사람을 좋아하지 않는다. 더
솔직히 말하자면 내가 아는 모든 사람을 다 통틀어 정말 좋아하는
사람들의 비율은 30% 내외일 것이다. 나머지는 좋지도 싫지도 않거
나 그렇게 가까이하고 싶지 않은 사람들인데 나조차 모든 사람을 좋
아하지 않으면서 다수의 사랑을 받지 못한다고 속상해한다면 이는
욕심이 아닐까. 이렇게 생각하니 나를 비난하는 사람들을 아예 신경
쓰지 않을 용기까지는 생기지 않더라도 어디에 더 마음을 집중해야
하는 지는 명확해졌다. 만약 당신을 싫어하는 사람 때문에 여전히
괴롭다면 A4용지 중간에 세로줄을 쫙 긋고 나를 좋아해 주는 사람

과 싫어하는 사람 이름을 쭉 써보아라. 어린아이도 누가 나를 좋아하는지 싫어하는지 다 느낄 수 있기 때문에 당신은 어려움 없이 이름을 적어 내려갈 수 있을 것이라 믿는다. 그 리스트에 당신을 싫어하는 사람보다 좋아해 주는 사람들이 더 많으면 이미 넘치게 행복한 인생을 살고 있다는 뜻이며, 만약 당신을 싫어하는 사람이 더 많다면 당신을 좋아하는 귀한 사람들에게 더 많은 애정을 쏟으며 살아가면 된다. 살면서 많은 사람에게 사랑받는 것이 행복한 인생이 아니라 단 한 명이라도 나를 진심으로 생각해주는 사람이 있으면 그것이 바로 진정한 행복이 아닐까 싶다. 당신이 싫어하는 그 사람도 당신을 좋아할 리 없듯, 당신을 싫어하는 그 사람을 굳이 좋아하려 애쓸 필요도 없다. 그러니 너무 스트레스 받지도, 애쓰지도 말고 당신을 사랑해주는 사람들에게 온 신경을 집중하길 바란다. 이는 독자에게 하는 말이기도 하지만 비난이 두려워 집필하면서도 손을 덜덜 떨고 있는 나 자신에게 하는 말이기도 하다. 모든 사람으로부터 사랑받는 건 신의 영역이다.

07

'적당히'가 참 어렵죠?

———

나는 삼십 년 넘게 내 몸을 데리고 살아오며 내 몸에 대해 몇 가지 알게 된 사실이 있다.

내가 보통 때보다 잠을 덜 자려면 자기 전에 너무 잘 먹으면 안 된다는 것이다. 포만감에 취하면 푹 자게 되지만 저녁을 덜 먹고 자면 알람 없이도 새벽 4~5시면 배고파서 깨게 된다. 만약 내가 과식을 피할 수 없을 것 같다고 판단되면 저녁을 보통 때보다 더 일찍 먹어 포만감을 조금이나마 더 줄인 뒤 취침하려고 한다. 남들은 내가 의지가 강하거나 부지런한 줄 아는데 사실 배고파서 일찍 깨도록 내 몸을 세팅해 놓은 것이다. 그런데 내가 아무리 일찍 일어나도 집중이 안 되어 시간 활용을 잘하지 못할 때가 있다. 공복이 길어질 때인데 뇌로 가는 영양분이 부족해 뇌력이 떨어져 머리가 멍해지기 때문이다. 그렇다고 일어나자마자 이것저것 챙겨 먹으면 몸이 소화하기 위해 위장으로 혈액이 몰려 뇌로 가는 혈류량과 산소가 부족해지기 때문에 집중력이 떨어지며 노곤함이 지속한다. 그렇다면 안 먹도 머리가 멍해지고 잘 먹어도 머리가 멍해지니 대체 어떻게 해야 되는 것일까? 가장 이상적인 방법은 위장에 부담이 되지 않을 만큼 적당히 먹는 것이 가장 좋다. 이처럼 우리의 인간관계에도 '적당히' 가 참 중요하다는 것을 알면서도 어느 순간 자신도 모르게 선을 넘어버릴 때가 있다. 그 애매한 선을 넘는 순간 상대방을 위한 조언이 순식간에 잔소리가 되기도 하고 상대방을 향한 관심이 커다란 압박이 되기도 한다.

"어제 술 마셨어?"

"누구랑 마셨어?"

"몇 시에 들어갔어?"

"해장국 먹었어?"

이러한 질문은 상대방에게 관심이 없으면 할 수 없는 질문이지만 상대방 입장에서는 지나친 간섭으로 느껴질 수도 있다. 가까운 사이일수록 적당한 거리를 두어야 더 잘 지낼 수 있다는 건 누구나 알지만 가깝기 때문에 관계가 늘 선을 넘기 쉬운 상황에 노출되어 있다. 그렇게 친하지 않은 사람이면 그냥 넘어갈 일도 가깝기 때문에 한마디씩 더 거들게 되며 대수롭지 않은 일에도 쉽게 감정을 이입하는 경향이 있다. 그래서 남들에게 잘하지 않는 쓴 소리를 가족끼리는 더 많이 하게 된다. 이는 바꿔 말하면 적당히 거리가 있어야 적당히 넘어가 줄 수도 있다는 말과 상통한다. 그래서 나는 아무리 친한 사이라도 너무 편해지지는 않으려고 한다. 친한 것과 편한 것은 비슷한 표현인 듯 하지만 다른 개념이다. 나와 십 년 넘게 아주 가깝게 지내는 언니가 있는데 누가 봐도 우리는 굉장히 친한 사이지만 한 살 차이임에도 십 년 넘게 말을 놓지 않을 정도의 거리는 유지되고 있다. 우리는 친하지만 아주 편하지는 않은 그 적당한 거리 덕에 서로를 존중하며 더욱 잘 지낼 수 있었다. 가까운 사이일수록 거리를 둔다는 것이 참 모순된 표현일 수 있지만 고슴도치를 떠올리면 꼭 그런 것만은 아니다. 고슴도치는 상대방이 좋다고 너무 가까이 다가가면 서로의 가시에 찔려 상처만 남긴다.그 뜨거운 마음을 가지고도 한번을 제대로 안아보지 못한 채 가시에 찔리지 않을 거리에 서서 서로를 바라보는 것이 전부지만 그렇기 때문에 더 애틋하지 않을까? 모든 인간관계는 서로 다른 원이 만나 교집합을 이루는 것인데 상대방이 가깝다는 이유로 내 원안에 타인의 원을 완전히 속하게 하면 어떤 현상이 일어날까? 상대방을 내 원안에 가두면 처음에는 어느정도 맞추어 주겠지만 상대방은 점점 목이 조여와 인내심의 한계를 느끼거나 자신의 본연의 색을 잃어버릴 것이고 반대로 내가 너무 상대방의 원안에 들어가려고 하면 처음에는 상대방에게 의지하는 정도겠지만 점점 의존도가 깊어져 어느 순간 집착으로까지 이어질 수 있다.가까운 사이일수록 교집합을 유지하기 쉽지 않기 때문에 늘 마음속에 존중과 배려를 새겨야 한다. 존중과 배려라는 말이 다소 식상할 수 있지만, 백번을 새겨도 간과할 수 없는 단어가 아닐까 싶다. 당신에게 오래도록 좋은 관계로 유지되길 바라는 사람이 있다면 서로가 서로의 원안에 너무 들어와 있지 않은지 수시로 점검하여 변함없는 관계를 만들어나가길 바란다.

08

위스키처럼 숙성시켜라!

———

2018년 봄에 일본 야마자키 위스키 증류소를 다녀왔는데 그곳에는 숙성 연도별로 위스키 원액이 전시되어 있었다. 전시된 위스키 옆에는 숙성 연도에 따른 위스키 향이 기재되어 있었는데 12년산은 복숭아, 코코넛, 바닐라 향이, 18년산은 딸기잼, 살구, 커피 향이, 25년산은 코코아, 아몬드, 초콜릿, 로즈메리 향이 내 시선을 사로잡았다. 나는 이날 21년산을 시음하였는데 뭔가 새콤하면서도 달짝한 향에서 위스키의 깊이가 느껴졌다. 그 순간 '이 깊은 향을 내려고 오크통에서 아주 오랜 세월 인고의 시간을 버텼겠구나' 하는 생각이 들었다. 위스키가 세월에 숙성됨에 따라 맛과 향이 깊어지듯 인간관계도 숙성이 되면서 서서히 관계의 향이 깊어진다. 숙성된 관계에서는 상대방의 행동이 설령 이해되지 않더라도 받아들일 수 있는 여유가 생긴다. 같은 말이라도 이십 년 지기 친구가 하면 그러려니 하는데 신입사원이 하면 속이 뒤집어지는 것도 관계의 숙성 정도에 따라 받아들이는 여유 공간이 달라지기 때문이다. 나는 친구들이 새로 입사한 직원을 못마땅해 할 때마다 "관계가 너무 설익었네, 관계를 조금 더 숙성시켜봐"라는 이야기를 한다. 일 년도 채 안 된 관계는 숙성은커녕 서로에 대해 감도 못 잡았을 때이다. 결혼생활만 해도 신혼 때는 서로 다른 생활 습관과 가치관 차이로 수없이 부딪히지만 수십 년의 세월이 지나면 그냥 그러려니 하고 넘어가게 된다. 이는 세월이 흘렀다고 이해할 수 없는 모든 행동이 다 이해되는 것은 아니지만 숙성된 관계의 힘으로 자연스럽게 받아들여지는 것이다. 아무리 잘 맞는 사람이라도 서로 살아온 각자의 시간이 있어서 단기간에 상대방을 완벽히 포용하긴 어려운 법이니 서로 다른 두 성질이 자연스럽게 어우러져 합을 이루는 데까지는 반드시 숙성시간을 거쳐야 한다. 당신이 만약 누군가가 못마땅하다면 상대방에게 문제가 있거나 당신과 안 맞는 것이 아니라 그 사람과의 관계가 아직 무르익지 않아서 일 수 있다.

학창 시절에 나랑 정말 안 맞는 친구가 있었다. 너무 냉정하고 현실적인 친구라 이 친구와 이야기를 하다 보면 나의 모든 희망이 짓밟히는 기분이 들었다. 그렇게 십 년, 이십 년의 세월을 지나오며 언젠가부터 나는 이 친구의 냉철한 조언에 멍들지 않았으며 지금은 오히려 고민이 있을 때마다 이 친구에게 가장 먼저 조언을 구하고 있다. 세월로 묵혀낸 관계의 힘은 참으로 단단하다. 하지만 여기서 간과하면 안 되는 것이 있다. 세월에만 의존 한다고 모든 관계가 제대로 숙성되는 것이 아니다. 일반적으로 위스키의 숙성기간이 길수록 가치가 높아진다고 하지만 오래되기만 한 위스키가 다 좋다고 볼 수는 없다. 왜냐하면 숙성온도, 기후 및 오크통에 따라 위스키의 숙성 결과가 달라지기 때문이다. 즉 위스키의 숙성 정도는 환경에 영향을 받는데 이 환경은 사람의 섬세한 노력으로 세팅된다.

　이십 년을 함께한 부부도 소통이 단절되면 관계가 제대로 숙성되지 않아 서로의 고충을 모르는 경우가 많으며, 회사 내에서도 하루 여덟 시간씩 수년간 만나왔음에도 동료가 요즘 무엇 때문에 힘들어하는지 전혀 모르는 사람도 많다. 그러니 인간관계 역시 세월로 묵혀내는 것도 중요하지만 그 과정에서 노력이 받쳐주어야만 제대로 숙성 될 수 있다. 상대방이 다소 불편하고 안 맞더라도 소통하며 서로를 알아가려는 노력과 배려가 곁들여져야 서서히 상호 배합이 이루어질 수 있다. 당신이 만약 어느 날 갑자기 하늘에서 뚝 떨어지는 천생연분을 기대하고 있다면 그건 로또 당첨 확률보다 낮다고 말해주고 싶다. 단단하게 숙성된 관계는 세월과 노력의 힘으로 관계의 완성도를 높여가는 것임을 기억하자.

09

관계의 최선치와 만족치

———

 늘 주머니에 만원을 채워 넣는 사람이 있다. 혹여나 그 만 원에서 지출이 발생되면 집에 와서 다시 만원으로 맞춰 놓는 모습을 보며 왜 늘 만원을 챙겨 다니는지 물어보았다. 그녀는 보통 만 원 이상의 금액은 카드 결제하고 만 원 이하의 금액은 현금결제를 하기에 만원은 챙겨 다닌다고 하였다. 어떤 사람은 혹시 모르니 더 넉넉하게 현금을 챙겨 다니고 또 다른 이는 아예 현금을 안 챙겨 다닌다. 그래서 내 주위에 "현금 있어?" 라고 묻는 지인은 거의 정해져 있다. 항상 10만 원 정도 현금을 챙겨 다니는 사람이 실수로 현금을 안 챙겨 나오면 괜히 불안해하곤 하지만 늘 만 원 이하로 들고 다니던 사람은 깜박하고 현금을 안 챙겨 나와도 큰 불편함 없이 하루를 보낸다. 핸드폰도 항상 100% 충전해서 출근하는 사람이 있고 회사에서 또는 출근길에 충전할 생각으로 반 정도 소진한 상태에서 집을 나서는 사람이 있으며 나는 매번 아슬아슬하게 공항에 도착하여 바로 탑승하는 것을 선호하고 국내선이라도 늘 한 시간 전에는 도착해야 마음이 놓인다는 친구는 매번 일찍이 서두른다. 이처럼 사람마다 자신의 삶을 채우는 기준과 그에 따르는 만족도가 제각각이다 보니 타인을 대할 때도 나는 이 정도면 충분하다고 생각했지만, 상대방은 턱없이 부족하다 느낄 때가 있고 상대방은 충분히 채워주었는데 내가 모자란다고 느낄 때가 있다. 내 입장에서는 거래처를 충분히 배려했다고 생각했지만, 막상 거래처에서는 불평불만이 가득 차 있을 때가 있고 매뉴얼대로 동일하게 응대하였음에도 흔쾌히 수긍하는 고객이 있는가 하면 매우 불쾌해하며 컴플레인 하는 고객도 있다. 이렇듯 같은 말 한마디에도 개개인의 기준에 따라 받아들이는 편차가 크다.

예전엔 "저 사람 참 이상하네.", "너무 예민한 거 아니야?", "엄청 소심한 사람이군."이라고만 생각했었는데 이는 성향의 문제가 아니라 나의 최선치와 상대방의 만족치가 충족되지 않아서 일수도 있다는 생각을 하게 되었다. 어떤 회사는 직원들의 즐거운 직장생활을 위하여 분기별로 사무실에서 맥주 한잔할 수 있도록 공간과 시간을 마련해주는데 직원들 이야기를 들어보면 직급이 낮은 직원들의 입장에서는 결코 편한 자리가 아니라고 하였다. 회사에서 의도한 대로 퇴근한 시간 전에 모여 한잔 가볍게 즐기고 해산하면 힐링 타임으로 마무리될 수도 있지만 거기서 이·삼차까지 이어지면 이야기는 또 달라진다. 이는 회사의 배려치가 직원의 만족치와 연결이 잘 되지 않은 안타까운 사례이다. 연애할 때도 당신은 마음을 다하고 있으나 상대방은 공허하다고 느낄 수 있는데 이는 당신이 채워주는 애정의 양과 상대방이 바라는 양이 상이할 뿐 어느 한쪽이 잘못되었다고 말할 수 없다. 당신이 아무리 최선을 다하더라도 상대방이 모성애급 내리사랑을 갈구하면 애정의 절름발이 상태가 지속된다. 살면서 참 속상한 것 중 하나가 누군가에게 호의를 베풀고도 비난을 받는 것이 아닐까 싶은데 '내가 이런 소리나 들으려고 이렇게 마음을 썼나' 하는 회의감이 들며 세상 억울할 때가 있다. 그럴 땐 상대방을 원망하기보단 당신의 최선치와 타인의 만족치의 거리를 깊게 들여다보는 것을 권한다. 누군가에게 불만이 생길 땐 당신의 기대치를 낮추어 상대방의 최선치에 부담을 줄여주고 누군가가 당신에게 못마땅할 때에는 상대방의 만족치에 귀 기울여보자. 어쩌면 당신이 생각했던 것보다 상대방의 만족치는 높지 않을 수 있다. 단지 당신이 방향을 잘못 잡았을 뿐. 잦은 이벤트와 선물 공세에도 만족하지 못했던 아내는 그 어떤 선물보다 "사랑해"라는 한마디가 더 간절할 수 있고, 당신의 직원은 회식보다 당신의 칭찬 한마디에 더 굶주려 있을 수 있다. 어쩌면 그동안 당신의 최선치가 상대방의 만족치에 비해 너무 먼 지점을 찍고 있어서 이어지지 않았을 수 있다. 많은 사람이 자신의 입장에서 최선치를 찍어대느라 타인의 만족치에 집중하지 않는다. 이제는 당신이 찍고 있는 최선치는 과연 누구를 위함인지 그리고 상대방의 만족치와 잘 이어져 있는지를 다시 한 번 돌아볼 때이다.

10

관계의 작용
반작용의 법칙

———

예전에 거래를 끊겠다고 일방적으로 통보하는 업체가 있었다. 그때 순간 든 감정은 뒤통수 맞은 느낌이 아니라 올 것이 온 것 같은 느낌이었다. 비록 말은 상대방이 먼저 꺼냈지만 나도 거래하는 동안 너무 힘들었던 터라 오래전부터 마음에서 밀어내고 있었기에 갑작스러운 통보에도 전혀 놀라지 않았다. 정확히 어디에서부터 그런 마음이 시작 되었는지는 모르지만 어느 한쪽이 밀어내기 시작하면 다른 한쪽도 자동 반사되어 밀어내는 상황을 여러 차례 경험하며, 관계에도 작용 반작용 법칙이 적용된다는 것을 깨달았다. 부모가 아이에게 자꾸 큰 소리를 내면 윽박의 강도에 비례하여 아이는 반항심이 쌓이며, 오너가 직원들을 믿지 않으면 굳이 직원들에게 불신을 내색하지 않아도 직원들 역시 회사에 신뢰가 생기지 않아 호시탐탐 이직을 노리게 되는 모습을 종종 접한다. 절대적인 갑을 관계가 아니고서야 일반적으론 어느 한쪽만 힘든 경우는 드물다. 부모는 말 안 듣는 자녀 때문에 힘들어 죽겠다며 하소연을 하지만 매일 폭풍 잔소리를 듣고 사는 자녀도 괴로운 것은 마찬가지다. 연애하면서도 늘 자신만 힘든 것처럼 이야기하는 사람이 있는데 상대방이 자신의 고충을 일일이 언급하지 않는다고 해서 상대방은 힘들지 않을 것으로 생각하는 것은 오산이다. 한 가지 기억해야 할 점은 당신이 상대방을 향해 분노의 펀치를 세게 칠수록 당신이 받는 타격도 커진다는 것이다. 손뼉 칠 때 한 손에 힘을 더 세게 주면 맞은 손의 타격이 더 커짐과 동시에 치는 손 역시 같은 자극을 받는다. 이런 상황에서 어느 한쪽이 더 아프다 할 수 있겠는가? 모든 인간관계에는 작용 반작용의 법칙이 적용된다. 누가 먼저 감정의 선빵을 날리느냐의 차이지 강자와 약자, 갑을 관계에서도 강자에게 두들겨 맞는 강도만큼 약자도 악감정이 치솟는 건 마찬가지지만 강자에게 표출을 못 하는 것뿐이다. 그런데 관계의 작용 반작용 법칙은 꼭 부정적인 감정에서만 적용되는 것은 아니다. 그동안 살면서 누군가 당신에게 먼저 호감을 가져 당신의 마음이 자동 반사 된 적도 있을 것이고, 당신이 먼저 보낸 호감에 상대방의 마음이 자동 반사 된 적도 있을 것이다. 그래서 나는 될 수 있으면 사람들에게 좋은 마음을 품으라고 권한다. 왜냐하면 당신이 먼저 좋은 마음을 작용시켜야 사람들에게 호감형으로 반작용되기 때문이다. 여기서 작용 반작용 법칙을 조금 더 긍정적으로 적용시켜 당신이 상대방 때문에 힘든 감정을 내색하지 않고 너그러이 포용하려는 마음을 가지면 상대방 역시 괴로운 마음을 묵묵히 감수하며 이해심을 십분 발휘하게 될 것이다. 누군가와 얽힌 감정의 시초는 닭이 먼저인지 달걀이 먼저인지를 콕 집어낼 수 없듯 명확하지 않지만 분명한 건 누군가로부터 시작된 감정이 자동 반사되어 지속해서 상호 영향을 끼친다는 것이다. 현재 타인에 대한 당신의 감정은 당신이 먼저 내보낸 감정이 반사되어 돌아왔거나 상대방의 쏟아낸 감정에 당신이 반사적으로 반응하는 것이니 이는 서로가 서로의 감정을 비추는 거울이 되는 격이다. 그러니 이제부턴 당신에게 닿은 타인의 부정적인 감정을 원망하기 전에 당신이 그들에게 작용시킨 감정을 먼저 들여다보길 바란다. 당신은 타인의 감정 거울에 자신을 어떻게 비출 것인가?

11

진짜 이상한 사람을
만났을 때

———

근래에 연애 상담 프로그램에서 한 사연이 소개되었다. 여자친구
가 자주 아프다는 사연이었는데 링거 맞는 사진도 자주 보내고 어
느 날은 다리를 다쳤다며 주먹만 한 멍이 든 사진, 도둑이 들었다는
연락, 누가 문을 두드려 무섭다는 메시지, 아파서 살이 급속도로 빠
졌다는 체중계 인증샷까지... 매번 사연자는 깜짝 놀라 한걸음에 달
려갈 수밖에 없는 상황이었다고 했다. 그런데 알고 보니 이 모든 상
황은 여자 친구의 거짓말이었다. 온라인에서 링거 맞는 사진을 퍼와
서 보낸 것이었고 누군가 밖에서 문을 두드리는 것도 자신의 자작극
이었으며, 다리 다쳤다고 멍든 사진을 보내온 날도 찾아가 보니 다
리가 멀쩡했다고 한다. 이해할 수 없는 그녀의 행동에 전 패널은 술
렁거렸다. 그 사연만 보면 그녀는 진짜 이상한 여자였다. 이상한 정
도가 아니라 소름 돋는 쪽에 가깝지만 나는 순간 이런 생각이 들었
다. '무슨 이유가 있지 않을까?' 알고 보니 남자친구가 너무 바빠서
자신이 아프다고 하거나 극단적인 상황이라고 해야만 관심을 가져
주고 자신을 찾아와준다는 내막이 있었다. 그 사연을 듣고 방법은

121

잘못되었지만 그렇게까지 해야만 상대방의 애정을 확인할 수 있다는 것이 안쓰럽기도 했다. 이처럼 살면서 정말 이해할 수 없는 행동을 하는 사람들을 만났을 때 뚜껑을 열어보면 제각각의 사연이 가득하다. 예전에 지하철을 못 타는 동료가 있었다. 결국 지하철을 못 타겠다는 사유로 퇴사하였고 나는 이 이야기만 들었을 땐 '이게 퇴사 사유가 된다고? 그럼 앞으로 사회생활 어떻게 하려고 하지?' 하며 정말 이상하다고 생각했다. 뒤늦게 알게 된 사실이지만 그녀는 예전에 지하철에서 호흡곤란으로 쓰러진 적이 있는데 그 뒤로 지하철을 타면 당시의 공포감이 몰려와 숨이 턱턱 막히는 트라우마에 시달리고 있다고 했다. 그제야 그간 그녀가 겪었을 공포와 두려움이 이해되었고 그녀를 이상하게 생각했던 것이 미안해졌다.

연인에게 지나칠 정도로 집착하는 사람들을 보면 어릴 적 부모님의 사랑을 충분히 받지 못하였거나 지난 인연으로부터 배신의 상처가 있는 사람이 많았다. 그동안 당신이 이해할 수 없었던 그 이상한 사람의 언행에는 어쩌면 당신이 생각지 못한 가슴아픈 사연이 담겨 있을 수도 있다. 예전에 거래처에서 나한테 "속고만 살았어요?"라고 물어 본 적이 있는데 나는 "네, 그러니 계약서 씁시다."라고 이야기한 기억이 있다. 나는 사람을 잘 안 믿는 편인데 더 정확하게 말하면 믿지 않는 게 아니라 믿지 못하게 된 것 같다. 갑자기 말을 바꾸는 고객사, 문제가 생기면 직원에게 책임을 뒤집어씌우는 상사, 결제할 때 되니 연락이 두절되는 협력업체 등 믿었던 사람들로부터 여러 차례 뒤통수 맞고 난 뒤로 나는 자연스럽게 자기방어가 몸에 밴 것 같다. 만약 당신 주위에 아무도 믿지 않는 사람이 있다면 이는 단순히 어제오늘 일이 아닌, 당신이 미처 가늠할 수도 없는 오래전 사건들과 이어져 있을 가능성이 높다. 그들이라고 태어날 때부터 사람을 믿지 못했겠는가. 사람의 언행은 과거의 산물이다. 과거의 삶이 현재와 얽히고설켜 사람의 생각을 지배하고 그 생각이 언행으로 이어진 것이다. 그러니 당신 주위에 정말 이해할 수 없는 언행을 하는 사람이 있다면 '내가 모르는 어떠한 사유가 있겠구나!' 하고 넘겨주길 바란다. 그렇다고 당신이 굳이 상대방을 이해하려고 애쓰라는 이야기는 아니다. 함께 사는 가족도 이해가 안 되는 날이 수두룩한데 수십 년간 각자의 삶을 살아온 타인이 이해되겠는가? 당신이 타인의 삶으로 들어가 살아보지 않는 이상 타인을 온전히 이해하는 것은 불가능하다. 사람은 이해하는 대상이 아니라 있는 '그러려니' 하며 받아들이는 대상이다. 당신도 누군가의 눈엔 이상한 사람일 수 있다.

Chapter

04

소통만 잘해도
사랑받는다

66

남들 눈에
뻔히 다 보이는
얄팍한 계산을 시작하면
상대방의 계산기도
자동 반응하게 된다.

99

01

둘 중 한 명만 잘해도
중간은 간다

———

내가 웃자고 한 농담에 맞장구치며 까르르 웃어주는 친구가 있고 같은 농담을 해도 정색하는 친구가 있다. 상대방이 걱정돼서 한 조언에 걱정해줘서 고맙다며 인사하는 지인도 있고 오지랖이라고 생각하는 지인도 있다. 그간 당신이 좋은 의도로 꺼낸 말에 유독 발끈하며 예민하게 반응했던 사람도 있었을 것이고 고마워하며 기쁘게 받아주는 사람도 있었을 것이다.

사람마다 살아온 환경과 타고난 성향 자체가 다르기 때문에 소통의 적정 온도를 찾기는 쉽지 않다. 나는 소통의 적정 온도를 유지하기 위해 나름대로 최선을 다해 왔지만 결국 이 최선의 기준 또한 내 관점이었다는 것을 알게 되었다. 게다가 내가 아무리 상대방에 대해 잘 알고 있다고 해도 소통은 늘 변수의 연속이다. K 팀장은 월요일이면 늘 컨디션이 최악이다. 월요병을 심하게 겪는 데다 월요일 아침 주간 회의 때마다 엄청나게 깨지기 때문이다. 대신 금요일에는 기분이 업 되어 있어 직원들은 급한 건이 아니고서야 될 수 있으면 보고는 금요일에 하려고 한다. 그런데 여기에도 변수가 있다. 목요

일에 과음하고 출근을 하였거나 스트레스 요소가 생기면 금요일도 어느 때보다 예민해지는 것이다. 그러니 아무것도 모르고 무작정 금요일에만 믿고 있었다가 본전도 못 찾는 날도 있다. 연인 사이에서도 서로에게 종일 어떤 일이 있었는지 세세하게 알 수 없다. 그리고 저녁에 만나 여느 때처럼 상사 흉보는데 갑자기 상대방이 발끈할 때가 있다. 분명 어제와 별다를 바 없는 이야기를 했음에도 상대방의 컨디션에 따라 다르게 받아들이니 당황스럽지 않을 수 없다. 대체 어느 장단에 맞춰 소통해야 할지 모르겠는 때가 많다. 간혹 별 이야기도 아닌데 상대방이 발끈하면 "이 이야기가 왜 그렇게 화낼 일이야?" 하며 정말 이해 안 된다는 표정으로 상대방을 바라보지만, 상대방 역시 "왜 저렇게까지 이야기할까?" 하는 못마땅한 마음이 들었기 때문에 발끈한 것이다. 이처럼 그때그때의 컨디션과 감정 상태에도 영향을 받기 때문에 소통의 적정 온도를 맞추기란 어렵기만 하다.

예전에 한 친구에게 SNS를 하냐는 질문을 했는데, 친구가 "SNS는 시간 낭비고 인생 낭비야"라고 답변하였다. 그 얘기를 듣고 순간 '지금 나보고 인생 낭비를 하고 있다는 말인가?' 하는 생각이 들며 불쾌해졌다. 그런데 이 친구는 자기 생각을 솔직하게 말한 것뿐이지 나와 연결해 비난하고자 하는 의도는 없었다. 그저 친구의 말을 부정적으로 해석하여 내 마음으로 끌고 들어와 화를 키운 나의 해석의 문제였을 뿐이다. 만약 이 친구가 같은 이야기라도 "내가 예전에

SNS를 했었는데 하루에 5시간 이상을 소비하게 돼서 나한테는 너무 시간 낭비가 되더라고"라고 살짝 완곡하게 답변했다면 나도 공감해주며 무난하게 받아들였을 것이며 설령 친구가 "SNS는 인생 낭비야"라고 이야기했다 하더라도 내가 "아, 이 친구는 SNS를 이렇게 생각하는구나" 하고 여기서 해석을 깔끔하게 마무리 지으면 서로 마음 상할 일없이 지나가는 말이 된다. 다시 말해 둘 중 한 명만 잘해도 소통하면서 크게 부딪힐 일이 없다는 것이다. 물론 말하는 사람도 상대방의 입장을 배려하여 말하고 받아들이는 사람도 긍정적으로 해석하여 받아주면 최상이지만 말하는 쪽도 요령이 없고 듣는 쪽도 부정적으로 해석해 버리면 관계가 꼬여버리기 십상이다. 나는 그간 성숙하지 못해 상대방의 팩트를 감정적으로 흡수하며 나 자신을 괴롭혀 왔으며 상대방의 입장에 서서 이야기하기보단 내 마음이 앞서 이야기하다 상대방의 마음을 상하게 했던 것 같다. 만약 당신이 상대방의 말에 마음이 언짢았다면 상대방만 탓할 것이 아니라 당신의 해석이 당신을 불쾌하게 만든 것이 아닌지 다시 한 번 생각해보길 바라며, 누군가 당신의 말을 불쾌해한다면 상대방의 성품을 비난하는 대신 그는 당신의 의도와는 다르게 받아들일 수 있다는 것을 인정하자. 어린아이와 성인이 싸움이 되지 않는 것처럼 둘 중 한 명만 노련해도 크게 부딪히거나 언성이 높아질 일이 없다. 보통 말싸움하는 것을 들어보면 어느 한쪽만 잘못한 경우는 드문 것도 이와 같은 맥락

이다. 당신 한 명만 잘해도 살면서 소통으로부터 받는 고통을 크게
줄일 수 있다.

02

무심코 던진 돌멩이에
맞아 죽는 사람들

친구 두 명이 모인 자리에서 다음 주 상해로 출장을 간다고 이야기한 적이 있는데 한친구는 "상해에 맛집 엄청 많다던데, 가서 맛있는 음식 많이 먹고 와"라고 하였고 다른 한 친구는 "아! 나는 사무직이라 해외 출장 갈 기회도 없는데, 자랑하냐?" 라고 이야기하였다.

연인 사이에서도 "이 식당 십 년 전과 많이 변했네, 예전엔 분위기 진짜 좋았는데"라고 별 뜻 없이 던진 말에 상대방이 갑자기 "그때 누구랑 왔는데? 그때가 더 좋았나 보네?" 하며 생각지도 못한 시점에서 다툼이 일어나기도 한다. 좋은 의도로 "오늘 왜 이렇게 예뻐?"라는 칭찬 한마디에도 상대방은 "오늘만 예뻐?" 또는 "너 나한테 잘못 한 일 있지?" 등의 생각지도 못한 반격에 당황스러울 때가 있다. 퇴사 일자가 확정되고 "저 이번 달까지 근무해요"라는 말에 "아~좋겠다~ 김 팀장은 어디 가도 잘 할 거야" 하며 응원해주는 동료도 있고 "그럼 내 업무만 더 늘어나겠네." 하며 툭툭거리는 동료도 있다. 나는 집필을 시작하며 주위에서 "글은 많이 썼어?"라는 연락을 자주 받았다.

지인미다 돌아가면서 불어보니 그간 한 수백 번은 들은 것 같다.

상대방은 그냥 안부 목적으로 가볍게 묻는 것인데 나 혼자 예민해져서 부담을 느끼는 것이다. 직장에서도 윗사람이 "김 대리는 여자친구 있나?", "박 부장은 결혼 생각 없어?", "최 주임은 주말에 뭐해?"와 같은 사적인 질문을 할 때가 많은데, 묻는 사람 입장에서는 관심이지만 듣는 사람 처지에서는 스트레스가 될 수도 있다. 예전에 만나기만 하면 나보고 매달 얼마를 버는지 물어보는 지인이 있었다. 그렇게 친한 사이도 아닐뿐더러 이런 이야기는 가까운 친구들끼리도 잘 안 하는 터라 좀 당황스러웠다. 처음에는 웃어넘기다가 집요하게 물어보자 그 사람이 불편해지기 시작했다. 명절 때도 "아직 취업 안 했어?", "결혼은 언제 할 거야?", "애를 빨리 낳아야지"와 같은 불편한 질문이 듣기 싫어 명절 때마다 해외로 도망가듯 여행 가는 사람들이 많아졌다. 명절 전후로 어찌나 스트레스 받는 사람이 많은지 명절 증후군이라는 말까지 생겼으며 심지어 명절 전후로 정신과 치료를 받는 사람도 있다. 상대방이 당신이 던진 말의 무게만큼만 받아들이면 참 좋겠지만 사람마다 받아들이는 무게가 너무도 제각각이다. 그래서 상대방에게 지극히 개인적인 일을 물을 때는 보다 더 조심스럽게 접근해야 한다.

예전에 호주에서 알게 된 대만 친구에게 아무 생각 없이 "그럼 부모님은 지금 타이베이에 계셔?"라고 물어봤는데 이 친구는 잠시 머뭇거리더니 "내가 고등학생 때 아버지가 자살하셨고 그다음 해에 어머니가 지병으로 돌아가셨어"라고 답하였다. 그날 나는 친구의 아물어가는 상처를 다시 건드린 것 같아 내가 한 질문에 얼마나 후회하였는지 모른다. 그때 이후로 나는 상대방이 먼저 꺼내지 않는 이상 웬만하면 먼저 개인적인 사정을 물어보지 않는다. 나에게는 하나의 궁금증일 뿐이지만 상대방에게는 상처가 될 수 있기 때문이다.

우리는 어려운 사람에게는 질문 하나도 조심스럽게 하면서 가까운 사람들에게는 너무 말을 편하게 하는 경향이 있다. 어쩌면 오늘도 누군가는 당신의 한마디에 눌려 힘들어하고 있을 수 있기에 늘 상대방 입장에 서서 말의 무게를 재어보는 습관이 필요하다. 당신이 무심코 던진 돌멩이에 누군가는 평생의 상처로 남을 수 있다.

03

전화에도 표정이 있다

___

나는 업무 때문에 전화 통화하는 일이 많다. 몇 년 전 한참 전화가 많이 올 때는 종일 전화만 받다 하루가 다 지나가 버려 남들 퇴근할 시간이 다 돼서야 업무를 시작하곤 했다. 당시에 어찌나 전화에 시달렸는지 나는 지금까지도 전화벨 소리를 썩 반기지는 않지만, 그간 수많은 사람과 통화한 덕에 깨달은 바가 있으니 나름 인생에 자양분이 된 시간이라고 생각한다. 전화 통화를 하다 보면 그 몇 분도 채 안 되는 시간 안에 업체의 첫인상이 굳어질 때가 많았다. 분명 OO은행 담당자가 친절하게 응대를 해주었는데 전화를 끊고 나면 담당자 이름을 기억하기보단 "OO은행 참 친절하네."하며 업체에 대한 좋은 이미지가 심어졌고, 업체 담당자가 너무 성의 없게 응대하면 "정말 매너가 똥이네. 이제 너희 제품 구매 하나 봐라."하며 아무 하자도 없는 그 회사 제품에까지 불똥이 튄 적도 있다. 회사 입장에선 직원과의 전화 한 통화 때문에 잠재고객이 내쳐졌다는 생각에 다소 억울할 수도 있겠지만 이는 바꾸어 말하면 그 별거 아닌 전화 한 통화가 회사의 이미지를 대표할 수도 있다는 말이 된다. 얼굴도 안 보이는데 어떻게 유선상으로만 상대방의 태도를 느끼는지 의아해할 수 있는 독자를 위해 부가 설명을 하자면 사람이 얼굴을 맞대고 이야기할 때는 표정, 자세, 말투, 목소리, 용모, 복장 등에 감각기관이 분산되어 상대방이 자신의 태도를 커버할 수 있는 요소가 많지만, 유선 상에서는 온 신경이 청각에만 집중되어 상대방의 말 한마디 한마디가 훨씬 크게 와 닿는다. 업체에서 전화 응대를 어떻게 하느냐에 따라 미팅 전부터 신뢰가 가는 업체도 있고 다신 연락하고 싶지 않은 업체도 있다. 나는 일면식 없이 유선 상으로 문의할 때가 많은데 너무 적극적이고 열정적인 응대에 타사보다 더 높은 단가를 제안했음에도 거래하고픈 마음이 샘솟을 때가 있다. 그런 경우 단가 조율을 요청하여 되도록 그런 업체와 진행하려고 한다. 심지어 전화 한 통화로 업체와의 거래 지속 여부가 결정될 때도 있다. 예전에 일면식도 없는 업체 담당자와 처음 통화 하는 상황이었는데 통화 내내 너무 차갑고 퉁명스럽게 이야기하더니 마지막에 내가 인사하는데 그냥 끊어버리는 것이 아닌가. 순간 '내가 뭐 잘못했나? 바쁜가? 기분 안 좋은 일이 있나?' 하며 넘겼는데 며칠 뒤 우리 회사 다른 담당자가 그 업체 담당자와 통화하고 너무 열 받아서 나한테 하소연했다. 다짜고짜 나에게 그 담당자랑 통화해 봤냐고 묻길래 통화는 해봤는데 그렇게 친절하진 않다고 얘기했더니 근 10년간 이 업계에서 근무하며 이렇게 싹수없는 담당자는 처음 봤다고 했다. 나는 그 이야기를 듣고 한 가지 분명하게 알 수 있었던 건 그 업체 담당자는 기분 때문이 아니라 원래 태도가 그런 사람이었던 것이다. 아마 지금도 그 업체는 당시 우리 회사와 거래가 끊어진 이유가 담당자의 전화 태도 때문이라는 것을 모를 것이다. 간혹 전화 한 통화만으로도 갑질이 몸에 밴 업체라는 생각이 들 때도 있다. 정말 귀찮아 죽겠다는 느낌을 받을 때가 있는데 그들의 짜증 섞인 말투가 아직도 귓가에 선명하다. 한 업체 담당자는 "저희와 거래하려면 그 정도 출혈은 감수하셔야죠." 하며 오만함이 하늘을 찌르는 태도를 보였고, 나는 그날 이후로 지금까지도 그 업체 제품은 구매하지 않고 있다. 이 담당자가 놓친 것이 두 가지가 있다.

첫 번째는 자신의 태도가 회사 이미지를 대표하고 있다는 것이며 두 번째는 비즈니스를 떠나 나는 그들의 잠재 고객이라는 것이다. 물론 내가 구매하지 않는다고 그 회사 매출에 큰 영향을 미치는 것은 아니겠지만 그들이 나에게만 그러한 태도를 취했겠는가? 나와 같은 경험을 한 사람들이 자신의 지인들에게 이야기하고 그 지인들은 또 다른 지인들에게 소문을 낸다면 어찌 전화 한 통화 한 통화가 중요하지 않다고 할 수 있겠는가? 당신은 오늘도 전화 한 통으로 회사 이미지를 대표하고 있음을 기억하자. 전화에도 표정이 있다.

04

몰아세우면 부작용이
생긴다

———

어릴 적 내 동생은 게임을 하다 한 번씩 부모님께 크게 야단맞을 때가 있었다. 그러다 언제부턴가 잠잠한 듯했는데 알고 보니 동생은 부모님이 주무실 시간에 일어나서 게임을 하다 아침이 다 되어 잠드는 올빼미 생활을 해온 것이다. 어느 날 엄마는 새벽에 물 마시러 나왔다가 동생 방에서 새어 나오는 희미한 불빛을 발견했고 그제야 그간 매일 아침 동생의 퀭한 눈빛과 콧구멍까지 내려온 다크써클의 원인을 이해할 수 있었다. 지인 아들이 스마트폰 중독인 것 같다며 매일 밤 11시면 핸드폰을 압수하였는데 이튿날 자신의 카카오톡에 "카카오톡 자동 로그인되었습니다."라는 메시지를 발견했다고 한다. 이 집 컴퓨터는 카카오톡이 자동 로그인이 되도록 설정되어 있어 컴퓨터를 켜면 지인 휴대폰에 메시지가 뜨게 되어있다. 메시지를 받은 시간을 보니 새벽 한 시가 넘은 시간으로 확인되었다. 비록 아들의 휴대폰 사용은 막았지만 결과적으론 부모 몰래 밤새 컴퓨터로 게임을 하게 만든 셈이었다.

대학 시절 여자 후배들과 밥이라도 한 끼 먹으면 지구가 떠나가라

난리 치는 여자 친구 때문에 후배들 만날 때마다 거짓말하는 선배도 있었고 작은 실수에도 벼랑 끝으로 사람을 몰아가는 상사 때문에 문제가 발생하여도 솔직하게 보고하지 못한 채 혼자 끙끙 앓으며 문제를 키우는 친구도 있었다. 출근길이 지옥 길 같다고 하소연하는 지인의 이야기를 들어보면 실적 압박 때문에 매일 피가 바짝바짝 마른다고 하였는데 이 친구는 실적 압박에 못 이겨 실제 매출이 발생하지 않은 재고를 매출로 잡기도 하고 발주가 나지 않았음에도 미리 생산을 잡아버릴 때가 있다고 하였다. 나는 그 이야기를 듣고 깜짝 놀라 "그럼 나중에 뒷일은 어떻게 감당하려고?" 하고 물으니 "그런 것까지 신경 쓸 여유가 있겠니, 당장 오늘이 죽겠는데" 하며 한숨을 내쉬었다. 이 친구가 추후 뒤따를 리스크를 몰라서 이러겠는가? 매일같이 절벽으로 내몰리니 어떻게든 지금 당장을 넘기기 위해 무리수를 둘 수밖에 없었던 것이다. 이런 식의 임기응변은 회사 입장에서 정확한 데이터를 보고받을 수 없을뿐더러 제대로 된 대책을 세울 수도 없다. 점점 감당할 수 없는 구멍만 생길 뿐이다. 새벽에 몰래 게임을 하는 동생도, 여자 후배를 몰래 만나는 선배도, 실적을 부풀리는 친구도 처음부터 진실을 은폐하려고 했던 것은 아니다. 주위에서 그들을 하도 격하게 몰아세우니 그들은 저 나름의 숨 쉴 구멍을 찾은 것 뿐이다. 하지만 결과적으론 상대방의 눈과 귀를 속이는 셈이니 몰아세움은 부작용을 낳는다. 상대방을 몰아붙일수록 반감만 더 생기며 진실을 은폐하고 표면적으로 드러난 문제만 덮느라 급급할 뿐 본질적인 문제 해결에는 도움이 되지 않는다. 어쩌면 이미 당신은 몰아세운 뒤에 따라오는 부작용에 대해 정확하게 인지하고 있을 수도 있다. 단지 상대방의 행동에 신경이 곤두설 때마다 감정을 다스리지 못하고 혹 튀어 나가는 것이 문제일 수 있다. 그렇다면 어떻게 해야 상대방을 몰아세우지 않을 수 있을까? 우선 당신이 못마땅해하는 이유와 해결 방안을 적어보아라. 만약 직원의 실적이 낮아 못마땅하다면 어떻게 하면 실적을 높일 수 있는지 대안을 최소 5개 이상 적어보아라. 대안이 많이 적을수록 좋은 이유는 분명 상대방이 그 대안을 전부 흡수할 수 없을 것이기 때문이다. 그중 상대방이 수용 가능한 대안을 선택할 수 있도록 준비하여라. 게임을 하는 아이를 들들 볶는 대신 어떻게 하면 게임을 멀리할 수 있을지 대안을 작성해본다.

1. 낮에 운동을 보내 체력을 고갈시킨 후 일찍 취침하게 한다.
2. 일정기간 게임을 안 했을 때 어떠한 보상을 해준다.
3. 게임 외에 성취감을 느낄만한 흥밋거리를 찾아준다.

만약 당신이 대안을 적을 수 없다면 그간 자신도 어떻게 해야 될지 모르면서 상대방만 달달 볶은 셈이니 이는 당신의 언행이 얼마나 모

순되었는지를 보여준다. 아무리 생각해도 대안이 떠오르지 않는다
면 상대방에게 허심탄회하게 털어놓고 함께 답을 찾는 것도 방법이
다.간혹 현재 상황에 대해 듣지도 않고 계속 자기 할 말만 하는 막
무가내형이 있다. 방향을 틀어야 할 시점에 아무리 이야기해도 귀
를 닫고 죽어라 쥐어짜기만 하니 듣는 사람도 해결하려는 마음보단
'저 진상 오늘은 언제 끝나. 오늘도 짖어대는구나' 하는 반감만
생길 뿐이다. 상대방을 몰아세워야만 정신이 바짝 들 것이라는 구
시대적 생각은 접어두어야 한다. 몰아세는 건 결과적으로 서로에게
득이 될 것이 없을 뿐만 아니라 심각한 부작용을 초래할 수 있음을
기억하자.

05

사람은 절대 평가의
대상이 아니다

———

그 누구와도 십 분만 대화하면 상대방이 어떤 사람인지 빤히 다 보인다고 자만하는 친구가 있다. 이 친구는 평소에 사람을 평가하는 것이 몸에 배어 있다. 누군가를 만나고 나면 마치 상대방의 마음속에 들어갔다 나온 것처럼 술술 읊어댄다.

"저 사람은 성격이 털털하고 둥글해서 사람들이 많이 따를 거야."
"저 사람은 딱 봐도 예민해 보여, 상처도 잘 받을 것 같고."
"저 사람은 개인주의가 강해서 조직 생활이 잘 안 맞을 것 같아"

늘 이런 이야기를 확신에 가득 차서 하는데 나는 순간 이 친구가 나는 어떻게 생각하고 있는지 궁금해져 물어봤다. "너는 털털하잖아, 외향적이고. 학창 시절부터 우리가 함께 한 시간이 얼만데"라며 새삼스럽게 뭘 이런 걸 묻냐는 어투로 대답하였다. 그렇다. 나를 학창 시절부터 알고 지낸 지인들은 거의 다 나를 이렇게 생각한다. 그런데 삼십 년 넘게 나를 데리고 살아본 결과 나는 털털한 듯 예민했고 대범

한 듯 소심했으며 리더십이 있는 듯해 보이지만 개인주의가 강했다. 위에서 친구가 언급한 세 사람의 성향이 내 몸 하나에서 다 일어나는데 어찌 그 단편적인 성향이 그 사람의 전부라 말할 수 있겠는가? 게다가 사람은 자신의 위치에 따라 타인에게 보이는 모습도 달라진다. 집에서는 철없는 막내동생이 사회에서는 듬직한 리더의 역할을 할 수도 있고 직장에서는 과묵하고 카리스마 넘치지만, 가족들에게는 하루에도 몇 번씩 삐지는 소심쟁이 일수도 있다. 전 직장 상사 중 매사에 열정적이시고 냉철한 판단력을 지닌 강인한 분이 계셨다. '나도 나중에 저렇게 멋진 사람이 돼야지' 라는 생각을 종종 하였는데 어느 날 회식 자리에서 뜻밖에 이야기를 듣게 되었다. 집에서는 가족들에게 '문제아' 취급을 받는다고 하는 것이다. 그 이유는 가족 중 유일하게 술 담배를 가까이하는 데다 워낙 애주가다 보니 종종 '금주령' 을 어겨 자녀에게 반성문을 제출하기도 한다는 것이다.

내 주위에 개그맨보다 재밌는 친구가 있는데 언어유희의 대가라 직장에서도 사람들을 참 유쾌하게 하는 캐릭터였다. 나는 이 친구가 한마디만 하면 웃겨서 배 잡고 쓰러지곤 한다.

그런데 어느 날 이 친구가 뜻밖에 얘기를 한 적이 있다. "나 사실 집에서는 엄청 무뚝뚝해. 가족들은 나보고 말수도 별로 없고 내성적이라고 생각해" 과연 이 친구는 외향적인 사람일까 내성적인 사람일까? 그 얘기를 듣고 곰곰이 생각해보니 나 역시 가까운 지인들에게 보이는 모습과 일로 만나는 사람들에게 보이는 모습이 편차가 컸다. 수십 년을 데리고 살아온 나 자신도 낯설 때가 있는데 어찌 타인을 다 안다 할 수 있겠는가. 게다가 타인을 평가할 때 자신을 기준으로 상대 평가를 하는 경우가 많다. 지인 중에 나를 부지런하다고 생각하는 지인들과 게으르다고 생각하는 지인들이 있는데 한 사람에 대한 견해가 이처럼 상반되는 이유는 무엇일까? 그 이유는 아주 단순하다. 그들은 자신의 생활패턴을 기준으로 내 게으름 여부를 평가하기 때문이다. 나보고 개미보다 더 부지런하다고 말하는 사람들은 보통 나보다 수면시간이 긴 경우가 많으며 이들은 나에게 뭐 하러 그렇게 피곤하게 사냐며 쉬엄쉬엄 좀 하라는 이야기를 종종 한다. 반면에 나한테 게으르다 이야기하는 사람들은 나보다 수면 양이 적거나 활동량이 월등히 많은 사람이 많은데 이들은 나를 보면 느리다며 속이 터진다는 이야기를 종종 한다. 이처럼 사람을 바라보는 기준이 제각각인데 어찌 상대방을 객관적으로 판단할 수 있다고 말 할 수 있겠는가? 우리는 그저 타인을 상대평가 하고 있을 뿐이다. 김국환의 노래 타타타에 "네가 나를 모르는데 난들 너를 알겠느냐"라는 가사가 있다. 상대방이 당신을 다 알 수 없듯 당신 또한 상대방을 다 알 수 없는 법이다. 그러니 더는 당신의 시각에 갇혀 상대방을 다 안다고 자만하며 상대방의 또 다른 진가를 놓치지 않길 바란다.

06

답이 정해진 질문은
하지 말 것

———

　예전에는 수직구조의 조직이 많았다면 요즘은 많은 회사들이 수평구조를 위해 노력을 기울인다. 어떤 회사는 매주 하루를 정해서 독서토론회를 갖기도 하고 요즘은 회식도 볼링장이나 영화 보러 가는 등 상하관계가 분명한 술자리 대신 문화생활을 즐기는 조직도 많아졌다.

　그런데 지인들은 조직분위기가 예전과 많이 달라졌음에도 불구하고 여전히 수평을 가장한 수직구조라는 볼멘소리를 한다. 친구네 회사는 소통의 벽을 허물기 위해 주기적으로 회사 임원과 점심 식사를 함께하는 시간을 갖는다. 며칠 전 임원과의 점심 식사에서 "요즘 회사 분위가 좋아진 것 같아?"라는 전무님의 질문에 전부 "네"라고 대답했다고 했다. 사실 분위기는 별로 좋아지지 않았지만 누가 거기서 아니라는 이야기를 할 수 있겠냐는 말을 덧붙였다. 한참 일이 많을 때 회사 복도에서 대표님을 만났는데 대표님께서 지나가는 말로 "요즘 추석 전이라 일이 많지?"와 같은 질문에 "네, 일이 너무 많아서 힘들어 죽겠습니다."라고 대답하는 직원이 얼마나 되겠는가? 연인 사이에도 대답이 정해져 있는 질문을 할 때가 많다. "나 예뻐?", "나 사랑해?"와 같은 질문에 "글쎄", "아니"라고 대답하는 사람은 거의 없다. 왜냐하면 괜히 여기서 대답 한번 잘못했다가 며칠이 피곤해질 수 있다는 것을 잘 알고 있기 때문이다. 얼마 전 한 친구가 나에게 하소연을 했다. "우리 남편은 다 좋은데 이런 질문은 좀 안했으면 좋겠어." 지난번 친구의 신랑이 "넌 나 없어도 살 수 있을 것 같아?"라는 질문에 한번은 "응, 살아가긴 하겠지"라고 대답했다가 한바탕 난리 났었다고 한다. 그래서 그때 이후론 이 질문에 답은 정해져 버렸다.

"아니. 난 당신 없으면 못살아."

이렇게 답이 정해져 있는 질문이 무슨 의미가 있을까? 내가 듣고 싶은 답이 이미 정해져 있는 질문은 하지 않는 것이 좋다. 왜냐하면 상대방으로부터 내가 원하는 대답을 못 들으면 실망감이 몰려오며 설령 듣고 싶은 답을 들었다 해도 당신의 눈치를 보며 쥐어짠 영혼 없는 대답은 의미가 없기 때문이다. 정말 듣고 싶은 말이 있으면 유도 질문 대신 상대방이 자발적으로 그 이야기가 나오게끔 행동하라고 권하고 싶다. 가끔 "우리 회사가 최고"라는 이야기를 듣고 싶어 "자네가 생각하는 이상적인 회사는 어떤 회사인가?"라며 빙빙 돌려 물어보는 오너가 있다. 우리 회사가 좋은 회사라는 말이 듣고 싶으면 그런 난해한 질문 대신 동종업계 대비 복지, 연봉을 더 신경 써 직원들이 최고라고 느끼게끔 경영하면 된다.

"당신이 최고야"라는 이야기가 듣고 싶으면 "나는 좋은 남편이야?"라고 묻는 대신 배우자에게 아낌없이 애정을 쏟으면 "당신이 짱이랍니다.", "이 세상에 당신 같은 사람이 어디 있어?" 소리가 절로 나오게 되어있다.

매일 직원들을 달달 볶는 부장이 직원들을 모아놓고 "회사 개선사항에 대해 허심탄회하게 이야기해보자"라고 한다. 이때 직원들이 다들 머뭇거리며 누구 하나 선뜻 솔직하게 이야기하지 못하는 이유 중 하나가 그 회의는 이미 윗사람이 수용 가능한 대답이 정해져 있기 때문이다. 일단 조금이라도 비용이 발생하는 의견이면 말이 떨어지기가 무섭게 그 자리에서 바로 찍어 누르니 누가 솔직하게 이야기하겠냐는 것이다. 직원들의 속마음을 알고 싶어 설문조사를 하면서 익명성을 보장해 주지 않는 건 도대체 무슨 의도인지 알 수가 없다. 정말 진솔한 소통을 원한다면 수용 가능한 대답을 정해놓고 기다리고 있는 불편한 윗사람은 빠져주어야 하며 직원들의 의견에 익명성을 보장해 주어야 한다. 자신의 입맛에 맞는 말만 들어주는 것은 소통이 아니다. 요즘 젊은 친구들이 자주 사용하는 '답정너(답은 정해져 있고 너는 대답만 하면 돼)' 라는 신조어만 봐도 이런 상황이 우리의 일상에 얼마나 젖어 들어 있는지 알 수 있다. 이미 일방통행으로 답을 정해 놓고 쌍방통행하자며 주위 사람들을 괴롭히고 있진 않은가? 답이 정해져 있는 질문은 차라리 하지 않는 편이 낫다.

07

조언에도 형태가 있다

———

　방송에 대해 아무것도 모르던 내가 준비 없이 팟캐스트를 시작하다 보니 마이크 상태부터 편집상태, 발성, 발음, 대본 등 모든 것들이 엉망이었다. 이런 내가 안타까워 조언해준 아주 고마운 언니가 있다. 언니는 "이제 듣는 사람도 많아졌는데 잡음만 잡아주면 청취자가 더 많아질 것 같아"라며 가성비 좋은 마이크를 몇 가지 추천해 주었다. 만약 이 언니가 "방송 음질이 너무 떨어져, 마이크 좀 바꿔, 방풍기 좀 사! 듣기 불편해"라고 이야기했더라면 설령 상대방이 맞는 말을 했다고 하더라도 나는 마음이 먼저 상했을 것이다. 누구나 이와 유사한 조언을 할 수 있지만, 상대방의 자존감을 높여주며 조언하는 사람은 많지 않다. 게다가 자신과 전혀 상관도 없는 문외한 마이크를 직접 알아봐 준 정성이 더해져 감동까지 주는 최상의 조언이었다. 그런데 간혹 조언이라 치고 망언을 해대는 사람도 있다.

　예전 직장 상사 중에 충고 한마디 하겠다며 "넌 리액션이 너무 크고 웃음소리가 튀어서 조직의 조화를 이루는데 방해가 돼"라고 한 적이 있다. 상사가 맞는 말을 했더라도 그 순간 내가 든 생각은 '아, 이 사람

평소에 내가 마음에 안 들었구나, 내 리액션과 웃음소리가 거슬리는 구나.' 하는 반감만 몰려왔다. 조언은 크게 상대방을 향한 못마땅한 마음으로부터 시작된 언어와 진심으로 상대방을 위한 언어로 나뉘는데 듣는 사람은 그 조언이 전자와 후자 중 어디에 속하는지 단번에 느낄 수 있다. 설령 정말 상대방을 위한 조언이었다고 하더라도 어투와 표정에 따라 상대방이 조언으로 느낄 수도 있고 그저 불쾌한 잔소리로 들릴 수 있다. "너는 이게 문제야" 또는 "너는 그런 것 좀 고쳐야 해" 이렇게 시작하는 충고는 아무리 상대방을 위해서 꺼낸 말이라도 상대방이 개선의 의지보다는 반감만 더 생기게 할 뿐이다. 부모가 아이에게 "게임 좀 그만해"라고 하는 잔소리 하는 것은 아이를 위한 충고인가 아니면 자신의 못마땅함을 분출하는 것일까? 물론 둘다 이겠지만 아이 입장에서는 부모의 분풀이로만 느낄 가능성이 높다. "게임 좀 그만해!"는 누가 들어도 명령어이며 이런 이야기를 웃으며 조곤조곤하게 말하는 부모는 드물다. 아이입장에서는 과연 어디쯤이 자신을 위한 조언인지 전혀 느낄 수 없다. 내 경험상 부모님의 잔소리는 나만 보면 속 터져 죽겠다는 마음이 먼저 느껴져 아무리 지당하신 말씀을 하셔도 반사적으로 밀어냈던 것 같다. 부끄럽지만 나도 서른이 넘어서야 언성의 크기와 조언의 효과가 반비례한다는 것을 깨달았다. 언성이 높아질수록 내 조언은 바다 위에 버려진 캔처럼 둥둥 떠 상대방에게 제대로 섞이지 못한 채 겉 돌기만 했다. 그런데 언성을 낮추고 상대방을 높여주니 상대방이 조언을 받아들이는 수용도가 확연히 높아졌다. 무작정 마음에서 흘러나오는 데로 내뱉는 것이 조언이 아니다.

간혹 "왜 직원들이 내 조언을 귓등으로도 안 들을까?" 하며 속상해하는 사람이 있는데 나는 그런 이야기를 들을 때마다 타인의 귓속으로 들어갈 만한 언어와 태도를 갖추고 있냐고 묻고 싶다. 밑도 끝도 없이 무조건 다시 해오라며 막무가내 지적만 해대는 사람이 있는데 이는 조언인가 폭력인가? 경험상 이런 사람들과 같이 일하기 정말 피곤하다. 이런 억지 같은 지적은 듣는 사람으로 하여금 '아, 어쩌란 말이야.', '아침부터 또 히스테리야' 하는 생각만 하게 될 뿐 업무에는 조금도 도움 되지 않는다. 타인에게 조언할 때 먼저 누구를 위한 조언인지를 생각해보고 당신의 못마땅함으로부터 발산되는 조언이라면 말을 아끼기를 권하며 만약 정말 타인을 위한 조언이라면 언성은 낮추고 상대방의 자존감은 높여주어 당신의 마음이 느껴질 수 있도록 전달하길 바란다.

08

이렇게 불편한 가족이
어디 있나

———

　나는 몇몇 업체의 리더들과 대화하다 한 번씩 깜짝 놀랄 때가 있다. "나만큼 직원을 배려하는 사람이 많지 않다, 우리 회사는 가족 같은 분위기다"라고 자신 있게 늘어놓는다. 나는 그런 이야기를 들을 때마다 "우와 대단하십니다, 직원들이 참 행복하겠습니다."라고 맞장구친다. 그러면 기다렸다는 듯이 직원들에게 어떻게 잘해주고 있는지에 대해 부가설명을 해주시는데 막상 이야기를 다 듣고 나면 과연 직원들이 행복할까? 하는 의문이 들곤 한다. 동료를 가족같이 대하고 있다며 맛있는 것도 자주 사주고 동료들의 사생활도 편하게 얘기하는 조직이라고 했지만, 그 이야기를 듣다 문득 얼마 전 친구가 열이 있는 데로 차올라 나에게 전화한 일이 머릿속을 스쳐 지나갔다.

　친구 : "야야, 오늘 우리 부장이 나보고 뭐라고 한 줄 알아?"
　나　 : "진정하고 얘기해봐."
　친구 : "나보고 배우자랑 같이 살고 있는지, 매일 술 마시는 거 아니냐
　　　　 고 묻는 거야"

나 : "취조하는 것 같네. 그래서 뭐라고 했어?"
친구 : "와이프랑 아이랑 화목하게 잘살고 있다고 했지, 술은 매일 안
　　　마신다고 했고..."

친구는 대답하면서도 너무 불쾌했다고 했다.

나는 순간 '그 정도면 양반이지' 라는 말이 툭 튀어나왔다. 왜냐하
면 예전에 이보다 더한 사람을 본 적이 있기 때문이다. 직원의 여자
친구에 대해 잘 알지도 못하면서 저런 여자는 남자를 평생 힘들게
할 것이라며 맹비난과 동시에 자꾸 헤어지라고 강요하는 상사도 있
었다. 어떤 리더는 자꾸 직원들에게 소개팅을 시켜주었는데 본인은
좋은 의미로 주선했겠지만, 직원 입장에서는 내키지 않아도 거절할
수가 없어 참 부담스럽다고 하였다. 나는 예전에 저녁도 못 먹고 야
근하다가 쓰러지기 직전에 드디어 집에 간다며 기지개를 켜고 있었
는데 때마침 상사가 오늘 너무 고생 많았다며 회식하자고 하는 것이
다. 순간 '아, 밥이고 뭐고 그냥 집에 가서 쉬고 싶은데...... 회식하
면 집에는 또 언제 가서 언제 자나' 하는 생각이 들었지만 고생한 직
원을 챙겨주고 싶은 좋은 의도를 알고 있었기에 거절할 수 없었다.
　직원의 연애, 결혼, 육아 등 직원들의 사생활에 관여하며 "가족 같은
분위기"라고 생각하고 있는 리더가 있지만, 아랫사람 입장에서는 세

상에 그렇게 불편한 가족이 있을까 싶다. 리더 중에 "저는 직원들과 잘 맞아서 잘 지내고 있어요."라고 자신 있게 말하는 사람이 있는데 이는 과연 잘 맞는 것일까 직원들이 잘 맞춰 주는 것일까? 아무리 시대가 바뀌었다고 해도 군대는 군대이고 시댁은 시댁이며 상사는 상사다. 서로 전혀 기대치가 없고 아무 감정이 없는 사이라면 크게 마음 상할 일이 없지만 가까운 사이일수록 한순간에 틀어질 수 있는 리스크도 높다. 이런 이야기를 한 업체의 리더에게 한 적이 있는데 그녀는 멀티 업무를 해야 하는 중소기업의 경우 가족 같은 분위기가 "으싸으싸"하는 시너지 효과를 만들어 내지 않느냐고 되물었다. 물론 가족 같은 분위기가 영원할 수 있다면 베스트겠지만 사람인지라 시간이 지나면 상대방의 단점도 보이고 서운한 마음도 생기기 때문에 감정이 너무 이입되지 않는 관계가 장기적으로 보면 조직에 더 도움이 된다고 생각한다. 만약 정말 친해질 거라면 사적으로가 아닌 일로 친해지길 바란다. 가끔 직원들의 대화 내용을 들어보면 어제 뭐 했는지, 누굴 만났는지, 드라마 뭐 봤는지 와 같은 온갖 시시콜콜한 이야기는 다 하면서 정작 업무에 관한 이야기에는 어색한 사이가 있다. 일로 친해져야 업무에 시너지 효과가 나는 거지 사적으로만 친하면 일할 때도 감정이 섞여 오히려 불편해질 수 있다. 일터에서는 가족과 친구를 만들려는 마음 대신 협업이 잘되는 파트너를 찾는 것이 장기흥행의 지름길이다. 괜히 혼자 가족같이 대해주고 상처받지 않길 바란다.

09

타인의 시간을 존중해
주고 있는가!

———

한 지인으로부터 업무시간에 사주 일가의 청첩장 작업을 하였다는 이야기를 듣고 경악한 적이 있다. 500여명의 주소지를 엑셀로 작업하여 하나하나 청첩장에 붙이는 작업을 했다는 것이다. 급여를 준다는 이유로 지극히 개인적인 일을 시키는 중소기업이 꽤 있다. 한 번씩 직원이 개인비서가 아닌가 싶을 정도로 사적인 업무가 더 많은 날도 있다. 나도 비슷한 경험을 한 적이 있는데 나 같은 경우는 상사가 한국어를 전혀 못 했기 때문에 수족이 되어 항공권, 식당, 숙소예약 등을 해야 할 수밖에 없는 특수한 상황이었다. 그런데 근무 외시간에도 시도 때도 없이 전화와 식당 종업원을 바꿔주며 "김치찌개랑 고등어구이 좀 주문해줘"라고 도움을 요청하니 언어의 장벽을 이해하면서도 쉬는 날도 쉬는 것 같지 않은 피곤함이 몰려오곤 했다.

리더들이 무의식중에 "아랫사람 시간은 나에게 소속되어 있다"라고 생각하는 사람이 있다. 이는 매달 급여를 주기 때문에 또는 아랫사람이기 때문에 그 사람의 시간을 마음대로 써도 된다는 생각을 하는 것이다. 그런데 이보다 더 최악의 경우는 근무 외 시간까지 관여하는 경우다. 주말에 등산가자 골프 하러 가자 등 친목 도모를 위한 명분으로 그 불편한 얼굴을 주말까지 보게 할 때가 있는데 요즘은 이런 문화는 많이 없어졌지만 얼마 전에 퇴사한 지인은 주말에도 너무 당연하게 일을 시켜서 힘들었다는 이야기를 털어놓았다. 혹자는 '요즘 세상에 그런 사람이 있어?'라며 의아해하겠지만 나 같은 경우도 상사가 한국어를 못하다 보니 주말에도 불려 나가 통역해주는 날이 허다했다. 물론 박람회나 특별한 행사로 부득이하게 주말 출근해야 되는 상황도 있지만 그럴 때 주중에 휴무를 보충해 주지 않는 것이 함정이다. 위에선 너무 당연하게 출근하라고 하니 직원들은 찍소리도 못한 채 자신이 노예가 된 것 같은 기분이 든다. 그렇다고 윗선에다 보충 휴무에 대해 말이라도 꺼냈다간 '애사심 없는 이기적인 직원'으로 낙인찍힐 것 같아 끝내 끌려가지만 사기는 팍팍 떨어지는 건 어쩔 수 없다. 나는 어렸을 때 가장 큰 불만 중 하나가 부모님과 함께 외식 하러 가거나 어디 놀러 갈 때 갑자기 나갈 때가 다되어 "나가게 옷 챙겨입어!"라고 말씀하시는 것이었다. 아무리 내가 미성년자라도 매일 나름의 계획이란 게 있는데 부모님께선 너무 당연히 자신의 시간 안에 내 시간을 소속시키셨다. 성인이 되어서는 친구가 피부 관리실을 같이 가달라고 해서 두 시간 가량 기다린 적도 있고 상사가 지하주차장에서 기다리라며 두 시간 뒤에 나타난 적도 있다. 예로부터 시간은 금이라는 말이 있다. 시간은 한번 지나가면 다신 돌아오지 않기에 어떠한 자산보다 희소성이 강하다. 타인의 시간을 함부로 쓴다는 것은 타인의 자산을 마구 소진하는 것과 같으며 타인에 대한 배려와 존중이 결핍되어 있음을 의미한다. 어느 날 갑자기 믿었던 직원이 퇴사 의사를 밝힌다면 그간 직장에서 그의 시간을 어떻게 사용하였는지를 들여다보아라. 근무 시간에는 윗사람 개인을 위한 시간이 아닌 회사를 위해 일을 하는 시간이어야 하며 윗사람이 직원의 시간을 소유한 것이 아니라 직원들이 회사를 위해 그들의 귀한 시간을 투자한 것임을 기억하자.

10

빈말이라도 괜찮다

당신 주위에 아침부터 속을 뒤집어 놓는 상사가 있는가? 나는 예전에 그런 상사 덕에 온몸에 분노의 에너지가 가득 찬 상태로 하루를 시작하곤 했다. 그때 마침 거래처에서 전화가 온다. 작은 요청사항인데도 괜히 짜증이 몰려오며 타부서의 업무 협조 요청에도 예민해진다.

게다가 내 표정은 종일 우거지상이다. 주위에선 내 눈치 보느라 말도 편하게 못 붙인다. 아침마다 사기를 방전시키는 한 놈 때문에 종일 일할 의욕이 생기지 않는다. 그런데 그놈은 자신이 뱉은 한마디가 내 하루를 다 망치고 있다는 걸 모르는 눈치다. 아침부터 성적표 이야기로 식사 시간을 우울하게 만드는 부모, 아침마다 실적 이야기로 하루를 시작하는 상사,

영업 시작 하자마자 컴플레인하는 고객, 부담스러운 부탁을 하는 지인까지…… 이들은 자신의 한마디가 상대방의 하루를 얼마나 무겁게 누르는지 상상도 못 할 것이다. 당신은 매일 아침 어떤 말로 하루를 시작하는가? 당신의 한마디가 타인의 하루를 망칠 수도 있고

살려낼 수도 있다. 이 말은 즉 당신이 조직 내에서 아주 중요한 역할을 하는 존재라는 뜻이다.

 기분 좋게 타인의 하루를 여는 데는 칭찬만큼 특효약이 있을까 싶다. 매일 아침 칭찬으로 시작하면 상대방의 기분뿐 아니라 당신도 좋은 에너지로 시작할 수 있다는 것을 잘 알면서도 어색해서 입 밖으로 잘 나오지 않는다. 외국인들은 별거 아닌 거에도 아낌없이 긍정적인 멘트를 쏟아내는데 한국인 중에는 표현에 익숙하지 않은 사람들이 많다. 그래서 내가 강의 중에 옆 사람에게 칭찬 한마디씩 하라고 하면 굉장히 어색해하며 주뼛주뼛하는 사람들이 많다. 그럴 때 나는 청강객들에게 '빈말'이라도 해보라고 한다. 그럼 빈말에 대한 마음의 부담이 확 줄기 때문에 말이 훨씬 편하게 나온다. 곳곳에서 "영화배우보다 멋있어요~"와 같은 다소 과장된 표현들도 들려온다. 비록 빈말이긴 하지만 나는 그간 빈말의 효과를 여러 차례 경험한 뒤론 마음에도 없는 빈말이라도 하라고 권하고 있다. 예전에 직장 상사 때문에 출근하기 싫었던 적 있었는데 관계를 개선하고 싶었지만 얼굴 보는 것조차 곤욕스러워 도저히 좋은 말이 입 밖으로 나올 수 없는 상황이었다. 그러던 중 어느 날부터 빈말하기를 시작했다. "어머, 부장님 파마하셨네요, 훨씬 더 세련되고 예쁘세요." 사실 이 칭찬은 내 진심이 1%도 담겨있지 않은 그야말로 '빈말'일 뿐이었다. 그런데 이 말을 듣고 늘 엄숙한 표정을 짓고 있던 상사가 피식 웃으며 지나갔고, 나는 탄력을 받아 다음 날에는 "오늘따라 얼굴이 화사하세요, 좋은 일 있으세요?"라며 또 빈말 한마디를 던졌다. 신기하게도 나를 대하는 그녀의 얼굴이 점점 달라지기 시작하였다. 누누이 말하지만 나는 당신에게 진심어린 칭찬을 하라는 것이 아니라 '빈말'이라도 해보라고 권한 것이다. 빈말에도 효과가 있다. 마음에도 없는 말이긴 하지만 자꾸 상대방에 고맙다고 하고 잘했다고 칭찬해주면 상대방이 정말 기특한 일을 해낸다.

사람은 누구나 상대방의 기대치에 부응하려고 하는 습성이 있다. 그래서 나를 여성스럽다고 생각하는 사람들 앞에선 나도 모르게 언행을 조신하게 하게되며, 나를 에너지 넘치는 사람이라고 인지하는 지인들에겐 늘 내가 가진 120% 에너지를 뿜어내게 된다. 이는 일부러 맞춰서 연기하려고 하기보단 자연스럽게 타인의 시선에 내 언행이 고정되곤 하는데 이 원리를 활용하여 정말 일 처리 잘 안 해주는 담당자에게 빈말을 계속해 보았다.

"신경 써주셔서 고맙습니다."
"이번 주도 정말 수고 많으셨습니다."
"모두 부장님 덕분입니다"

속이 뒤집히지만 내 마음과 정반대의 밀을 내뱉으며 놀라운 일이 벌어졌다. 어느 순간 그들에게 가득했던 불평불만이 점점 누그러들기 시작하였으며 담당자의 태도가 서서히 변하는 것을 느낄 수 있었다. 언제부턴가 내 요청사항을 일 순위로 처리해 주었으며 심지어 요청사항이 아닌데도 능동적으로 하나라도 더 도움을 주려 애써주었다. 좋은 말을 내뱉다 보니 좋은 마음이 따라붙고 좋은 마음이 상대방의 마음을 움직인 것이다. 빈말도 자꾸 하다 보면 습관이 되어 어느 순간 진심에서 우러나오는 칭찬도 자연스럽게 나오게 될 것이다. 당신의 작은 습관이 누군가의 하루를 바꾸고 당신과의 관계도 개선해주니 빈말이라도 안 할 이유가 없다.

11

예스맨이 충신이기만 할까?

———

직장에서 무리한 지시사항에도 늘 예스를 외쳐대는 동료가 있었다. 그는 평소에 윗사람에게는 무한 사랑을 받았지만, 앞에서는 예스해놓고 뒷감당이 안 되어 발을 동동 구르는 것이다. 결국 혼자 감당해내지 못한 채 동료 또는 후배에게 고스란히 부담을 전가하곤 했다. 게다가 예스맨 때문에 정말 소신껏 발언하는 직원은 윗사람에게 무능력한 사람으로 낙인찍히기 일쑤였다. 무리한 지시사항에 한 동료가 "이건 위법을 하지 않은 이상 불가능합니다."라며 근거 설명을 하고 있는데 갑자기 예스맨이 튀어나와 "안되는 게 어딨어? 방법을 찾겠습니다." 하며 혼자 유능한 척은 다하더니 뒤에 와선 "아…. 답이없네…. 이걸 어떻게 하지?"라며 한숨을 내쉰다. 그때부터 그는 윗사람을 욕하며 동료들을 쥐어짜기 바쁘다. 특히나 직속 상사가 예스맨이면 아주 골치 아프다. 온갖 뒤치다꺼리해야 되는 건 물론이거니와 잘 되도 본전이요 안 되면 욕을 배불리 먹는다. 심지어 한 지인은 마땅히 받아야 할 수당이 덜 들어와서 근로기준법에 따라 정당한 발언을 했음에도 근로자의 권리는 오너의 손아귀 안에 있다고 생각하는 예스맨이 옆에서 한마디 거드는 바람에 자신만 '애사심이 부족한' 직원으로 찍혔다고 했다. 친구의 하소연을 듣다 문득 예스맨도 '처음부터 예스 맨 이었겠는가?' 하는 생각이 들었다. 어쩌면 그 예스맨도 안 되는 것을 안 된다고 말할 수 없는 조직 분위기에서 살아남기 위해 어쩔 수 없이 예스맨이 되었을 수도 있다는 생각이 들었다.

예전에 윗사람에게 이 일은 진행이 어려울 것 같다고 보고한 적이 있는데 불가능한 일을 해결하라고 매달 급여 주는 거 아니냐며 언성을 높여왔고 그 뒤로 한동안 나도 예스맨이 될 수밖에 없었다. 그런데 예스만 외치다 보면 그에 따른 부작용이 생길 수 있다. 내 주위에 "안 되는 건 안 되는 거다."라고 강력하게 외치는 지인이 있다. 병원에서 근무하는 친구였는데 직원 한 명이 퇴사해서 채용공고를 올려놓고 기존 인력으로 겨우 스케줄을 돌리고 있었는데 그 광경을 본 오너가 갑자기 이런 이야기를 꺼낸다. "거봐, 이 인력만으로도 돌아가잖아" 그러면서 인력 충원에 대한 얘기가 쏙 들어가 버린 것이다. 언제 터질지 모르는 시한폭탄을 쌓아놓은 것처럼 아슬아슬하게 돌아가고 있는 상황을 그저 비용 절감의 기회로 여기는 윗사람에게 계속 예스를 날린다면 어떻게 될까? 결국 얼마 버티지 못하고 한 명씩 튕겨 나갈 것이다. 장기적으로 보면 그저 참는 것만이 능사가 아니다. 정말 아닌 일은 No~! 라고 이야기 할 수 있어야 한다. 예스맨은 달콤한 사탕과 같다. 나 같아도 내 지시사항에 반기만 드는 직원보다 잘 따라주는 직원이 더 예뻐 보일 것이다. 하지만 과연 예스맨은 충신이라고만 할 수 있을까? 만약 당신의 예스맨이 앞에서도 예스 뒤에서도 전부 예스라면 충신이라고 할 수도 있겠지만 앞에서만 예스를 날리고 뒤에선 딴소리를 하는 예스맨은 충신을 가장한 간신일 수도 있다. 달달한 사탕은 당시엔 너무 달콤하지만, 시간이 지나면 내 치아를 서서히 갉아먹기 시작한다. 입에 쓴 약이 몸에 좋은 것처럼 냉철하고 현실적인 반기를 드는 직원이 장기적으로 보면 조직에 큰 도움이 될 수 있다. 이제는 예스맨을 견제하는 세력에게도 관심을 두어야 할 때이다.

12

계산기를 두드리는 순간

———

주위에 보면 모든 인간관계를 자로 재기라도 한 듯 딱 떨어지게 계산하는 사람이 있다.

이런 사람에게 누군가가 3만큼 베풀면 정확히 2.5~2.9만큼 돌려준다. 그 이상의 수치를 돌려주는 것은 그들의 계산기에 손실로 잡히기 때문이다. 이러한 상대방의 계산기에 내 마음의 센서가 자동 반응할 때가 있는데 나는 겉으론 하하 호호 웃으며 대하지만 그들과 진정성 있는 관계로 이어지지 않는다. 이들은 상대방이 감수해야 하는 손실에 미안해 하긴 커녕 너무나 당연시하는 경향이 있으며 본인이 조금이라도 손해 볼 것 같으면 상대방에게 손해를 전가하려고 발버둥친다. 예전에 거래 중 문제가 생기자 을사로 배상 청구하라는 지시를 받은 적이 있는데 내가 봤을 때 그 일은 을사가 책임질만한 일이 아니었기에 거래처에 뒤집어씌운다는 생각에 한동안 마음이 괴로웠다. 결국 을사는 울며 겨자 먹기 식으로 떠안아 주며 그 일은 일단락 했지만 그 뒤로 을사는 매 건마다 비협조 적이었으며 그간 자발적으로 지급해주던 자잘한 비용도 전부 청구해왔다. 그 사건 이

후 연말에 그 업체에서 청구해온 자잘한 제반비를 합산해보니 지난 번 우리가 요구했던 배상금보다 금액이 훨씬 높았다. 이처럼 그 순간은 손실을 굳힌 것 같았지만 결과적으로는 더 큰 손실을 낳는 경우가 많다. 당장은 상대방이 갑사라서 "네네"하며 들어주겠지만, 뒤에선 '다신 저 업체랑 거래하나 봐라', '좋은 기회가 있어도 저 업체는 빼고 제안해야지'와 같은 마음을 갖게 되어 추후 더 좋은 기회로 닿을 수 있도록 브릿지 역할을 해주는 사람을 잃어버릴 수 있다. 어디 그 당사자와 해당 업체의 신뢰만 잃겠는가? 동종 업계에 소문나는 건 삽시간이다. 남들 눈에 뻔히 다 보이는 얄팍한 계산을 시작하면 상대방의 계산기도 자동 반응하게 된다. 오너가 직원에게 쓰는 돈 몇 만원을 아까워하면 직원도 회사를 위해 쓰는 몇 분을 아까워하게 되며, 친구한테 밥 사는 돈을 아까워하면 친구는 나를 만나는 시간을 아까워하게 된다. 예전에 호텔 개관 교육을 담당하며 알게된 호텔 오너가 있다. 나뿐만 아니라 많은 사람이 이분께 성공 비결을 물었는데 비결은 딱 한 가지라고 하셨다. "고객 입장에서 계산기를 두드려라" 고객의 입장에서 득이 된다고 느끼는 사업을 하면 성공한다고 하셨는데 나는 이 한마디가 마음에 강하게 와 닿았다. 생각해보니 나 역시 A/S 잘해주는 업체에 충성고객이 되며, 업체의 실리보다 고객의 건강을 생각해서 좋은 원료를 아낌없이 사용한 제품을 선호한다. 식당만 가도 재료비 절감을 위해 건더기가 거의 없는 탕을 보면 그런 식당은 두 번은 가기 싫어지며, 하나라도 더 챙겨주려는 업체에 마음이 흐른다. 내 주위에는 자신의 주머니에 얼마가 있든 타인의 입장에서 계산기를 두드리는 사람이 있다. 보통은 자신이 좀 살만해야 타인에게 베풀 여유를 갖는데 이분은 본인 상황이 넉넉하지 않아도 늘 타인의 사정을 먼저 고려한다. 이런 모습을 볼 때마다 "저래서 과연 남는 것이 있을까?" 하는 생각에 걱정이 앞섰다. 그로부터 몇 년 뒤 그분이 건물주가 되어 매달 세받으며 잘 지내고 있다는 소식을 듣게 되었고 그분에게 어떻게 그렇게 빠른 시일 내에 부를 축적할 수 있었냐고 여쭤보니 "운 좋게 좋은 사람들과 연결 되었어"라는 말이 전부였다. 그 이야기를 듣는 순간 "늘 사람들에게 먼저 손해 보던 것이 손해가 아니었구나." 하는 생각이 들었다. 하지만 타인을 위해 계산기를 두드린다는 것이 결코 쉬운 일이 아니다. 솔직히 나도 매번 마음은 먹으면서 정작 상황이 닥치면 망설여지곤 한다. 특히나 내가 여유가 없으면 더욱 치열하게 내 입장에서 계산기를 두드리게 된다. 우리가 신이 아닌 사람인지라 망설여지는 건 지극히 당연한 일이 아닐까 싶다. 여기서 한 가지 오해하지 말아야 할 것은 나는 당신에게 자선단체처럼 베풀며 희생하라고 하는 것이 아니다. 나도 그렇게 할 자신이 없다. 그저 이왕 계산기를 두드리는 거 상대방도 나도 함께 득 보는 계산을 하자는 이야기이다. 내가 타인에게 이 만큼을 득 보게 해주면 상대방도 가만히 받고만 있겠는가. 그러니 자신

의 실리만을 고집하여 소탐대실하지 말고 실리와 신의를 모두 얻을
수 있도록 계산기를 두드리길 바란다.

눈만 뜨면
사라지는 을의 돈,
뻔한 수입으로
뻔하지 않게
사는 법

66

만약 당신이
가늠해본 미래의 돈이
자신이 원하는 그림이 아니라면
지금부터라도
돈의 성향을 바꾸면 된다.

99

01

돈에도 패턴이 있다

———

대다수의 직장인이 월급날만 바라보고 산다. 그날을 위해 듣기 싫은 소리 들어가며 하기 싫은 일도 참아가며 버티는 것이다. 만약 당신은 급여가 노동의 목적이 아니라고 외치고 있다면 난 역으로 묻고 싶다. "아무리 좋아하는 일이라도 평생 무급이라면 지속할 수 있겠는가?" 매일 목 빠지게 급여 일만 바라보고 있다가 "앗싸! 월급날이다" 하고 좋아함과 동시에 상당 부분의 금액이 그대로 통장을 스쳐 지나간다. 매달 참 허무하지만 오랜 기간 이 패턴은 반복돼 왔고 이젠 다들 익숙해진 듯 보였다. 그래도 한 번씩 큰마음 먹고 "이번 달은 술자리를 줄여야지.", "옷을 사지 않겠어."라며 지출을 줄이기 위해 나름 노력해 보지만 급여가 들어올 때쯤 되면 여전히 수중에 돈이 없는 건 마찬가지다. 계획대로라면 분명 술값, 쇼핑비, 외식비 등이 세이브되어 그만큼 돈이 굳어있어야 하는데 신기하게도 그때 되면 꼭 예상치 못한 지출이 생긴다. 갑작스러운 사고와 같은 상황을 제외한 자잘한 변수는 사실 개인의 소비패턴과 연관이 깊다. 사람마다 무의식중에 매달 이만큼은 지출해도 된다는 소비 패턴이 뿌리 깊게 잠재된 경우가 많다.

당신이 비록 다른 소비를 줄여 20만 원을 세이브했다고 하더라도 당신의 무의식중에는 여전히 지출 가능한 총액에는 변화가 없어 전체 지출액이 크게 변하지 않는 것이다. 많은 사람이 현재 연봉의 두 배를 벌면 훨씬 더 많은 두 배를 저축할 수 있을 거라고 생각하지만 나는 막상 두 배를 더 벌게 되니 돈이 나갈 일도 배가 되어 총저축액은 큰 차이가 없었다. 내 무의식중에는 이미 그 정도만 저축해도 충분하다는 기준이 잠재되어 있어 반드시 해야 하는 저축액 외의 금액은 지출 명분을 합리화시켜 소진해 버렸다. 홈쇼핑을 시청하다 "어차피 다음 달에 사야 하는 거 이렇게 할인 많이 될 때 사면 더 이익이지", "원해서가 아니고 필요해서 사는 거야"와 같은 말로 마치 내가 굉장히 합리적인 소비를 하는 것처럼 자기 최면을 걸어 지출하곤 했다. 어쩌면 돈이 나갈 상황이 생긴 것이 아니라 '이만큼은 더 써도 된다.'라는 잠재된 의식이 지출할 상황을 끌어당긴 것일 수 있다. 아주 오랜 시간에 걸쳐 굳어진 소비패턴은 굉장히 고질적이다. 그래서 주위에 물어보면 매달 나가는 카드 값이 거의 비슷하다. 백만 원 나오던 사람이 갑자기 천만 원 나오거나 십만 원이 나오는 일은 드물다. 친구 중에 카드값 돌려막기 하는 녀석은 십 년이 지난 지금도 마음의 부담 없이 돌려막기를 지속하고 있으며 빚지는 것을 마음의 감옥이라 여기는 친구는 마이너스가 될 시점이 되면 지갑을 닫고 사람을 안 만났으면 안 만났지 돌려막기는 상상도 못 한다. 더 정확하게 말하면 이 친구는 마이너스가 되는 상황까지 가는 일도 만들지 않는다. 이처럼 사람마다 빚을 수용할 수 있는 범위가 달라 누구는 빚이 수억이라도 한 치의 요동 없이 일상을 살아가고 누구는 카드빚 몇백만 원에도 매일 피가 마르며, 같은 급여를 받아도 늘 적자가 나는 사람이 있고 꽤 많은 돈을 모으는 사람도 있다.

적자는 습관이다. 한번 적자가 나기 시작하면 그 패턴이 고정되는 경우가 많다. 적자가 몸에 밴 사람은 굳이 적자가 안 날 수도 있는 상황에서도 굳이 오지랖을 부려 적자를 자처하곤 한다. 그러니 이미 고정되어버린 당신의 소비패턴 때문에 당신 수중에 남아있는 돈은 늘 거기서 거기인 것이다. 이러한 고질적인 패턴을 조금이나마 바꾸려면 처음부터 '선 저축 후 생활'을 하는 것을 권한다. 내가 이런 이야기를 하면 꼭 "선 저축을 해버리면 한 달을 어떻게 버텨요?"라며 죽는 소리를 하는 사람들이 있다. 선저축 후 생계가 걱정된다는 건 당신은 이미 저축이 불가능하다는 것을 인지하고 있는 것이다. 돈이 수중에 가장 많은 시점에도 저축이 안 되는 사람이 후에는 저축이 가능하겠는가? 당신의 그 고질적인 패턴을 뛰어넘어야 돈이 모일 것이다. 없으면 없는 데로 맞춰서 어찌어찌 다 살아지지 않던가. 패턴을 뛰어넘으려면 당신에게 돈을 맞추지 말고 돈에 당신을 맞추어야 한다.

02

월급 생활 그만하고
싶다고?

———

십 년 이상 직장생활을 하다 보면 어느 날 문득 회의감이 몰려올 때가 있다. 매달 들어오는 월급도 뻔하고 그렇다고 성취감이 있는 것도 아니고, 보고 싶지 않은 얼굴을 매일 보는 것도 지치고, 매달 남 좋은 일만 해주는 것 같고 주위에 사업하는 친구들이 훨씬 자유롭고 여유로워 보일 때 내 사업을 하면 이 모든 갈증이 해결될 것만 같은 생각이 들곤 한다.

내 주위만 봐도 직장생활에 회의를 느끼며 자기 사업하고 싶어 하는 사람이 꽤 많은데 특히 직장생활 십여 년 차 되는 사십 대 남성들이 그 욕구가 유독 강했다. 사십 대가 되면 박봉이던 신입사원 때보다는 금전적으로 여유도 생기고 그간 쌓아온 인맥과 노하우가 뒷받침되며 자신감도 붙는 데다 또 지금이 아니면 언제 질러보겠나 하는 생각에 욕구가 최고조에 다다르는 듯해 보였다. 한 친구는 근 몇 년째 만날 때마다 사업하고 싶다며 망설였는데 이 친구에겐 미안하지만 나는 이런 하소연을 들을 때마다 적나라하게 현실을 이야기한다. 2016년 개인 사업을 시작한 인원은 110만 726명인데 같은 기간 83

만 9,602명의 개인사업자가 폐업했다. 이는 창업 대비 개인사업자 폐업률은 76%에 다다른 수치이며[1] 최저임금이 오르면서 외식업체의 77.5%가 경영상태가 악화되었다고 하였고 실제 종업원 수도 평균 31.9% 정도 줄어든 것으로 확인되었다.[2] 내가 아무리 이런 통계 자료를 보여줘도 "내 아이템은 다르다", "이쪽에 인맥이 튼튼하다"라며 확신에 차 이야기한다. 사람은 원래 어딘가에 한 번 꽂히면 남의 말은 잘 안 들리는 법이다. 결국 자신이 몸소 부딪히며 깨닫는 수밖에 없다는 것을 알기 때문에 더는 말리는 건 포기하면서도 친구가 한 말에 의문이 생긴다. '아무리 든든한 인맥도 이해관계로 얽히면 변수 덩어리인데 그 인맥들이 너를 지속해서 먹여 살릴 수 있을까?' 대형유통채널 MD와의 친분으로 수년간 수월하게 제품을 입점 시키다 담당자가 바뀌거나 관계가 틀어져 갑자기 거래가 끊기도 하고 제아무리 중국에 엄청난 인맥이 있어도 '사드 보복' 한방에 부도 위기에 놓인 업체가 어디 한둘이었는가. 게다가 아무리 아이템에 확신이 있다고 해도 조금 잘된다 싶으면 주위에서 금방 치고 들어오기 일쑤다. 우리 집 앞 테이크아웃 카페는 늘 사람이 많아 줄을 서서 사 오곤 했는데 얼마 지나지 않아 바로 맞은편 테이크아웃 카페가 하나 더 생겼다.

---

1) http://www.news1.kr/articles/?3362796 출처: 뉴스1

2) https://www.kfiri.org/bbs/board.php?bo_table=notice&wr_id=71 출처: 한국 외식산업 연구원

더 놀라운 건 새로 생긴 카페의 인테리어였다. 맞은편에 먼저 자리 잡은 카페와 인테리어 컨셉 및 벽면 색상까지 같아 상호명만 달랐지 얼핏 보면 쌍둥이 같아 보였다. 몇 걸음 안 되는 바로 맞은편에 경쟁사가 생기는 것도 불편한 일인데 간판 색상까지 동일하니 먼저 오픈한 오너 입장에서는 뒤통수 맞은 듯한 기분이 들 수 있다.

게다가 중소기업에서 아무리 획기적인 아이템을 개발하여도 대기업에서 기능을 더 보완하고 디자인 퀄리티를 높여 대량으로 생산해 버리면 객 단가가 떨어지는 데다 엄청난 비용을 쏟아 공격적으로 마케팅을 해대니 중소기업은 당해 낼 수가 없다. 이런 걸 보면 중국만 모방 천국이 아니라는 생각이 든다. 한국도 뭐 하나 대박 나면 업체마다 줄줄이 유사 제품을 출시하기 바쁘다. 게다가 계절성이 두드러지는 사업은 여유 자본이 없으면 비수기를 지탱하지 못하고 무너지는 경우가 허다하며 스타트업은 하루하루가 생존 전쟁이다. 생각보다 많은 업체가 손익분기점은커녕 빚만 떠안고 폐업 신고를 하고 있다. 내가 너무 부정적인 측면만 이야기한다고 생각할 수 있겠지만 예전에 제품을 소싱하며 매달 수십여 군데의 제조사에 연락하던 시절이 있었는데 당시에 일 년도 채 안돼서 제품이 단종 되는 경우를 종종 목격하였고, 그다음 해에 다시 문의 전화를 걸었을 땐 이미 폐업한 업체도 적지 않았다. 그래서 간혹 해맑은 표정으로 나를 찾아와 "이 사업 대박날 것 같지 않아?"라며 이야기 늘어놓는 사람들에게 나는 웬만하면 직장생활 계속하라고 권하는 편이다. 인생의 실패를 경험했던 사람들은 "일이 안 풀릴 땐 코만 풀어도 갈비뼈가 나간다."는 말에 공감한다. 아무리 뛰어난 능력과 풍부한 인맥을 가지고 최선을 다해도 내 뜻대로 흘러가지 않는 것이 인생이다. 회사에서 을이라 억울한가? 회사 밖으로 나오는 순간 세상에 을이 될 수 있다. 요즘 같은 1人 기업 시대에 내가 이렇게까지 비관적으로 이야기하는 이유는 이 모든 것을 감수하며 까지 창업할 의지가 있는지 재점검해 보는 시간을 갖길 바라는 마음을 담은 것이며, 직장생활이 힘들지만 그래도 다시 한 번 힘내보자는 응원의 메시지를 전하기 위함임을 알아주길 바란다.

03

출구를 통제하라!

———

매달 돈이 들어오는데 늘 돈이 없는 이유는 간단하다. "쉬지 않고 돈을 쓰니까!" 돈을 쓰니 돈이 없는 건 너무 당연한 이치다. 보통 직장인들은 돈이 들어오는 입구는 거의 정해져 있다. 매달 동일한 입구로 일정한 양이 들어온다. 이렇다 보니 돈이 부족하면 입구를 늘리기 위한 방법을 찾는 사람이 있고 출구를 통제하는데 전력을 다하는 사람이 있는데 나는 입구를 늘리기 위해 투잡을 뛴 적도 있고 출구를 통제하기 위해 버는 돈의 60% 이상을 저축한 적도 있다.

몇몇 지인들이 나에게 돈의 입구를 늘리는 일과 출구를 통제하는 일 중 어느 것이 더 힘든지 물어본 적이 있다. 솔직히 말하면 둘 다 힘들다. 전자나 후자나 삶이 피폐해지기 때문이다. 하지만 현실적인 조언을 원한다면 나는 출구를 통제하라고 권하고 싶다.

왜냐하면 프리랜서나 알바생 아니고서야 일반적으로 직업을 늘리기는 어렵기 때문이다. 얼마 전 지인의 카카오톡 상태 메시지에 '똑똑한 소비'라고 남겨 놓았기에 이유를 물었더니 외식비가 너무 많이 나가서 2019년에는 소비를 줄이는 것이 목표라고 하였다. 그 이야기를 듣고 나는 '똑똑한 소비'에 대해 깊은 생각에 빠졌다. 똑똑한 소비란 무엇일까? 한마디로 정의할 순 없지만, 계획성 지출이 중요한 요소임은 분명하다. 그렇다면 경조사와 같은 미리 계획할 수 없는 지출은 똑똑하지 못한 소비인가? 아니다. 지출의 변수도 사전에 대략 잡아놓을 수 있다. 각종 공과금과 식비와 같은 고정 지출은 계획성 지출에 속하며 홈쇼핑 쇼호스트들의 현란한 상품설명에 현혹되어 충동구매를 하는 것은 무계획성 지출에 속한다. 우리는 생각보다 무계획성 지출을 많이 하며 살아가고 있다. "오늘만 이 가격에 드리고 있습니다!" 이 한마디에 이성 줄을 놓기 시작하며 푸짐한 사은품까지 눈앞에 아른거리면 순간 '최저가로 사은품까지 얹어 구매할 수 있는 최상의 기회'로 합리화시켜 시원하게 지르곤 한다. 나는 그간 일 년 치 화장품을 특가로 구매해 놓으면 돈을 절약하는 것으로 생각했다.

그런데 나는 막상 대량의 화장품이 수중에 들어오면 이리저리 선물을 주거나 그 화장품을 다 쓰기도 전에 또 다른 특가에 현혹되어 지르곤 했다. 게다가 간혹 제품이 안 맞으면 사용하지 못하는 경우도 있다 보니 오히려 정가로 필요할 때마다 구매하는 것보다 합리적이지 못할 때가 많았다. 물론, 이미 사용해 본 검증된 제품을 공동구매하여 특가 제품을 합리적으로 활용하는 똑똑한 소비자도 있지만 나는 그런 합리적인 소비자와는 거리가 멀었다. 매번 지름신이 올 때마다 나름의 명분을 만들었지만 따지고 보년 당장 없다고 어떻게 되는 것도 아닌 경우가 대다수였다. 살까 말까 고민될 땐 사지 않는 것이 현명하다. 그 이유는 이런 고민을 한다는 것 자체가 급하게 필요하지 않다는 뜻이다. 당장에 치약이 떨어져 양치질을 못하는 상황에서 누가 치약을 살지 말지 고민하겠는가. 어느 날 문득 지출 욕구가 앞설 때 '이것은 계획된 소비인가?'라고 자신에게 질문을 하며 자신에게 브레이크를 한번 걸어주길 바란다. 분명 무계획성 지출임에도 자신을 멈출 수 없을 땐 일주일 정도 지나고 사는 것을 권한다. 하루 이틀만 지나도 불타올랐던 구매 욕구가 많이 줄어들게 되어있다. 만약 한 주가 지났음에도 여전히 구매욕이 타오른다면 그건 그냥 사라. 당신이 일주일을 묵혀두는 동안 더 많이 알아보고 고민하며 무계획성 지출에서 계획성 지출로 옮겨졌을 가능성이 높다. 앞으로 출구를 통제할 땐 아래 세 단계를 거쳐보자.

1 단계 : 계획성 지출인지 무계획성 지출인지 구분할 것.
2 단계 : 만약 무계획성 지출이라면 당장에 결정하지 말 것.
3 단계 : 일주일간 무계획성 지출을 합리적인 지출로 변경할 것.

얼마 차이도 나지 않는데 일주일이라는 시간과 에너지 소비하는 것이 더 아깝다고? 원래 작은 차이가 쌓여 큰 가치를 만드는 법이며 그 정도 심사숙고는 거쳐야 후회로 남는 지출을 막을 수 있다.

엄격하게 출구 관리를 하다 보면 어느 순간 당신의 절제력이 몸에 배어 점차 당신의 주머니는 도톰해질 것이다. 수비만 잘해도 돈은 굳는다.

04

빌려준 돈을 받기
힘든 이유

────

주위에 돈 빌려주고 못 받았다고 하는 사람이 꽤 많다. 머리로는 돈을 빌려주면 돈 잃고 사람 잃는다는 것을 잘 알고 있지만 가까운 지인의 절박한 상황을 보면 모른 채 하기 힘들다. 게다가 상대방이 사정사정하며 감정으로 호소하면 이내 마음이 약해져 '안 되는데...' 하면서 빌려주게 된다. 타인에게 빌려주는 돈은 크게 두 가지 경우로 나눌 수 있는데 그냥 눈 딱 감고 도와준 셈 칠 수 있는 금액이 있고 피를 바짝바짝 말리는 돈이 있다. 도와준 셈 칠 수 있는 정도의 금액은 돌려받지 못하여도 큰 타격을 받진 않지만, 큰돈은 밤마다 잠을 설치게 할 만큼 치명적이다.

나는 살면서 많지는 않지만 지인에게 몇 차례 돈을 빌려준 적이 있는데, 안 돌려받아도 될 만한 작은 액수는 쉽게 돌아왔으나 정작 받아야 하는 액수는 받기 어려웠다. 이쪽저쪽에 돈 빌려주고 못 받은 사람 중 합산한 금액이 집 한 채 값 정도 되는 사람이 있는데 나는 이 지인에게 "밤에 잠은 옵니까?"라고 물어보았고 그로부터 돌아오는 건 한숨뿐이었다. 빌려준 돈을 못 받고 힘들어하는 사람들에게 이렇게 묻곤 한다. "상대방이 그 돈을 컨트롤할 능력이 있었으면 그 돈을 당신에게 빌렸겠습니까?" 애초에 그 얼마를 융통할 능력이 안되는 사람이니 그 얼마를 빌리는 것이 아니겠는가. 간혹 매달 고정적인 급여가 들어오는 직장인에게는 돈을 빌려줘도 되지 않겠냐고 묻는 사람이 있는데 급여 믿고 빌려줬다가는 큰코다칠 수 있다. 나도 예전에 안일하게 생각하고 직장인 지인에게 돈을 빌려준 적이 있다. '다음 달 급여가 들어오면 갚겠지….' 생각했는데 그는 수개월이 지나도 갚지 않았다. 알고 보니 급여가 들어와도 매달 나가야 하는 고정 비용이 있어서 빌린 금액까지 내치기가 쉽지 않은 것이다. 그렇다고 상대방에게 "5개월 할부로 갚을게."라는 이야기를 할 수도 없는 노릇이니 나를 서서히 피할 수밖에 없었던 것이다. 단순히 고정지출 때문에 갚기 어려운 사람은 그나마 양반이다. 이미 문어발식으로 이쪽저쪽에 걸쳐 빚 돌려막기 하는 사람에게는 매달 급여가 들어온들 아무 의미가 없다. 이렇다 보니 매달 급여가 들어온다는 사실이 담보가 될 수 없는 것이다.

나는 예전에 차용증까지 받고 빌려주었지만 정작 돈을 못 돌려받고 나니 차용증은 그냥 종잇조각에 불가했다. 일단 금액이 아주 크지 않은 것도 있었지만 그런 일로 가까운 지인을 법적 조치 할 수 없었기 때문이다. 게다가 대개 돈을 빌려 간 사람은 갚지 못하는 상황이 되면 연락을 두절하는 경우가 많아 관계가 끊어지기 쉬운데, 그간 형제같이 믿어왔던 사람을 잃는 것만큼 속상한 일이 있을까. 그러니 당장에 돈을 빌려주지 않는다고 상대방이 야속해 하더라도 장기적으로 보면 눈 한번 질끈 감고 냉정해지는 것이 사람과 돈을 모두 지킬 방법일 수 있다. 만약 상대방이 돈을 빌려주지 않는다고 화를 내거나 당신을 대하는 태도가 급변한다면 어차피 그런 사람은 언제라도 멀어질 수 있는 진정성이 결여된 인연이기에 크게 신경 쓰지 않아도 된다. 당신이 살면서 정말 도와주고 싶은 사람이 있다면 빌려주지 말고 그냥 줘라. 채무 관계에서 상대방과 평생 좋은 관계를 유지하는 방법은 돌려받지 않는 방법밖에 없다. 만약 그냥 주기 부담스러운 액수라면 애초에 빌려줄 생각도 하지 말자. 이는 누구나 알고 있는 이야기이기도 하지만 우리가 사람인지라 감정이 먼저 작용해서 순간적으로 마음이 약해질 때가 있다. 난 몇 번이고 돈 잃고 사람을 잃었음에도 막상 상황에 닥치면 비이성적인 판단할 때가 있다. 그럴 때 혼자 성급하게 결정하면 후회 할 수 있으니 주위에 알려 객관적인 조언을 구하고 이 책을 다시 한 번 펼쳐 볼 여유를 가져 보면 좋겠다.

05

돈 잘 버는 사람이
부러울 때

———

나는 대박 난 식당에 가면 한 번씩 테이블 당 발생하는 매출을 계산해보곤 한다. 대략 어림잡아 회전율을 가늠하여 테이블 수를 곱한 뒤 대략 업장의 일일 매출과 월 매출을 잡아본다. 그리고 다시 인건비, 식자재비, 기타 운영비 등을 대략 제하여 순수익을 예상한 뒤 '이야, 여기 못해도 매달 0000만 원은 얼마는 벌겠다' 하며 부러워하곤 한다. 그런데 이건 이 식당이 손익분기점을 넘고 난 뒤의 이야기다. 육안으로 보기에 대박 난 듯한 사업 뒤에는 당신이 모르는 뼈를 깎는 노력과 표면적으로 드러나지 않은 실패담 등 제각각 인고의 히스토리가 담겨 있을 것이다. 단순히 운 좋게 대박이 나는 경우도 있겠지만 운에만 의존한 사업은 운의 흐름이 바뀌면 순식간에 휘청거리게 된다. 몇 해 전 지인으로부터 오픈한지 4년 만에 호텔을 매각하려고 한다는 이야기를 듣고 조금 의아했다. 왜냐하면 내가 보기에 그 호텔은 너무 잘되어 보였기 때문이다. 게다가 아직 손익분기점도 못 찍었을 시점인데 매각 시기가 너무 빠른 것이 아닌가 싶어 이유를 물어보니 생각보나 매날 발생되는 지출이 너무 많아서 그렇게 남

185

는 사업이 아니라고 하였다. 겉으로 보기엔 그저 화려하고 대박 난 것 같은 호텔도 깊숙이 들여다보니 매달 엄청난 인건비에 부대시설도 24시간 풀가동해야 하다 보니 운영비가 만만치 많아 겉으로 보이는 수익구조와 실제 운영 현황은 확연히 달랐다.

다른 한 지인은 얼마 전 대단지 아파트 내 상가에서 운영해오던 카페를 일 년도 채 안 돼서 내놓았다. 위치도 좋고 늘 카페 안에는 손님이 북적였던 터라 폐업을 이해할 수 없어 이유를 물어보았는데 그녀로부터 전혀 생각지도 못한 하소연을 듣게 되었다.

아파트 단지 내의 상가다 보니 입주 고객이 많았는데 보통 어머니들이 5~6분이 오셔서 아메리카노 세잔만 시키고 머그진 3잔을 추가 요청 한 뒤 물을 부어 나누어 마신다고 했다. 게다가 물 리필만 대여섯 번씩 하며 종일 앉아있으니 회전율이 너무 안 나온다고 하였다. 여름에 집에 있으면 더우니 에어컨 빵빵하게 틀어주는 카페에서 온종일 보내는 입주고객 때문에 외부에서 손님들이 들어왔다가도 "사람이 너무 많네."하며 도로 나갈 때가 많았다. 이럴 때마다 점주는 내색도 못하고 혼자 속이 뒤집어졌다고 한다. 심지어 이들은 카페에서 제공되는 소량의 쿠키도 계속 리필해 달라고 요청하였고 동네장사하며 치사하게 안 줄 수도 없고, 그렇다고 나가라고 할 수도 없는 노릇이라 그간 울며 겨자먹기식으로 영업을 지속해 왔다고 하였다. 카페는 어느 정도 회전율이 나와야 매출이 올라가는데 공간은 한정적이고 한번 들어오면 종일 꿈쩍도 안 하는 사람이 많으니 북적거리는 것에 비해 수입은 너무나 초라했다. 게다가 대단지 아파트에 위치하다 보니 인구이동이 많은 곳이라 월세가 높고 운영비도 만만치 않아 투자금 회수는커녕 매달 마이너스가 안 나면 다행이라고 했다. 매일 북적이기만 하는 카페에 그런 속사정이 있을 줄은 상상도 못 했다. 오죽했으면 초기에 투자한 시설비도 만만치 않을 텐데 일 년도 안돼서 접을 생각을 했을까……. 그리고 이런 사업체가 어디 한둘이겠는가. 이처럼 육안으로는 화려해 보이는 돈이 실체가 없는 경우가 많다.

나　　 : "어머~ 그간 돈 많이 버셨나 보네요, 여기 임대료 엄청 비쌀 텐데요."
지인 A : "다 빚이지 뭐"
나　　 : "올 때마다 손님이 바글바글하네요, 이러다 재벌 되시겠어요."
지인 B : "아직 손익분기점도 못 찍었어……."

어쩌면 그동안 내가 대박 난 식당에서 어림잡아 보았던 순 매출 역시 터무니없는 계산이었을지도 모른다. 게다가 자영업자 외에도 연봉이 높은 지인들 얘기를 들어보면 "개인 시간이 너무 없다.", "몸이 혹사당하여 몇 년 사이 건강이 많이 안 좋아졌다"는 이야기를 많이 한다.

수년간 잠도 잘 못 자며 일에 찌들어 있는 친구가 이런 말을 한 적이 있다. "내가 매달 받는 급여는 나의 젊음을 바치고 뼈를 깎는 고통을 감수하는 것에 대한 대가인 것 같아" 이 친구는 그간 극도의 스트레스로 인해 위장이 많이 예민해져 아직 삼십 대 밖에 안되었음에도 식사할 때마다 위장부터 걱정한다. 어쩌면 앞으로 남고 뒤로 밑지는 겉만 화려한 사업 때문에 매일 전전긍긍하는 사업자와 개인 시간도 없이 노예처럼 일하는 고연봉자 보다 덜 벌더라도 나다운 삶을 사는 것이 훨씬 행복할 수 있다. 요즘 젊은이들이 워라벨을 추구하는 것도 이 때문이 아닐까. 그러니 자꾸 남들 주머니에 얼마가 들어오는지 비교하지 말고 당신에게 매달 채워지는 돈에 자신만의 행복을 담길 바란다.

06

운의 형태는 바꿀 수 있다

———

　지인 중에 하루에 4시간씩 자고 죽어라 일하면서도 자신이 잘 풀리는 이유는 그저 운이좋아서라고 이야기하는 사람이 있고 매사에 대강 일하면서 늘 운이 안 풀린다고 한탄만 하는 지인이 있다. 위 두 사람은 모두 직장인이다. 그저 운이 좋아 잘 풀린다고 이야기하는 지인은 화장품 영업을 담당하고 있는데 열심히 하는 만큼 성과가 따라주니 잠도 줄여가며 제품 공부를 하고, 쉬는 날에도 일 생각뿐이지만 힘들다고 생각하기보단 자기 일에 보람을 느끼고 있었다. 반면에 늘 자신의 운을 한탄하는 지인은 원래 6시 퇴근인데 10분이라도 늦게 퇴근하면 회사에 손해 보는 기분이라며 5시 55분부터 퇴근 준비를 하면서 자신은 대체 언제쯤 풀리겠냐며 만날 때마다 운 탓을 한다. 나는 이 지인의 이야기를 듣고 순간, '이런 마인드로 일하고도 안 잘리는 것이 이미 운이 좋은 거야'라는 생각이 들었다. 주위에 자신이 운이 좋다고 이야기하는 사람은 평소에 주위 사람들에게 잘하고 열심히 사는 사람이 많다. 나는 이들이 단순히 운이 좋아서가 아니라 운이 잘 따르게끔 행동한다고 생각한다. 반면에 자신이 운이 없다고 이야기하는 사람들을 보면 매사에 의욕이 없어 행운이 찾아와도 알아보지 못하거나 늘 자신을 리스크에 노출시켜 고난이 따라붙게 하는 성향이 강했다. 물론 우리가 선천적으로 타고난 운도 있겠지만 자신의 후천적인 성향, 언행, 선택 등도 운에 영향을 끼친다. 이는 바꿔서 말하면 후천적인 요소를 조율하면 운의 형태도 바꿀 수 있다는 말과 일맥상통한다. 그렇다면 평생 자신을 데리고 살아오며 느낀 당신의 운의 형태를 먼저 파악해 보자.

아래 보기 중 당신은 운은 어디에 속하는가?
1. 술술 풀리는 운
2. 노력한 만큼 성취하는 운
3. 좌충우돌 고생 끝에 따라오는 운
4. 죽어라 열심히 해도 안 풀리는 운
5. 안 풀리는 정도가 아니라 자신을 훼손시키는 운

첫 번째 운은 무인도에 갇혀도 까마귀가 지나가다 식량을 떨어뜨려 주고 나무의 열매가 바람에 알아서 떨어지는 말 그대로 "정말 운 좋은 사람"이다. 이들은 직장생활 중에 어려운 일이 생겨도 그때그때 귀인이 나타나 도움을 주며 생각지도 못한 시점에 운 좋게 승진되는 실력대비 운이 센 사람을 이야기한다.

두 번째 운은 무인도에 갇혀도 자신이 노력하는 만큼 열매를 수확하는 정직한 운이다. 공부한 만큼 성과가 나오고 노력한 만큼 결실을 보는 사람이다. 초고속 승진보단 때가 되어 한 단계씩 step by step 하며 자신의 노력으로 하나씩 이루어가는 사람이 이에 속한다.

세 번째 운은 무인도에서 굳이 자신이 먼저 맹수들을 공격하여 치열한 전투 끝에 식량을 쟁취하는 충돌형 운이다. 아무도 고생하라고 권하지 않는데 굳이 불밭으로 뛰어 들어가 사서 고생 끝에 성취해내는 사람이 이에 속한다. 안정적인 대기업 다니다 굳이 일 많고 힘든 스타트업 멤버로 입사하여 온몸으로 부딪히며 성취해 나가는 사람들이 이에 해당한다. 이들은 보통 차려진 밥상을 거부하며 온실 속화초보다는 야생에서 충돌하며 성장하는 것을 추구한다.

네 번째 운은 본인이 원하지 않아도 맹수들이 먼저 공격해오며 열심히 식량을 찾아다녀도 수확이 잘 안 되는 그야말로 "안 따라 주는 운"이다. 위에서 말한 충돌형은 굳이 먼저 호랑이 코털을 건드려 싸움을 일으키지만 이들은 피해 가려 해도 곳곳에서 맹수가 달려드는 형태다. 몇 년을 준비해온 사업이 갑자기 국가 정책 및 외교 분쟁으로 진행이 어려워지거나 승진을 코앞에 두고 구설에 휘말려 진급이 누락되는 등 매사에 막힘이 많아 자신의 능력을 다 발휘하지 못하는 억울한 사람이 많다.

다섯 번째 운은 단순히 일이 안 풀리는 정도의 액운이 아닌 자기 자신을 해하는 운이다.

자해하거나 자살 기도 하는 사람들이 이에 속한다. 타인이 아닌 자기 자신이 자신을 파멸시키는 불운이며 이들은 대체로 자존감이 낮은 경우가 많다. 놀라운 건 삼십 년 이상 살아온 지인들에게 이 중 자신은 어떤 인생에 속하냐고 물어보면 전부 자신이 속한 운을 스스로 짚어낸다는 것이다. 이들이 점쟁이도 아닌데 이토록 자신의 운을 망설임 없이 짚어낼 수 있었던 건 자기 자신이야말로 태어나서 지금까지의 삶을 가장 적나라하게 들여다볼 수 있는 유일한 목격자이기 때문이다.

나 역시 지난 내 삶을 비추어 보면 좌충우돌형 운이라고 확신했다. 그간 나는 누가 시킨 것도 아닌데 그냥 지나가도 될 가시밭길에 온몸을 내던지며 고통스러운 상처를 통해 하나씩 깨달아가는 삶을 살아왔다. 물론 힘든 날도 많았지만 내 성향 자체가 온몸으로 부딪히며 깨닫는 것에 희열을 느끼기에 애초에 몸 사리며 술술 풀리는 운과는 거리가 멀게 세팅되어 있었다. 주위에 운이 좋은 친구들을 보면 타인의 도움을 별로 불편해하지 않으며 마치 믿는 구세주가 있는 것처럼 매사에 느긋하고 온화한 성품이 많다. 이들은 눈앞에 가시밭길이 있으면 웬만하면 그 길을 건너뛰는 지혜를 발휘하는데, 연애할 때만 봐도 상대방이 자신을 고생시킬 것 같은 요소가 발견되면 어떻게든 그런 인연은 비껴간다. 반면에 좌충우돌 사서 고생 형은 자신을 힘들게 할 인연도 피해가지 않으며, 뭐든 자신이 부딪혀서 해결해 나갈 수 있다는 의지가 강하기 때문에 매사에 두려움 없이 덤벼서서 고생하는 날도 많다. 주위에 노력한 만큼 성취하는 운을 가진 지인들을 보면 열심히는 살되 무리수를 두지 않는 성향이 강하다. 이들은 일확천금을 꿈꾸며 모험을 즐기는 대신 자신이 땀 흘려 버는 돈에 만족하며 산다. 반면에 일확천금을 노리는 사람들은 무리한 투기 등으로 늘 리스크에 노출되어 있어 잘될 땐 확 잘되기도 하지만 안 될 땐 롤러코스터가 하향하듯 훅 떨어지는 경우가 많다. 그렇다면 이들의 하향기를 단지 운이 없어서라고 만 이야기 할 수 있을까? 물론 단정 지을 순 없지만, 분명 자신을 늘 리스크에 노출시키는 이들의 성향도 영향이 있을 것이다. 자신을 '안 따라주는 운' 이라고 생각하는 사람은 정말 뒤로 넘어져도 코가 깨지는 시기를 겪고 있을 수도 있다. 하지만 평생을 '불운기' 라고 해석하고 있다면 이들은 좋은 날보다 힘든 날을 더 확대해서 해석하는 사람일 수 있다. 아무리 힘들어도 365일 중 나름 웃음꽃 피는 날도 있을 텐데 그들의 초점은 늘 힘든 순간에 집중되어 조금만 힘들거나 심지어 자신의 잘못으로 신호 위반 딱지가 날아와도 '이거봐, 내가 참 재수가 없어' 라고 단정 짓는다.

마지막으로 '파멸의 운' 이 따라다니는 사람은 자기애가 바닥인 경우가 많다. 이런 사람들은 연인사이에 싸움이라도 하는 날엔 죽어버리겠다는 말을 쉽게 내뱉으며 일이 조금만 안 풀려도 극단적인 생각을 많이 한다. 이렇듯 운이란 꼭 타고나는 것만이 아니라 자신의 성향이 그러한 운을 끌어당기기도 한다. 살다 보면 본의 아니게 잘 안 풀리는 운의 시기도 찾아오지만, 그때마다 힘들다고 운 탓만 하는 것이 아니라 당신의 어떤 성향이 그런 운을 끌어당겼는지 먼저 자신에게서 원인을 찾는 지혜를 발휘하길 바란다. 결국, 내가 변하면 자연스럽게 운의 형태도 바뀔 수 있다.

07

마음의 면역력이
떨어지면

———

　주위에 사기를 잘 당하는 사람이 있는가? 아주 거창한 사기가 아니더라도 나는 한 번씩 자잘하게 속을 때가 있다. 지인이 다음 주에 퇴직금 나오는데 당장 급하게 쓸 때가 있다고 해서 빌려준 적이 있다. 그러나 몇 달이 지나도 퇴직금이 나오지 않았고 나중에 그 말이 거짓말이었다는 걸 알게 되었다. 온라인 쇼핑몰에서도 '오늘만 드리는 혜택!' 라는 광고에 현혹해서 부랴부랴 회원 가입하고 제품을 구매하였는데 수개월이 지나도 계속 동일한 혜택으로 홍보되고 있던 적도 있다. 일확천금을 꿈꾸는 사람들은 매번 사기를 당하면서도 높은 수익률 유혹에 또 눈이 번쩍 뜨이는데 이때 주위에서 아무리 뜯어말려도 독불장군처럼 밀어붙이곤 한다. 이들은 늘 일확천금에 갈증을 느끼기 때문에 이들의 결핍을 악용하려는 사람이 더 쉽게 붙는다.

　십 년째 남자친구가 안 생겨서 철학관을 갔는데 개명을 해야 좋은 남자친구가 생길 거라는 말을 듣고 개명한 친구가 있다. 물론 그간 남자친구가 안 생긴 이유가 정말 이름 때문일 수도 있지만 여기서 중요한 건 그녀가 평생을 살아온 이름을 바꾸는데 삼 분도 채 걸리지 않았다는 것이다. 무엇이 그녀의 마음을 이토록 크게 움직였을까. 보통 때 같으면 더 비교해 보고 비판적으로 따져볼 일도 내 마음이 중심을 못 잡고 있을 땐 외부의 자극에 더 쉽게 휘청하며 비이성적인 결정을 내리기 쉽다. 그녀는 오랜 시간 남자친구가 생기지 않는 것에 대한 불안감 때문에 마음의 결핍이 생겼고 누군가 그 결핍의 버튼을 누르자 전체가 흔들린 것이다. 사람은 누구나 결핍이 내재하여 있을 수 있지만 그렇다고 모든 사람이 표면적으로 결핍의 향을 강렬하게 풍기진 않는다. 보통 타인의 간절함을 이용하여 자신의 주머니를 챙기는 사람은 당신에게 표면적으로 드러난 결핍의 향을 맡고 접근한다. 외부의 자극에도 크게 흔들림 없이 중심을 잘 잡고 사는 사람들은 대체로 자존감이 높았으며 이들은 마음이 단단하여 타인의 언행에 쉽게 상처받지 않는다.

　반면에 마음의 면역력이 낮은 사람은 작은 일에도 불안해하며 타인에게 의존하여 문제를 해결하려는 경향이 있어, 누군가 조금만 가려운 부분을 긁어줘도 현혹되기 쉽다. 우리 몸에 면역력이 떨어지면 외부바이러스로부터 더 쉽게 감염되듯, 마음의 면역력이 떨어지면 당신의 결핍에서 돈 냄새를 맡은 놈들의 표적이 되기 쉽다. 살다 보면 누구나 일이 안 풀리고 힘든 상황에서 마음의 면역력이 떨어질 수 있다. 면역력이 떨어지는 건 지극히 자연스러운 일이지만 그럴 때 자신의 결핍 버튼을 보호할 수 있어야 한다. 그 순간의 갈증에 취해 나중에 더 큰 상처를 남길 수 있기 때문이다. 누군가로부터 결핍 버튼을 보호하려면 적어도 자신의 결핍 상태를 인지하고 있어야 하는데 잘 모른 채 간과하는 사람이 많다. 잘 들여다보면 당신을 불안하게 하는 요소와 당신의 갈증을 일으키는 곳에 결핍 버튼이 숨겨져 있을 것이다. 피곤할 땐 소파를 사지 말라는 말이 있다. 몸이 너무 지쳐있을 땐 웬만한 소파는 다 편하다고 느껴지기 때문인데 이와 마찬가지로 우리 마음이 지쳐있을 땐 모든 결정을 더욱 신중히 해야 할 필요가 있다. 시간을 충분히 두고 자신의 내면과 깊은 소통을 거쳐 호시탐탐 당신의 결핍 버튼을 노리는 달콤한 유혹으로부터 당신의 돈을 지켜내길 바란다.

08

금손이 되고 싶다면

———

　당신 주위에 '금손'이 있는가? 금손이 닿으면 다 죽어가던 프로젝트도 금으로 변하는 신기한 일이 벌어진다. 진행하는 일마다 대박을 터트려 회사가 자신에게 의존하게 만드는 직장인도 있고 사업가 중에도 손만 되면 대박 나는 사람이 있다. 그렇다면 이들은 항상 운이 좋은 것일까? 아무리 타고 나는 운이 있다 해도 평생 운이 좋을 수많은 없을 것이다. 게다가 일을 하다 보면 작은 건 하나 내 뜻대로 진행되지 않을 때가 많은데 아무리 금손인들 모든 어려움이 다 비껴가진 않을 것이다. 하지만 이들은 고난을 좌절이라 해석하지 않으며 운에 휩쓸리지 않는 무기를 가지고 있다. 고수는 고난도의 문제도 자유자재로 가지고 놀 수 있는 여유가 있다. 이는 고등학생의 수학 실력을 가진 사람이 초등학생의 수학 문제를 풀 때의 가뿐함에 비유할 수 있다. 당신이 아무리 컨디션이 안 좋고 운이 안 따라주는 시기인 데다 문제가 유독 어렵게 출제되었다고 하여도 덧셈 뺄셈 정도의 난이도에서 틀려봤자 얼마나 틀리겠는가? 게임에서도 레벨이 높아질수록 난이도가 높아진다. 만약 실력은 그대로인데 레벨만 올라가면 게임은 곧 종료될 것이고 올라간 레벨만큼 실력이 따라주면 다음 레벨로 이어지거나 아슬아슬하게 패배할 수도 있지만, 고수들은 높은 레벨까지 non-stop으로 가볍게 다다른다. 언뜻 보면 경력직과 신입사원이 하는 일이 차이가 크게 없어 보여도 위기의 상황에서 대처능력을 보면 경력직이 훨씬 더 여유가 있다. 아무리 신입사원이 일머리가 좋고 열정적이라고 해도 시간으로부터 숙성되는 노련함과는 또 다른 개념이다. 누군가에겐 송두리째 흔들릴만한 일이 또 누군가에겐 가볍게 대처 할 수 있는 일이 될 수 있기에 금손은 손만 대면 대박이 나는 사람이 아니라 자신의 난관을 충분히 컨트롤 할 수 있는 내실을 갖춘 사람을 의미한다고 정의를 내렸다. 게다가 내가 만나본 금손들은 대체로 마음의 그릇이 큰 사람이 많았는데 운동장 같은 넓은 마음에는 누군가 쓰레기를 버려도 크게 눈에 띄거나 요동이 없을 뿐더러 비바람이 몰아쳐도 그다음 날이면 양질의 토양에 전부 흡수되곤 했다.

반면에 그릇이 소주잔만 한 사람은 작은 쓰레기에도 어쩔 줄 몰라하며 곧바로 잔이 넘쳐 몸서리를 치며 내뱉는다. 이렇다 보니 그릇이 작은 사람은 한 번씩 불운으로 포장된 행운의 씨앗이 찾아와도 이를 담아내질 못하고 뱉어낸다. 즉 불운도 포용할 수 있는 그릇이 되어야 그 안에 담긴 성장의 자양분도 함께 흡수할 수 있는 것이다. 애초에 시련을 담아낼 그릇이 안 되는 사람은 인고의 시간을 거쳐 자신을 레벨업 하지 않기 때문에 인생의 난이도가 조금만 올라가도 운 탓만 하며 좌절하기 쉽다. 사람은 누구나 저마다의 그릇을 품고 세상에 태어나지만, 마음의 그릇은 자신이 결정할 수 있다. 나는 대인배가 아니다 보니 한 번씩 내 그릇의 한계치에 부딪히곤 하는데 그때마다 "마음의 그릇은 내 의지로 넓힐 수 있다"고 대뇌인다. 그러고 나면 포용할 수 없었던 일들을 조금씩 받아들일 수 있게 된다. 그렇다. 나는 그렇게 매년 1mm씩 내 작은 그릇을 노력으로 키워나가는 중이다. 세상에 태어날 때부터 타고난 대인군자가 얼마나 되겠는가. 다들 자신과의 싸움을 통해 조금씩 자신의 그릇을 확장해 나가는 것이다. 결국 우리가 부러워하는 금손은 타고나는 것이 아니라 운을 컨트롤 할 수 있는 내공에 다다르기까지 뼈를 깎는 인고의 세월을 견뎌낸 사람인 것이다. 만약 당신이 현재 처절하게 운이 없는 시기를 걷고 있거나 모든 사람이 알아주는 마이너스의 손이라면 자신도 모르게 놓치고 있는 오류가 있을 수 있다. 안될 일만 하고 있으면서 운 탓 만하는 사람은 늘 같은 자리를 맴돌게 된다. 이제는 운 탓, 환경 탓, 사람 탓하며 자신을 불운에 가두지 말고 그동안의 시련 속에 함께 곁들여 온 성장의 실마리를 베이스로 운을 컨트롤 할 수 있는 내실을 갖추어보자. 자신의 한계를 뛰어넘어야 불운을 뚫을 수 있는 무기가 장착된다는 것을 기억하길 바란다. 운에 휘말릴지 운을 뛰어넘을지는 당신의 마음에 달려있다.

09

쫓는 돈보다
돈 그릇이 커야 한다

내가 잘 모르긴 해도 '저 사람은 사업하면 안 되겠다'라고 느껴지는 사람들이 있다. 신기한 건 다른 사람들 역시 뒤에서 그를 이야기할 때 "저 사람이 성공하려면 사업에서 손을 떼는 방법밖에 없어"라는 말을 한다. '저 사람은 매사에 저렇게 열심인데 왜 사람들이 그렇게 느낄까?'하며 생각해보니 나의 무의식중에 그는 돈 그릇이 작다고 인지되고 있었다. 돈 그릇이란 돈을 담기만 하는 것이 아니라 내보낼 수도 있는, 즉 돈의 순환을 감당할 수 있는 힘이다. 음식을 먹고 나면 우리 몸은 소화 과정을 거쳐 필요한 영양분은 흡수하고 흡수가 안 되는 영양분은 대장을 통해 배설되는데 만약 이 순환이 제대로 이루어지지 않는다면 어떻게 하면 될까? 섭취한 영양분을 내보내기 아까워 장기간 축적해 놓으면 몸에 오히려 독소가 쌓이게 된다. 이처럼 돈도 순환이 잘되지 않으면 독이 되어 돌아올 수 있다. 간혹 쫓는 돈의 양은 어마어마하면서 소화 후 배출해야 되는 돈에는 손을 덜덜 떠는 사람이 있다. 물론 손실 비용을 최소화하는 것은 아주 중요하다. 여기서 말하는 손실은 타인에게 민폐를 끼치면서까지 배설을 제때 하지 않는 사람을 이야기한다. 마땅히 배설을 해야 하는 순간에 온몸을 비틀며 발악하다 세금 폭탄과 같은 탈이 나기도 하고 그 업체의 행실이 세상에 폭로되며 돈으로 환산할 수 없는 손실을 주기도 한다. 내가 아는 사업장 중에 협력 업체마다 마지막에 손을 털며 "차라리 이 돈 안 받고 말지, 더러워서 일 못 해 먹겠네."하며 돌아서게 만드는 업체가 있었다. 그렇게 업체들이 마땅히 받아야 할 돈도 포기하며 등 돌린 덕에 그 순간은 몇 백만 원에서 몇 천만 원을 굳혔을지 몰라도 우연인지 필연인지 결과적으로 그 사업체는 엄청난 적자를 남겼다. 이 밖에도 개인의 자산이 제대로 순환되지 않아 더 큰 손실로 이어진 사례를 접할 때도 있다. 평생 돈을 악착같이 모아온 사람이 있는데 그는 보험비가 아까워 그렇게 엄청난 부를 축적하였음에도 보험 하나 가입하지 않았다. 그러다 말년에 오랜 기간 병원 신세를 지며 치료비 지원을 하나도 받을 수 없어 10억이 넘는 비용을 병상에 누워 쏟아내었다.

직장에서도 돈의 순환이 제대로 이루어지지 않으면 부작용을 낳는다. 매일 자신의 회사를 위해 고생하는 직원들에게 천 원 한 장도 아까워하는 대외 가식형 그릇이 있다. 설날 떡값 하라며 직원들에게 준 흰 봉투에 천 원짜리 열 장이 들어있었다는 이야기를 듣고 나는 경악을 금치 못했다. 왜냐하면 그 사람은 밖에서는 업체들에 화통하게 베푸는 사람으로 알려져 있었기 때문이다. 그래서 그런지 지금까지도 이 회사는 직원들이 서너 달이 멀다고 퇴사를 하여 거의 일 년 내내 워크넷에 채용공고가 올라온다. 매번 일만 실컷 가르쳐 놓으면 직원이 이탈하니 평소에 직원들에게 배설하지 않은 금액이 직원이 대체될 때마다 손실로 발생되는 셈이다. 이처럼 본인이 담으려는 돈의 크기가 타인을 생각하는 마음의 크기보다 더 크면 돈의 순환이 원활하게 이루어지지 않는다. 오랜 세월에 걸쳐 자신의 돈 그릇을 단단하게 키워 온 사람들을 보면 자신만의 철학으로 돈의 절도를 지켜오며, 충분히 흡수하였다 싶으면 적재적소에 배설을 시켜 돈을 순환시키며 돈을 리드해 나간다. 이들 중에는 배설을 잘 시키면 오히려 더 큰 축적으로 이어질 수 있다는 것을 일찌감치 체득한 사람이 많다.

모 기업의 전 명예회장은 오래전부터 4,000명 이상의 심장병 어린이의 생명을 구해왔으며, 장애인 복지재단에 315억 상당의 주식을 기부하였고, 대학생 장학금 지원을 해왔다[3]. 이러한 선행이 세상에 드러나며 많은 이들의 마음을 울렸고, 수십 억 원을 들여 기업 이미지 광고를 한 것보다 사람들에게 더 좋은 이미지를 남겼다. 이처럼 타인을 이롭게 하는 배설이야말로 최고의 배설이 아닐까. 이왕이

---

3) http://news.heraldm.com/view.php?ud=20170724000181 출처:헤드럴 뉴스

면 좋은 마음을 담아 가치 있는 곳에 배설하면 자연스럽게 좋은 일들과 연결되어 당신에게 더 큰 이익으로 돌아올 것이다. 돈을 쫓기 전에 자신의 돈 그릇을 먼저 키우는 것이 중요하다. 자신의 소화 속도에 맞춰 흡수하고 적절한 배설을 통해 당신의 돈 그릇에 균형 잡힌 돈을 쌓아가길 바란다.

10

개미라 다행이다

———

내 주위에는 목돈이 없어 크게 벌리지는 못하여도 만원, 십만 원 단위로 주식을 하는 직장인이 있다. 얼마 전 친구가 기쁨에 가득 찬 목소리로 나에게 말했다.

친구 : "내 주식이 6% 올랐어, 오예"

나　 : "얼마나 넣었는데?"

친구 : "십만 원"

나　 : "조금 더 넣지"

친구 : "그러게... 백만 원 넣었으면 얼마지?"

나　 : "6만 원. 천만 원 넣었으면 60만 원 이고 일억을 넣었음 600만 원이야"

순간 친구가 풀이 죽어 이런 말을 했다.

친구 : "우리 같은 개미들은 많이 넣어봐야 백만 원이지.. 그것도 손을 바들바들 떠는데~"

나　 : "우리가 개미라 얼마ㅏ 다행이니, 일억을 넣었음 수천을 날렸을 수도 있어."

　돈의 유통력이 크다는 건 바꿔 말하면 날릴 수 있는 사이즈도 크다
는 말과 같다. 인정하고 싶진 않겠지만 사실 개미라 좋은 점이 참 많
다. 일단 수중에 돈이 별로 없어 죽는소리해가며 돈 빌려 달라고 하
는 사람이 많지 않다. 한 친구는 자신의 배우자가 평생 꽃뱀에게 물
릴 일은 없을 것이라 좋아하기에 그걸 어떻게 확신하느냐고 물었더
니 먹고 죽을 돈도 없는 놈 주위에는 꽃뱀은커녕 파리도 안 날린다
는 말을 했다. 좀 서글픈 이야기일 수 있지만, 사기꾼도 돈 냄새 맡
아가며 달라붙는다. 돈도 돈이지만 우리가 유명인이 아니라 얼마나
다행인지 모른다. 왕개미는 크기가 크고 날개와 화려한 몸집 때문에
표적이 되어 잡혀 죽기 쉽다.

　겉에서 보기엔 그저 화려하기만 한 연예인은 대중들에게 자신을
드러내는 왕개미 같은 생활을 하다 보니 사생활이 없으며 온갖 구
설에 시달리곤 한다. 지난번 여배우 A 씨가 무단횡단 했다고 대문
짝 만하게 기사가 났는데 그 기사 밑에 달린 악플들을 보고 '헉' 했
다. 사진을 보면 거의 다 건너온 것 같아 보였고 설마 기자들이 앞
에 쫙 깔려있었는데 빨간불에 당당히 건넜을까. 설령 그렇다 하더
라도 살면서 무단횡단 한번 안 해본 사람이 있을까 싶다. 공소시효
지나서 하는 말이지만 솔직히 나도 무단 횡단 수없이 하며 살았다.

몇 년 전 여배우 B씨와 C씨의 말다툼에 전국이 떠들썩했지만 사실 이런 다툼이야 언제 어디든 일어날 수 있는 일이 아닐까. 하물며 지하철만 타도 가끔 싸움을 목격할 때가 있는데 그들은 욕설 파문으로 온 국민에게 손가락질 당했으며 한동안 연예계를 떠나야 했다. 그렇다고 이들이 잘했다고 옹호하는 것이 아니다. 단지 일반인은 욕설을 퍼부으며 다퉜다고 온 국민에게 손가락질 받으며 몇 년간 생계가 끊기진 않는다는 것을 이야기하고 싶었을 뿐이다. 게다가 유명인들은 연애 한번 하려고 해도 파파라치 때문에 사생활이 없으며 때론 숨기고 싶은 치부가 전 국민에게 낱낱이 드러나니 얼마나 괴롭겠는가. 유명인도 사람인지라 살면서 실수할 때가 있는데 수년이 지나도 꼬리표처럼 따라붙는 과거와 셀 수 없는 악플들을 보면서 내가 저 당사자라면 숨이 안 쉬어 질 것 같다는 생각에 안타까울 때도 있다. 그리고 보면 우리는 화려한 왕개미가 아니라는 것에 오히려 감사해야 할 필요가 있다. 자유롭게 사람을 만날 수 있고, 세수를 안 하고 마트에 가도 도촬하여 인터넷에 유포하는 사람도 없고, 자잘한 실수도 조용히 넘어갈 수 있고, 큰돈은 아니지만 소소하게 행복을 느낄 수 있다. 비록 왕개미처럼 화려하지는 않지만 잔잔한 행복을 누리며 살기엔 개미의 삶이 최고다. 매일 개미같이 부지런히 움직이고 퇴근 후 치맥으로 "카~"하며 하루의 피로를 잊는 소확행을 누릴 수 있는 당신이 진정한 위너이다. 그러니 개미로서 자부심을 가져라! 우리가 있어 경제가 돌아가고 사회가 돌아가는 것이다.

11

돈의 성향을 보면 돈의
미래가 보인다

———

　사람마다 돈을 컨트롤하는 방식이 제각각이다. 한번 꽂히면 누가 뭐라고 해도 앞뒤 보지 않고 달려드는 불도저형, 리스크를 감당할 수 있겠다는 판단이 들면 올인 해버리는 과감형,

　시작은 작게 하되 상황 봐가며 조금씩 확대해나가는 신중형, 손 떨려서 쥐똥만큼 발만 살짝 담그는 찔끔형, 최악의 상황만을 떠올리며 돈의 출구를 막는 자제형, 감정을 돈으로 푸는 지름형, 카드 포인트, 할인쿠폰 100% 활용하는 실속형, 매사에 변덕이 심한 갈팡질팡형 등 상대방의 돈의 흐름을 유심히 보면 상대방이 어떤 사람인지 보이곤 한다. 이 말을 뒤집어서 이야기하면 돈은 주인의 성향대로 움직인다는 것이다. 매사에 감성적이며 즉흥적인 사람은 돈도 감성적으로 지출한다. 주위에 feel 받으면 이성을 잃고 즉흥적으로 지르는 사람들이 이에 해당하며 주인이 갈팡질팡하면 돈도 갈팡질팡하게 되고 주인이 신중하면 돈에도 무게감이 생긴다. 이직을 밥 먹듯 하는 지인의 돈을 들여다보면 늘 돈도 들쑥날쑥하다. 이 친구는 돈이 모일만하면 퇴사하는 패턴을 가지고 있어 새 직장 구할 때까지의 공백

기에 그간 모아 두었던 돈을 거의 다 소진한다.

　사업가 중에서도 흑자로 전환될 쯤만 되면 어딘가에 과감하게 투자하여 적자로 돌려놓기를 무한 반복하는 사람이 있는데 나는 이런 사람을 확장형이라 부른다. 이들은 쉬지 않고 돈을 벌어들이지만 늘 수중에는 돈이 없다. 이처럼 돈이 뿌리를 내리지 못하는 사람들을 자세히 들여다보면 이들의 성향과 관계가 깊었다. 매사에 신중에 신중을 기하는 계획형의 돈은 천천히 모이는 듯 하지만 무게감이 있는 돈이 쌓인다. 물론 아무리 신중히 처리하더라도 돈이 새어 나갈 때가 있긴 하지만 이들의 돈은 그렇게 가볍게 증발하지는 않는다. 왜냐하면 만 원 한 장 허투루 쓰지 않는 사람들의 돈은 대체로 이성적이기 때문에 감성적인 지출을 하는 사람에 비해 돈이 훨씬 침착하게 붙어있다. 이와 같은 개개인의 돈의 성향은 누가 옳고 그르다고 논할 수 없는 개개인의 스타일 차이일 뿐이다. 여기서 중요한 건 당신의 현재 돈의 성향을 들여다보면 미래의 돈이 어떻게 흐를지도 가늠할 수 있다는 것이다. 손이 떨려 발만 살짝 담그는 찔끔형과 자제형은 목돈이 나가는 시기는 있어도 평생 투자로 거액을 날리는 일은 드물 것이며 한번 꽂히면 누가 뭐라고 해도 앞뒤 보지 않고 달려드는 불도저형과 과감형은 미래에도 늘 리스크에 노출되어있긴 하지만 이들은 그만큼 남들보다 많이 벌 수 있는 기회도 많다. 이들의 성향은 마치 주머니에 칼을 차고 있는 것과 같은데 칼을 제대로 휘두르면 엄청난 무기가 되지만 잘못 휘두르면 자신을 상하게 한다. 그리고 사람보다 돈을 좇는 사람은 나이 들어 외로울 수 있고 돈으로 사람을 평가하는 사람은 언젠간 자신도 돈으로 처절하게 평가당하는 날이 올 수 있다. 많은 이들이 돈의 미래가 궁금하여 철학관을 찾곤 하는데 사실 그 모든 답은 자기 자신에게 있다. 현재 당신의 돈에는 그동안 살아온 당신의 인생이 담겨져 있으며 이는 곧 당신의 미래와도 이어져 있다. 당신이 아래의 질문에 대답을 할 수 있다면 당신의 미래와 연결된 돈도 가늠할 수 있을 것이다.

현재 당신의 돈은 어떤 성향을 가졌는가?
당신의 돈은 어떤 인생을 살아왔는가?
당신의 돈의 장단점은 무엇인가?
당신의 돈이 어떻게 성장하길 바라는가?
당신은 돈으로부터 무엇을 배웠는가?

만약 당신이 가늠해 본 미래의 돈이 자신이 원하는 그림이 아니라면 지금부터라도 돈의 성향을 바꾸면 된다. 돈의 성향을 변화시키는 건 당신의 돈을 객관적으로 바라보는 힘으로부터 시작된다는 것을 기억하자. 돈의 미래는 정해져 있는 것이 아니다.

Chapter

06

돈 때문에
괴로운 을에게

66

돈이 훅 나가고
난 뒤 다시
회생시키는 날까지
버틸 수 있는 뒷심만 있으면
두려울 것이 없다.

99

01
돈이 도망간 것이 아니다

우리의 삶은 늘 변수의 연속이라 어느 날 갑자기 생각지도 못했던 돈이 훅 증발해 버릴 때가 있다. 충동구매와 같은 자의적 지출에는 당황하거나 불쾌하지 않지만 예상치 못한 지출은 마음을 불편하게 만드는 힘이 있다. 예전에 마닐라에 가기 전에 현지에 거주하는 친구한테 공항에서 내가 예약한 숙소까지 택시비가 얼마나 나올지 물어봤더니 약300페소(한화 약 7천원)정도 나오는 거리라고 했다. 그래서 마닐라 도착 당일 넉넉잡고 500페소 정도 예상하고 있었는데 이게 웬일인가. 그 날강도 같은 기사가 2000페소(한화 약 4만5천원)를 달라고 하는 것이다. 날씨는 타들어갈 듯 뜨겁고 짐은 많고 서둘러 숙소를 가야했으니 울며 겨자 먹기로 탑승했다. 그 물가 저렴한 나라에서 고작 이십분 밖에 안 걸리는 거리를 예상 금액보다 여섯 배나 더 뒤집어썼으니 왠지 눈뜨고 코베인 기분이 들었다. 일상에서도 식비로 6만원 지출 하는 건 안 아까운데 예상치 못했던 속도위반으로 과태료 6만원을 청구 받으면 분명 내가 잘못해서 날아온 결과물임에도 일마나 아까운지 모른다. 때론 예상 밖의 세금 폭탄, 투자자의 변심, 사기와 같은 각종 변수로 돈이 한 번씩 삶을 크게 휘저어놓고 도망간다. 우리의 돈은 매번 예기치 못한 순간에 원치 않는 형태로 달아나지만 그래도 다행인건 떠날 때 늘 우리에게 엄청난 공부를 시켜주고 간다. 값비싼 수업료를 내고 돈으로부터 인생을 배우니 돈이 인생 스승이 되기도 한다.

　나는 그간 돈으로부터 작은 거래라도 계약서가 필요한 이유, 돈에서 드러나는 사람의 성품, 달달한 돈의 위험성, 돈을 대하는 태도 및 돈과 얽힌 관계, 돈과 스트레스, 돈의 대가 등 많은 것을 배울 수 있었다. 그중 돈으로부터 크게 깨달은 것 중 하나가 손실에 대한 개념이다. 보통 돈이 가출했다고 하면 손실이라고 해석하는 경우가 많은데 돈은 나가는 만큼 그 만한 가치를 남긴다. 아이가 갑자기 피아노학원을 보내달라고 해서 생각지 못했던 돈이 훅 나갔다면 그것은 손실인가 이득인가? 비록 돈은 내보냈지만 아이는 피아노를 칠 수 있는 능력을 얻게 된다. 대어를 낚고 싶은데 미끼 살 돈이 아깝다고 낚시 줄만 담가 놓으면 대어는커녕 손바닥만 한 물고기 한 마리도 낚기 힘들 것이다. 직원채용으로 나갈 돈이 많아졌다는 것은 회사가 더 커지고 있다는 것을 의미한다. 일반적으로 잘 안 돌아가거나 저물어 가는 회사는 인력충원을 적극적으로 하지 않는다. 이러한 상황을 식당으로 비유하면 손님이 미어터지는데 서빙하는 직원이 한 명뿐이라면 서비스 질이 떨어질 수밖에 없다. 이시기에 직원을 충원

한다는 것은 비록 나가는 인건비는 늘어나지만 고객의 만족도를 높이는 중요한 역할을 한다. 이처럼 우리는 무언가를 얻기 위해서는 반드시 그에 합당한 대가를 치러야 한다. 그 대가는 크게 피나는 노력과 인고의 시간과 같은 정신적 대가와 금전적 지출이 발생하는 물질적 대가로 나뉜다. 그런데 더 크게 보면 물질적 대가 안에 정신적 대가가 포함된다고도 볼 수 있다. 물질적 대가를 치루는 동안 뼈아픈 인고의 시간도 함께 견뎌야하는 경우가 많기 때문이다. 이는 매달 급여라는 대가 속에 견뎌야 하는 일이 있으며 창업을 해도 수억을 들였다고 단방에 성공하는 것은 아니라 인고의 세월을 견뎌낸 뒤에야 비로소 빛을 볼 수 있다는 의미이다. 하물며 악기하나를 배워도 능숙해지기까지 시간과 노력이라는 에너지가 드는데 커다란 결과물을 만들어 내기 위해선 얼마나 많은 비용과 에너지가 소진되겠는가. 이를 바꾸어 말하면 일방적인 소비(물건을 구입하는)와 같이 물질적인 대가만으로 수확이 가능한 상황을 제외하고는 어떠한 결과물을 내기위해선 반드시 물질적, 정신적 가치가 투입되어야 한다는 것이다. 즉 돈을 내보내는 것은 마치 넓은 대지에 씨앗을 뿌리는 것과 같다. 씨앗은 뜨거운 땡볕과 차가운 바람 때론 매서운 태풍 등과 같은 인고의 시간을 견뎌낸 뒤에야 열매를 맺는다. 그런데 많은 사람들이 씨앗을 뿌리는 비용은 아까워하며 수확만을 고대한다. 이는 로또도 안사고 내일 일능에 당첨되길 기도하는 것과 같다. 살면서 돈을 크게 내보낸 경험은 말로 다 표현할 수 없을 정도의 커다란 깨달음을 온 몸에 스며들게 하여 인생의 노하우를 완성시킨다. 당신에게서 멀리 도망간 돈 역시 언젠간 값비싼 수업료를 낸 덕을 톡톡히 보게 되는 날이 올 것이니 손실에만 집중하지 말고 그로 인해 얻을 수 있는 것에 집중하길 바란다. 당신의 돈은 도망간 것이 아니라 잠시 외출한 것뿐이다.

02

체하지 않는 돈

—

　사람들이 죽을 때까지 채우고 또 채워도 완벽하게 채워지지 않는 욕구 중 하나가 바로 돈에 대한 욕구가 아닐까 싶다. 내 주위에 자신의 연봉에 100% 만족하는 직장인이 없는 것만 봐도 돈에 대한 갈증은 완전히 해소되지 않는다는 것을 알 수 있다. 연봉이 3천인 사람은 6천을 받았으면 좋겠다고 하고 연봉 6천인 사람은 1억을 받았으면 좋겠다고 한다. 연매출이 10억인 회사는 20억이 되고 싶어 하고 100억인 회사는 200억이 되고 싶어 할 것이다. 한 지인은 매달 와이프한테 생활비를 300만 원을 줬는데 어느 날부터 와이프가 400만 원을 요구해서 꾸준히 400씩 주고 있었다고 한다. 그런데 근래에는 500만 원을 요구해서 너무 스트레스라며 하소연해 왔는데 반대로 매달 생활비를 받는 분들의 이야기를 들어보면 매달 생활비가 100만 원이 모자란다고 한다. 현재 자신의 소득에 만족하는 사람은 본 적이 있어도 내 소득이 너무 많은 것 같다고 이야기하는 사람은 만나본 적이 없다. 그렇다면 과연 돈은 욕망일까 생계일까? 당신의 돈의 위치는 이 중 어디에 더 기까운가?

생계와 욕망을 구분하는 방법은 단순하다.

'이번 달 생활하는 데 얼마가 필요해' 는 생계이고, '아, 나는 이거하고 싶은데 이 만큼만 돈이 더 있었으면 좋겠다.' 하는 건 욕망이다.

나에게 돈은 생계에 더 가깝다. 돈이 내 생계를 책임질 수 있으면 그 이상의 돈에 대해선 크게 욕심을 내지는 않는다. (그렇다고 욕망이 없다는 말은 아니므로 오해하지 않길 바란다)내 돈이 생계에 가까운 이유는 돈도 나다운 돈이 있다는 것을 깨달았기 때문이다. 예전에 내 능력에 비해 많은 연봉을 받은 적이 있다. 내 능력치보다 더 많은 연봉을 받는다는 건 내 능력치와 실수령액 사이에 차액이 발생한다는 것을 의미한다. 당시 나는 매달 그 차액만큼 육체적으로든 정신적으로 대가를 치러야만 했다. 주말에도 쉬는 날 없이 출근하기 일쑤였으며 단 하루도 마음 편할 날이 없어 시간이 지날수록 '아, 이 돈 다 필요 없으니 그만하고 싶다' 라는 생각뿐이었다. 당시에 내가 받았던 스트레스에 대해 하소연하면 친구들은 내 이야기만 들어도 암 걸릴 것 같다고 이야기했을 정도다. 지금 생각해보면 그때 어떻게 버텼나 싶다. 물론 어떤 일이든 스트레스는 동반하지만, 강도와 빈도가 확연히 다르다는 것을 일찍 체감한 덕에 내 돈은 욕망보다 생계에 더 가까워졌다. 지인 중 오래된 친구의 말에 솔깃하여 퇴직금 탈탈 털어

사업을 시작했다가 그대로 신용불량자가 된 사람이 있다. 나는 처음부터 그 사업을 말렸는데 그 이유는 본인 경험이 전무한 업종인 데다 퇴직금 정도의 자금으로는 인고의 시기를 버티기는 힘들 것으로 판단하였기 때문이다. 사업이란 게 수십 년의 노하우가 있어도 예상치 못한 변수에 휘청하는데 하물며 경험이 전무한 사람은 얼마나 많은 시행착오를 겪겠는가? 시행착오는 지출과 직결되어 있고 그의 퇴직금으로 이 모든 것을 충당하기엔 역부족이었다. 모든 사람이 시작할 땐 같은 마음이겠지만 결과는 내 의지와는 상관없이 참 냉혹할 수 있다. 이처럼 돈이 욕망에 붙어 무리수를 두었다 감당 안 되는 결과로 이어지는 경우를 접할 때가 종종 있다. 누가 봐도 저 사람이 소화 가능한 돈이 아닌데 과욕으로 꾸역꾸역 집어삼키다 이내 탈이 난 것이다. 음식을 먹고 탈이 나면 소화제라도 먹지, 돈으로 탈나면 금수저가 아닌 이상 인생 전체가 흔들리기도 한다. 돈은 나답게 벌고 나답게 관리해야 나한테 맞는 돈이 쌓이게 되어있는데 나답지 않은 돈이 쌓이면 오히려 독이 될 수도 있다. 그래서 한 번씩 욕망의 돈이 나를 유혹할 때마다 이런 생각 한다. '어휴 저 돈 먹으면 몇 년 뒤에 탈나겠다.' 탈나는 돈들이 겉으로 보기에는 굉장히 매혹적이라 혹하기 쉬우며 당시에는 전혀 문제가 없어 보인다. 그런데 우리가 체했을 때를 생각해보면 눈앞에 있는 음식을 먹으면서 '나 체한 것 같아'라고 얘기하는 사람은 없다. 신나게 먹고 난 뒤 나중에 소화가 안 되면서 식체증상이 하나둘씩 나타나는데 탈나는 돈 역시 시간이 지나며 서서히 문제를 일으킨다. 그렇다면 체하지 않을 정도의 돈은 과연 어느 정도를 말하는 것일까? 사람마다 소화력, 속도, 방식이 전부 제각각이기 때문에 이를 한마디로 정의할 순 없다. 같은 대식가라도 급속도로 먹어도 쑥쑥 소화되는 사람이 있는가 반면 천천히 음미해야 탈이 안 나는 사람도 있으며 조금씩 자주 먹어야 소화 기간에 무리가 가지 않는 사람도 있듯 개개인의 체질에 따라 돈을 소화하는 방식도 다르다. 간혹 사업하는 사람 중에 직장생활 하는 사람을 무시하는 모습을 본 적이 있는데 이들은 그저 돈을 소화하는 방식이 다른 것 뿐이지 이를 능력의 유무로 판단해선 안 된다. 일정량을 꾸준히 섭취하는 것이 맞는 사람도 있고 폭식했다 게워냈다가를 반복하는 것이 체질인 사람도 있다. 이처럼 돈도 나한테 맞는 나다운 돈이 있는 것이다. 나다운 돈은 자기 자신이 가장 잘 안다. 어렸을 때부터 지금까지 당신의 돈 히스토리를 들여다보면 당신에게 치명타를 입혔던 돈, 성취감을 느꼈던 돈, 화려하지만 실속은 없었던 돈, 당신을 고생시킨 돈, 당신의 저축 방식 등 다양한 스토리가 담겨 있을 것이다. 돈에 관한 모든 힌트는 자신이 살아온 인생에 담겨있다. 당신 안에 담긴 자신만의 철학으로 나답게 벌고 나답게 관리하여 체하지 않는 돈을 쌓아 가길 바란다.

03

어떻게 손해를
잘 볼 것인가?

사람은 어떻게 타고났느냐가 중요한 것이 아니라 어떻게 살아가느냐가 더 중요하다고 생각한다. 아무리 인복을 타고난 사람이라고 해도 자신의 태도에 따라서 들어온 복도 날릴 수 있고 비록 박복하게 타고났지만 늘 사람들에게 베풀며 인덕을 쌓아 주위의 도움이 끊이지 않을 수도 있다. 나는 그간 하나를 베풀고 나면 그 이상이 되어 돌아오는 경험을 여러 차례 한 뒤 요즘은 어떻게 먼저 손해를 잘 볼 것인가에 대해 고민을 많이 한다. 사람들은 보통 '베풀다'라는 표현은 긍정적으로 해석하지만, 손해 본다는 말에는 부정적인 인식이 강하다. 하지만 내가 먼저 베푸는 것과 내가 먼저 손해 본다는 말은 다르지 않다. 내가 상대방을 위해 먼저 손해를 볼 때가 있는데 이러한 행동을 이해 못 하는 사람들이 많다.

"네가 갑의 입장 아니야? 굳이 뭘 그렇게 까지 해"
그때 나는 오히려 역으로 묻고 싶다.
"당신은 왜 을이 먼저 손해 봐야 한다고 생각힙니까?"라고.

사람들은 상대방과 나와의 위치를 재며 선 손해 여부를 결정하곤 한다.

"저 사람은 나에게 영업하는 사람이니 저 사람이 먼저 나에게 도움을 주는 게 맞겠지?"

"우리가 갑사니 이 정도는 배려해 주겠지?"

"내가 나이가 더 많으니 맞춰주겠지?"

"내가 직급이 더 높으니 먼저 숙이겠지?"

어떤 사람들은 절대 아랫사람에게 먼저 인사하지 않으며

"네가 얼마나 하는지 봐서 너를 어떻게 대할지 결정하도록 할께"의 마인드로 직원들을 대하는 경우가 있다.

그런데 당신이 선 배려를 손해로 인지하는 순간 타인도 나를 위해 손해 보고 싶지 않아 기를 쓰게 된다. 보통 회사가 일이 잘될 때는 회사가 무척 바빠진다. 이때 직원들에게는 주말 근무 및 야근에 대해 수당은 커녕 보충 휴무도 못쓰게 하며 선 손해를 강요하는 조직이 있는데 심지어 연말에 성과금도 제대로 지급하지 않아 후 손해까지 감수하라고 하니 직원들은 회사에 득이 될 만한 일에도 협조적일 리가 없다. 이렇다 보니 회사의 매출이 커질수록 실무자는 자기 일만 많아진다는 생각에 회사의 이익을 '자신의 손해'로 인지하며 주인의식과는 거리가 멀어진다. 이처럼 서로를 위해 손해 보지 않으려 발버둥 치다 보면 결국 둘 다 손해를 입는다. 회사가 직원에게 손해 보지 않으려 몸부림치면 직원의 진심과 열정을 잃어버리게 되며 직원이 회사를 위해 손해 보지 않으려 발을 동동 구르면 자신의 일이 성장하지 않는다. 상황, 지위, 고하를 막론하고 내가 먼저 손해를 봐야 상대방도 나를 위해 손해를 보기 시작한다. 선 손해를 보라고 하면 물질적으로 베푸는 것이라고 떠올리는 사람이 있는데 꼭 물질적인 손해뿐만이 아니라 누군가에게 고마움을 느끼게 하는 언행도 이에 해당한다. 사실 우리는 마음만 먹으면 상대방을 배려하는 한마디 정도는 눈감고도 할 수 있지만 가는 말이 고와야 오는 말이 곱다는 속담과는 달리 상대방의 오는 말이 고와야 가는 말이 고울까 말까 한다. 이는 무의식중에 상대방의 선 손해를 살펴본 뒤 당신의 손해 여부를 결정하겠다는 의지가 담겨있거나 손익분기점을 찍지 못하고 선 손해가 그대로 후 손해로 이어질까 두려워하기 때문이기도 하다.

내가 먼저 손해를 본 뒤 상대방이 나를 위해 마음이든 물질적으로든 손해를 보는 시점이 바로 손익분기점이 되는데 간혹 "저는 저 인간한테 평생 손익분기점을 못 찍었는데요?"라며 배신감을 느끼는 사람도 있다. 어쩌면 이미 상대방에게 충분히 돌려받았음에도 당신이 만족하지 못하는 것일 수도 있고 정말 상대방이 배은망덕한 놈일 수도 있다. 그렇다고 너무 상심할 필요 없다. 당신이 선 손해 볼 때 대상과 시점은 당신이 정하지만, 손익분기점 시기와 대상은 고정적이지 않다. 살다 보면 예상치 못했던 시점에 의외의 인물로부터 도움을 받을 때도 많지 않던가. 결국에는 돌고 돌아 다 돌아오게 되어 있으니 눈앞에 손익분기점에 너무 연연해하지 말자. 이제부턴 어떻게 돌려받을지가 아닌 어떻게 먼저 손해를 잘 볼 것인지만 고민하면 된다.

04

의리에 살고 의리에
죽다가 그냥 죽는다

사십 대 중반 지인들의 고민을 듣다가 한 가지 의문이 생겨 질문한 적이 있다.

"눈앞에 불구덩인 것이 뻔히 보이는데 왜 굳이 뛰어 들어가시는 거예요?"

"나는 내가 한번 내뱉은 말은 잘 못 바꾸겠더라, 남자는 의리지……."

그는 술자리에서 분위기에 취해 "그거 내가 투자할게" 또는 "같이 한번 해보자" 하며 검토되지 않은 상황에 대해 즉흥적인 대답을 할 때가 있는데 이튿날 그 말을 다시 번복하기 힘들다는 말을 덧붙였다. 이것을 과연 의리라고 할 수 있는가? 이제 와서 말을 바꾸자니 남자가 한 입으로 두말하는 것은 폼이 안 산다며 그냥 밀어 붙이다 큰 화를 자처하기도 한다.

그저 분위기에 취해 나온 한마디에 '의리' 하나로 책임진다는 건 친구를 껴안고 불구덩이에 함께 몸을 던지는 것과 같다. 물론 일이 잘 풀릴 수도 있지만 그렇지 않을 확률도 높다. 친구와 부딪힐 수 있는 자살한 트러블은 둘째 치고 후에 금전적인 손실과 불편해진 관계는 어떻게 감당할 것인가. 술자리에서 기분에 취해 내뱉은 말은 그다음 날 시원하게 욕 한번 먹고 끝내라. 괜히 질질 끌려가다 여러 사람 힘들게 하는 것보다 한번 창피해지는 게 낫다.

그거 거절했다고 친구의 연을 운운하는 사람과는 연을 끊어도 된다. 그런 일로 멀어질 인연이라면 이미 진정성 있는 우정은 아니었다고 본다. 이 밖에 일상에서도 남자들의 잔잔한 의리 타령 때문에 피곤해하는 아내들이 많다.

친구 1 : "우리 남편은 평소에 자꾸 자기 친구들과 저녁 먹자고해."

나　　 : "그럼 저녁 안 치려도 되니 좋은 거 아니야?"

친구 1 : "외식비로 돈이 많이 나가는 건 둘째 치고 맨날 감자탕 이런 것만 먹어……. 내가 좋아하는 거 먹으면 돈이 아깝지라도 않지!"

나　　 : "왜 그런 것만 먹는 거야?"

친구 1 : "친구들이 그런 거 좋아해. 차라리 집에서 먹으면 내가 원하는 거라도 만들어 먹지……."

친구 2 : "그래도 너희 부부는 같이 다니기라도 하지. 우리 남편은 주중에는 일 때문에 늦게 들어오고 주말에는 친구들에게 불려 나가"

친구 3 : "불려 나가는 건 그나마 낫지. 나는 가끔 친구들을 집으로 몰고 와서 미쳐버리겠어. 미리 말이라도 해놨음 장이라도 봐놓을 텐데 집도 엉망이고 여간 스트레스가 아니야!"

나 : "미리 말을 해줬음 네가 퍽이나 데리고 오라고 했겠다."

남자 입장에서는 의리지만 부인 입장에선 곤욕일 수 있다.

'남자는 의리지' 이 말이 참 여러 사람 피 말린다. 내 주위에 간이 다 망가져 가는데 술을 안 먹을 수 없다고 하는 사람들이 꽤 많다. 이들의 이야기를 들어보면 대다수가 자신은 술을 좋아하지 않지만

"나는 술자리를 좋아해. 그 분위기 있잖아"라는 말을 덧붙인다.

그들의 이야기를 정리해보면 그 분위기에 어울리기 위해 술을 마신다? 뭐 이런 이야기가 된다. 그런데 술이 싫다며 술자리에선 그 누구보다 신나게 마시는 모습을 보면 정말 술이 싫은 것인지 의심이 들 정도다.

그래서 나는 이들에게 물어봤다.

나 : "술자리가 좋은 거면 가서 조금만 마시고 놀면 되죠."

지인 1 : "남자는 잔 부딪치는 게 소통이거든"

지인 2 : "남자는 짠 하는 게 의리야, 그래서 잔을 계속 부딪치려면 술

을 마셔야 해."

지인 3 : "남자는 말보단 액션이지"

지인 4 : "남자가 어떻게 빼냐? 쪽팔리게"

지인 5 : "내일 죽어도 오늘은 마시는 게 남자다."

나는 이 이야기를 듣고 할 말을 잃었다. 사람이 말로 소통해야지 "찡~"하는 소리밖에 안 나는데 무슨 소통을 한다는 건지…. 라고 이 야기하면 네가 여자라서 뭘 잘 모른다며 나만 공감 못 하는 사람이 되어버린다. 내일 죽어도 오늘 마신다고? 아직 살만하니 이렇게 이 야기하는 거지 우리 아버지 보니 그것도 아니더라. 젊었을 때는 그 렇게 부어라 마셔라 하시던 아버지께선 요즘은 모임에 가시면 너무 일찍 들어오신다. 이유를 여쭤보니 친구들 몸이 하나씩 고장 나 있 어서 술 마실 수 있는 사람이 자신밖에 없다고 하셨다. 평생 의리 찾 다 얻은 건 용종이요 간 경화라. 이를 어찌 의리라 할 수 있겠는가? 수십 년을 술잔 부딪치며 의리를 외치던 친구들이 어느 순간 '건강' 을 외치는 시기가 온다. 아파서 오늘내일 하는데 의리가 무슨 소용 있겠는가. 그때 돼서 지난 세월 한탄하지 말고 지금부터 방법을 찾 아보길 바란다. 이는 당신만을 위하는 것이 아니라 친구들도 함께 살리고자 함임을 알아주길 바란다. 의리에 살고 의리에 죽다가 그냥 죽을 수 있다.

05

돈의 생명력을
키우려면

―――

나는 한 번씩 접신할 때가 있다. 지름신이라는 헤어날 수 없는 무서운 신이 있는데 그 신과 접신하는 날엔 비이성적인 결제를 하곤 한다. 정신을 차릴 때쯤이면 이미 배송이 시작되었다는 문자 메시지를 받은 뒤다. 그런데 그간 순간 혹해서 구매한 제품들이 재구매로 이어지는 경우는 드물다. 패키지가 너무 예뻐서 구매했는데 생각보다 품질이 별로였던 적도 있고 베스트셀러라고 해서 읽었는데 목차가 전부였던 적도 있다. 이처럼 한번은 고객을 현혹해 소비를 불러일으켜도 본질에 대한 만족도가 떨어지면 지속적인 소비가 어려워진다. 우리 주위에는 생각보다 반짝 화제가 되었다 사라지는 것이 많다. 이는 물건뿐만이 아니라 화제를 모아 단번에 스타덤에 앉은 배우도 연기력이 받쳐주지 않아 쥐도 새도 모르게 브라운관에서 사라지는 경우도 이에 해당한다. 물론 애초에 단기 프로젝트로 기획하였을 수도 있지만, 대다수의 사람은 자신의 결과물이 오래오래 사랑받기를 바란다. 나는 일회성으로 끊기는 돈을 단명하는 돈이라 부르고 생명력이 강한 돈을 장수하는 돈이라 부른다. 아마 세상에 단명

231

하는 돈을 좇고 싶은 사람은 없을 것이다. 하지만 돈에 생명력을 불어넣기 어려운 이유 중 하나가 자신의 돈을 객관적으로 바라보지 못하기 때문이다. 인간의 몸도 주기적으로 건강검진이 필요하듯 돈도 주기적으로 객관적인 진단이 필요한데 정확하게 진단하지 못해 인공호흡이 필요한 시점에서 별 도움 안 되는 비타민을 복용한다던가 혈액순환이 안 되는데 고기를 처방하는 행위와 같은 오류를 범하여 돈의 생명력을 단축시키곤 한다. 매일 돈과 씨름을 하며 살면서도 자신의 돈을 오진하는 이유는 사람인지라 주관과 감정이 섞이기 때문이다. 박람회장에서 한 업체의 담당자에게 "화장품 향이 좀 특이하네요. 약 냄새 같기도 하고요…. 특별한 이유가 있으신가요?"라고 물어본 적이 있는데 담당자는 "저희도 몇 번 말씀드렸는데, 오너 개인 취향이에요"라고 대답하였다. 그 이야기를 듣고 순간 '그럼 이 제품은 타인에게 판매할 것이 아니라 개발자 본인이 써야겠네.' 하는 생각이 들었다. 이러한 소비자의 혹평을 통해 객관적으로 문제를 파악하고 적합한 대책을 세우면 돈의 생명력을 연장해 나갈 수 있지만 자기 생각에만 빠져 밀어붙이면 실패로 이어질 가능성이 높다.

혹평에 대한 개선보단 의견을 낸 사람을 비난하며 자신에게 달콤한 피드백만 하는 지인들에게만 제품 테스트를 하니 객관적으로 문제를 들여다보려야 볼 수 없는 것이다. 나는 가끔 지인들로부터 "나는 직원 할인 30% 받을 수 있는데도 우리 회사 화장품은 안사고 싶어",

"제가 마케팅 담당하고 있지만, 저희 제품은 경쟁력이 없어서 별로 권해 드리고 싶지 않아요."라는 이야기를 들을 때가 있다. 잠재고객 일 순 위인 직원들조차도 반응이 냉담한데 소비자들이라고 별반 다르겠는 가? 그렇다면 직원들은 왜 솔직하게 리더 앞에서 이야기하지 않고 뒤에서 수군거릴까? 직원들의 이야기를 경청하지 않을게 눈에 보이 니까(자신을 두둔하는 직원의 말만 들으니까) 또는 아예 이런 이야기 자체 를 꺼낼 수 없는 조직 분위기니까......

말로는 요즘 수평구조 어쩌고 하지만 결정은 무조건
수직구조로 이루어지는 데다 직원들이 어떻게......

'내가 소비자라도 이 제품 안 살 테니까'
'나라도 이 돈 주고 이 음식 안 먹고 싶을 테니까'
'내 가족에게도 추천하고 싶지 않은 병원이니까'

라고 솔직하게 말할 수 있겠는가.

간혹 '내가 이 일만 이십 년째인데'라며 자만에 빠져 자신의 판단 이 최상이라고 생각하는 리더들이 있다. 물론 이들이 전문가라고 할 순 있어도 급변하는 시대에 귀를 막고 자신이 사상 옳다고 생각하는 건 아집일 뿐이다. 때론 아무것도 모르는 인턴이 신의 한 수를 생각해 내기도 한다. 만약 당신이 계속해서 그들의 진솔한 이야기를 들을 수 없다면 당신의 돈은 점점 생명력을 잃게 될 것이다. 현재까지 당신의 돈을 지적하는 직원이 없다면 반기를 들 수 있는 분위기를 만들기 위해 피나는 노력을 가해야 한다. 당신은 자신이 권위적이지 않은 아주 쿨한 상사라 생각할 수 있지만, 직원들은 알게 모르게 당신 눈치를 보고 있을 수 있다. 당신이 눈치를 주면 당신에게 듣기 좋은 달콤한 의견만 돌아올 것이고 반대로 당신이 그들의 눈치를 보면 그들의 내면의 소리가 하나씩 들려 올 것이다. 당신에게 거침없이 쓴 소리를 할 수 있는 사람이야말로 당신 돈의 생명력을 키워줄 주치의이다. 이제부턴 당신의 주치의들과 함께 생명력이 강한 돈을 만들어나가길 바란다.

06

힘을 줄 때 줄 것

예전에 친구와 길을 걷다 머리부터 발끝까지 화려하게 치장한 여자가 우리의 옆을 지나갔다. 그때 옆에 있던 디자이너 친구가 한마디 했다.

"힘이 너무 들어갔네. 차라리 옷을 무난하게 입고 시계나 가방으로 포인트를 줬음 훨씬 세련되었을 텐데... 저렇게 온몸에 힘을 주니 산만하기만 하고 세련미가 떨어지네."

이 말을 듣고 이는 비단 패션에만 해당되는 것이 아니라는 생각이 들었다. 초지일관 힘이 너무 들어간 강의는 들을 때는 강렬해 보이지만 돌아서면 머릿속에 임팩트 있게 기억되는 내용이 없었으며 자극적인 장면만 나오는 영화는 어느 순간 진부하게 느껴졌다. 이처럼 돈도 힘을 줄 때 주고 뺄 때 빼주어야 하는데 이와는 반대로 힘을 줄 곳은 빼고 빼야할 곳은 힘을 주는 오류를 범할 때가 있다. 모 병의원은 의료장비가 너무 낡아 검사 결과에 종종 오류가 생겼다. 그러던

중 한참 성장 중인 청소년의 성장판을 검사했는데 검사결과가 골다
공증으로 나와 학부모가 큰 충격을 받았다. 다행히 다른 큰 병원에
서 재검한 결과 성장판도 충분히 열려있었고 골다공증이 아니라는
판정이 나왔지만 학부모는 오진한 병원에 와서 한바탕 난리를 쳤다
고 한다. 학부모 입장에서 얼마나 놀라고 마음 졸였을지 생각하면
이해가 안 되는 것도 아니다. 그런데 과연 병원에서 난리친 것이 끝
이겠는가. 가까운 지인들에게 그 병원을 비난했을 가능성이 높으며
그 이야기를 들은 지인들은 또 다른 지인에게 전달했을 수도 있다.
원래 안 좋은 소문일수록 참 빨리 퍼져 나간다. 그 의료장비는 계속
해서 이와 같은 문제를 일으켰고 직원들이 수도 없이 교체를 요청하
였지만 윗사람은 인테리어와 마케팅에는 거액도 쉽게 결제하면서
정작 병원에서 가장 중요한 의료장비에는 돈을 아까워하였다.

병원 인테리어는 오성급 호텔처럼 럭셔리하게 해놓고 정작 중요
한 의료장비가 엉망인 셈이니, 이처럼 정작 힘이 들어갈 곳에 힘이
들어가지 않으면 본질이 흔들리기 쉽다. 식당을 개업 할 때도 작은
것 하나 전부 최고로 하고 싶은 마음이 앞서 소품 하나하나에 잔뜩
힘을 주다보면 나중에 정작 중요한 식자재나 마케팅비에 힘을 싣지
못하는 상황이 생길 수 있다. 신생 유튜버들이 온갖 장비(카메라, 조명,
컴퓨터, 마이크)에 수백만 원을 들였다가 몇 개월 뒤 그대로 중고시장
에 급매하는 사례를 종종 본다. 초보 유튜버들이 정말 힘을 줘야 했

던 건 장비가 아닌 콘텐츠가 아니었을까? 특히나 자금에 여유가 생기면 불필요한 곳에 필요이상 힘을 주는 모습을 종종 본다. 예전 같으면 중국산 대리석 사용했을 것도 자본 여유가 생기니 이태리 대리석을 사용하고 싶은 것이 사람 마음이다. 그렇게 한번 힘을 주기 시작하면 끝도 없다. 뿐만 아니라 일상에서도 쇼핑에 너무 힘을 주면 생활비가 부족해져 삶의 질이 떨어질 수 있다. 그렇다고 당신이 힘을 준 포인트가 잘못되었다고 비난하는 것은 아니다. 단지 힘을 준 만큼 힘을 뺄 곳도 생각해주면 좋겠다는 이야기를 하고 싶었다. 만약 당신이 이번 휴가를 몰디브로 정했다면 나머지 11개월은 어디에서, 얼마나, 어떻게 힘을 뺄 것 인지를 정하여 강약 조절을 하면 된다. 사람마다 가치관이 다르기 때문에 강약조절에 정해진 답은 없다. 하지만 당신의 지출 가능한 금액은 한정적이므로 큰 틀 속에 힘을 줄 곳과 뺄 곳을 계획적으로 안배하는 것이 합리적인 지출에 도움 된다. 이젠 당신의 지출상태를 적나라하게 들여다보며 힘을 빼야 할 곳에 너무 힘이 들어가 있진 않은지 또는 정작 힘이 들어가야 할 곳에 힘이 빠져있진 않은지 점검해야 할 때이다. 당신은 어디에 힘을 주고 어디에 힘을 뺄 것인가?

07

당신에게 흐르는
파장을 바꿔라

———

　나는 평소에 많은 사람을 만나다 보니 다소 형식적인 멘트가 몸에 배어 있다. 다소 기계적으로 보일 수도 있는데 신기하게도 지난번 내 정형화된 멘트를 나도 모르게 벗어난 적이 있어 전화를 끊고 웃음이 났다. 한 업체 대표님은 목소리가 아나운서처럼 좋은 편도 아니고 말투가 세련된 것도 아니다. 그런데 몇 마디 나누지 않았음에도 좋은 기운이 가득 찬 것이 느껴졌다. 나는 전화 통화를 좋아하지 않기 때문에 최대한 용건만 간단히 하고 끊으려는 습성이 강한데 그날은 나도 모르게 "앞으로 굉장히 잘 되실 것 같아요." 라는 계획에 없던 말이 흘러나왔다. 나는 그날 유선 상만으로도 남다른 에너지가 느껴질 수 있다는 사실이 놀라웠다. 사람들을 만나보면 외모와 성품을 떠나 말로 표현할 수 없는 에너지가 느껴질 때가 있다. 어떤 이는 온몸에 힘이 쭉 빠지게 만드는 무거운 기류를 풍겼고 또 어떤 이는 나에게 활력을 가득 채워주어 힘이 솟게 만들었다.

　예전에 매우 무겁고 불편한 기류가 흐르는 업체 담당자를 만난 적이 있는데 처음 만난 자리에서 개인적인 얘기를 서로 일절 하지 않아 당시에는 몰랐지만 한참 지나고 난 뒤 당시에 투자자들로부터 엄청나게 시달리고 있었다는 이야기를 듣게 되었다. 보통 일로 만나는 사람들은 자신의 감정 상태를 내색하지 않지만 상대방이 아무리 친절하게 웃으며 이야기하여도 무거운 파장에 짓눌릴 때가 있다. 어떤 이는 고요하게 흐르는 강물 같은 기류가 흘러 함께 있으면 마음이 잔잔해지며 또 어떤 이는 태양 같은 환한 기류가 흘러 나와 마음을 따뜻하고 밝게 만들었다. 이 밖에도 셀 수 없을 만큼 다양한 파장이 있다. 이러한 파장은 대화 내용과 상대방의 성품과는 상관없이 아무 말도 하지 않아도 드러난다. 우리가 표정과 언어는 숨길 수 있어도 눈빛은 숨길 수 없듯 이러한 파장은 자신도 모르게 흘러나온다. 우리의 본능은 상대방의 기류에 자동으로 반응하여 상대방의 언행을 보고 판단할 때보다 정확할 때가 많다. 간혹 상대방이 좋은 사람이고 인지되었음에도 두 번은 안 보고 싶을 때가 있는데 나는 이때 내 본능이 상대방의 기류를 밀어내는 것으로 생각하고 내 몸이 주는 신호를 존중해 주는 편이다. 그렇다면 파장이 왜 중요할까? 나는 직원 채용할 때 이력서 한 줄보다 에너지가 더 중요하다고 생각한다. 특히나 영업직과 서비스업과 같이 사람을 대하는 직종에서는 더욱 중시해야 한다고 본다. 좋은 에너지는 사람을 끌어들이는 힘이 있는데 좋은 사람들이 모이면 자연스럽게 좋은 기회로 이어진다. 아무리 자신이 타고난 운이 부족하더라도 주위 사람들의 좋은 에너지가 당신의 운을 채워주기도 하니 좋은 파장이 좋은 일을 끌어당긴다고 해도 과언이 아니다. 내가 지인들에게 이런 이야기를 하면 좋은 파장이 흐르는 사람들의 특징을 물어보곤 한다. 간혹 활발하면 에너지가 좋은 거고 말이 없고 소심하면 안 좋은 것이 아니냐고 묻는 사람이 있는데 이것은 파장이라 할 수 없는, 그저 개개인의 성향일 뿐이다.

성향과 파장은 완전히 다른 개념이다. 내성적이든 외향적이든 상관없이 내면 깊은 곳에서 자연스럽게 뿜어져 나오는 기류가 있다. 다만 아픈 사람들은 좋은 에너지를 뿜어낼 힘이 없으며 마음이 병들어 있는 사람들은 건강한 기류가 흐르지 않는다. 만약 당신이 자꾸 일이 안 풀리고 주위에 똥파리만 꼬인다면 당신의 파장을 변화시킬 필요가 있다. 나는 주위에 일이 잘 안 풀려 힘들어하는 지인들에게 늘 '기운 관리' 하라는 이야기를 한다. 마음가짐이 바뀌면 자연스럽게 파장이 변할 수 있지만 암울할 때 좋은 생각 자체가 들지 않으며 웃음도 사라지고 긍정적인 언어가 나오지 않는다. 그럴 때 당신에게 좋은 에너지를 줄 수 있는 사람을 찾아가는 것을 추천한다. 사람은 타인의 기류에 영향을 받기 때문에 주위 환경이 중요하다. 나는 한 번씩 의욕을 잃고 축 처질 때 에너지 넘치는 지인을 찾아가 에너지를 충전시키고 마음의 평화가 필요할 땐 평온한 기류가 흐르는 사람을 찾아가 마음의 안식을 얻곤 한다. 만약 당신 주위에 에너지를 받을 만한 사람이 없다면 자연으로부터 충전하는 것도 방법이다. 자연속에 흐르는 평온하고 맑은 에너지를 받고 마음이 고요해지며 머리가 맑아지는 것을 여러 차례 체감한 뒤, 나에게 쾌쾌한 기류가 흐른다고 느껴질 때면 자연으로 향하곤 한다. 여기서 중요한 건 가만히 있으면 당신의 파장은 변하지 않는다는 것이다. 사람을 향하든 자연을 향하든 어디라도 괜찮으니 일단 몸을 움직여 보자.

파장의 변화는 액션으로부터 시작된다.

08

나만 돈을 어렵게
버는 것 같을 때

———

어느 날 문득 남들은 돈을 쉽게 버는 것 같은데 나만 어렵게 돌아
가는 것 같을 때가 있다. 나는 그동안 대형사는 영업도 쉽게 하고 갑
질 당하는 일이 없을 줄 알았는데 대형사에서 근무하고 있는 지인의
하소연을 들어보니 그것도 아니었다.

지인 A : "이 일에 쏟는 시간과 노력에 비해 결실이 너무 약해요"

나　　 : "그래도 대형사니까 갑질은 안 당하죠?"

지인 A : "안 당하긴요. 매번 발주 날 때 마다 미치겠어요. 다신 급 발
　　　　주 안 받아줘야지 하면서도 어느새 공장에다 사정사정하고
　　　　있더라고요, 물건 나갈 때마다 정말 피가 말라요"

방금, 이 대화는 겉으로 보기에는 아주 심플하게 돈을 버는 것 같
아 보이는(발주 후 입금하고 물건이 나가면 끝이라고 생각 할 수 있는) 수출과
정에 관한 이야기다.

해외 바이어가 한국 과자에 관심이 있다고 한다. 그럼 종류별로 과

자의 견적을 정리한다. 그 중 바이어가 요청하는 단가, 유통기한, 거래조건, 디자인, 사이즈, 맛에 적합한 제품을 선별하여 정리한다. 바이어가 요청하는 모든 조건이 충족되어 제품이 확정되고 샘플이 나가도 고객사에서 내부적으로 최종 승인 받는 데까지 몇 주에서 몇 개월까지도 소요된다. 그런데 그렇게 어렵게 선정된 제품에서 해당 국가 진입 불가 성분이라도 발견되면 그대로 진행이 중단된다. 그렇게 우여곡절 끝에 발주가 나면 그때부터 진짜 전쟁이다. 바이어에게 리드 타임을 아무리 강조하여도 매번 납품 요청 일자는 너무 타이트해서 생산 일정을 조율하느라 한바탕 난리가 난다. 물론 재고로 움직이면 한결 수월 하지만 수출품은 유통기한이 예민한 편이기 때문에 생산을 요청할 때가 많다. 그렇게 어렵게 조율하고 출고 일자에 맞추어 컨테이너 배차까지 했는데 갑자기 바이어가 출고 하루 전날 연락 와서 아직 물건을 받을 준비가 안 되었으니 출고 일자를 늦춰 달라고 한다. 그럼 일단 배차 취소 후 대기에 들어가는데 며칠 뒤 갑자기 연락 와서 내일 당장 출고시키라며 재촉하면 그때부터 선박 스케줄 알아보고 컨테이너 배차하며 또 한 번 정신이 없다. 그렇게 한바탕 전쟁을 치르고 난 뒤 출항되면 그때부터는 해당국의 세관과 전쟁이 시작된다. 통관 규정이 바뀌면 작년까지 문제없이 나갔던 제품이 갑자기 문제가 되기도 하며 통관 과정에서 성분 문제로 인하여 폐기되는 일도 있다.

그렇게 세관과의 전쟁이 끝나면 유통이 시작되고 본격적으로 판매되지만, 재발주로 이어지지 못하고 시장에서 죽는 경우도 태반이다. 이 밖에도 각종 클레임과 생산사고 등 바람 잘 날이 없다.

요즘 아이돌 가수는 음악과 예능 프로그램은 말할 것도 없고, 드라마나 영화에도 자주 캐스팅된다. 그래서 많은 사람이 어린 나이에 큰돈을 버는 아이돌을 부러워하며 특히 학생들에게는 동경의 대상이 되기도 한다. 아이돌이 지난번 방송에서 "저희는 음반 활동할 땐 2시간 정도 자요."란 인터뷰를 듣고 마음이 짠했다. 게다가 이들은 가수를 지망했는데 소속사 요청에 따라 갑자기 하기 싫은 연기를 해야 할 때도 있고 예능 프로그램만 전전해야 하는 경우가 있으며 자신이 원하지 않는 프로그램에 출연하여 불편한 사람 앞에서 인형처럼 웃고 있어야 하는 일도 비일비재하다. 그 어린 나이에 말 한마디 실수하면 온 인터넷에 비난 댓글이 쏟아지며 혹시나 열애설이라도 터지면 마치 죄인이 된 것 마냥 팬들과 소속사 눈치를 본다. 이들이야말로 감정노동의 끝판 왕이다. 그 어린 나이에 사생활도 없이 사람들 눈치 보고 타인이 안배해놓은 스케줄에 쳇바퀴처럼 돌아야 하는데 얼마나 힘들겠는가? 남들 주머니 속의 화려해 보이는 돈도 막상 내막을 들여다보면 저마다의 고충이 한가득이다. 당신만 돈을 어렵게 버는 것이 아니라 대다수의 사람이 하루하루를 참 힘겹게 산다.

어느 날 문득 타인의 돈이 부러울 땐 그 돈 뒤에 숨겨진 혹독한 대가를 생각해 보자. 어쩌면 당신이 부러워하는 그 누군가의 돈도 막상 실상을 알게 되면 "어휴 저 돈 안 벌고 말지, 저러고 어떻게 살아"라는 말이 절로 나올 수도 있다. 세상에 쉬운 돈이란 없다. 설령 있다고 해도 쉬운 돈은 그만큼 쉽게 날아간다. 돈은 늘 험난한 과정 끝자락에서 우리를 기다리고 있기에 당신만 힘든 것이 아니라는 위로와 함께 오늘도 고생의 끝자락에 달려있는 돈을 향해 치열하게 달리고 있는 당신을 응원한다.

09

남들보다 더 크게
날렸다면

————

 이들은 잘 풀릴 땐 세상을 다 가진 것처럼 보이지만 한번 휘청거리면 난리도 이런 난리가 없다. 출혈 범위와 정도가 차원이 다르다. 여기서 빚 독촉으로 사람들에게까지 시달리다 보면 위기를 극복하지 못하고 극단적인 선택을 하거나 정신적 질환으로 이어지는 경우도 있다. 만약 당신이 남들보다 더 큰 돈을 날려 괴롭다면 이는 당신의 그릇이 크기 때문이라고 말해주고 싶다. 우리 모두 그릇이 작았던 학창 시절을 떠올려보면 부모님 몰래 날리던 돈은 보통 PC방, 오락실, 학원비, 문제집 사는 비용 정도였고 친구에게 빌려줄 수 있는 돈도 많아야 고작 몇 만 원이 전부였다. 그런데 성인이 되면서 날아가는 돈의 사이즈가 확연히 커졌다.사람들이 빌려달라고 하는 돈의 단위도 예전처럼 몇 만 원 정도가 아니다. 당신의 십대, 이십대 때의 돈 출입 양과 삼사십대의 돈 출입 양을 나누어 들여다보면 그간 당신의 돈이 얼마나 많이 성장했는지 알 수 있을 것이다. 리스크가 커졌다는 것은 바꾸어 말하면 당신이 컨트롤 할 수 있는 돈의 범위 역시 커졌다는 말과 상통한다. 게다가 세상에 돈을 축적하기만 하는 사람은 없다. 사람마다 날리는 양과 시기의 차이가 있을 뿐 돈의 입구가 있으면 반드시 출구도 함께 따라오게 되어있다. 친구가 연초에 철학관에 다녀오더니 "나 올해 돈 아주 많이 나간 데... 일이 잘 안 풀릴 건 가봐⋯." 하며 아직 도망가지도 않은 돈에 대해 걱정이 늘어졌다. 나도 예전에 이와 같은 걱정을 했던 해가 있었다. 우려했던 대로 그해 목돈이 나갔지만, 걱정 안 해도 된다던 그다음 해에도 그 다다음 해에도 예상치 못한 목돈은 계속 나갔다. 이는 운이 좋고 안 좋고의 문제가 아닌 그저 돈의 순환이었을 뿐이다.

얼마 전 "나 이번 달에 치질 수술 하느라 생각지도 못한 돈이 나갔어." 하며 속상해하는 친구에게 이렇게 이야기해 주었다. "너만 그런 게 아니야. 다른 사람들도 그렇게 바람 잘 날 없이 휘청거리며 살아. 나는 이번 달에 충치 하나가 눈에 띄어서 치료하러 갔다가 5개 더 치료해야 된다고 해서 예상치 못한 돈이 훅 나갔어. 치질 수술이 잘됐으면 됐지, 나중에 재발 안 되게 관리 잘하는 게 돈 버는 거야" 물론 돈을 버는 입장에서는 한없이 쌓이기만 하면 좋겠지만 모든 순환구조는 비우고 채움의 연속이며 원래 돈을 버는 것보다 지켜내는 것이 더 어렵다. 그러니 돈은 초심보다 뒷심이 더 중요하다고 볼 수 있다. 돈이 훅 나가고 난 뒤 다시 회생시키는 날까지 버틸 수 있는 뒷심만 있으면 두려울 것이 없다. 게다가 당신이 이미 그 돈을 품어봤다는 건 그 돈을 다시 담을 수 있는 그릇이기도 하다는 뜻이다. 그래서 수십억씩 휘청거리던 사람이 나중에 재개할 땐 언제 그런 일이 있었냐는 듯 다시 이전만큼 또는 그 이상으로 우뚝 일어서곤 한다. 일을 벌이는 힘보다 수습하는 힘에 더 집중하면 예상치 못한 인생의 태풍을 만나더라도 이내 더욱더 단단해져 회복될 것이다. 당신이 마음만 먹으면 당신의 그릇은 언제든 다시 채워질 수 있다. 그러니 좌절하지 말고 다시 한번 힘내보자!

당신의 돈은 뒷심에 달려 있다.

10

아까워해야 되는 돈과
아까워하지 말아야할 돈

———

　살다 보면 아까워하지 말아야 할 돈에는 천 원 한 장을 아까워하며 정작 아까워해야 하는 돈에는 관대해질 때가 있다. 어떤 이는 자신의 건강을 위해 쓰는 몇 만 원이 아까워 비타민C 한 통 사는 대에는 망설이지만 건강을 해치는 술 담배에는 거침없이 쏟아 부으며 또 다른 이는 수백만 원에 달하는 명품 가방, 해외 항공권에는 과감하게 지출하지만 정작 집에서 사용하다 닳은 수건, 코팅이 벗겨진 프라이팬 등의 생활용품을 구매하는 비용은 아깝다고 생각한다. 고가의 외제차를 살 때는 망설임이 없지만, 차량 유지비에는 손을 떨며 자신은 매주 고급 레스토랑에서 외식하며 정작 직원들에게 나가는 식비는 아까워하는 사람이 있다. 그런데 아까워하지 말아야 할 돈을 아끼다 더 큰 손실로 이어지는 경우가 있다. 병원비가 아까워 평생 병원 근처에도 안 가다 오히려 병을 더 키울 수 있고, 충치 치료를 미루면 충치 범위가 넓어져 나중엔 더 큰 비용과 시간을 소비해야 한다. 그렇다면 건강을 위해 쏟는 돈을 아끼다 건강을 잃는다면 이는 절약이라 힐 수 있을까? 특히나 사람에게 지출하는 것을 아까워하면 더 큰 가치를 잃어버릴 수 있다. 매년 자신을 위해 쏟는 비용은 늘리면서 정작 직원들에게 나가는 복지비용을 절감하면 직원들의 사기를 잃어버릴 수 있다. 직장에서 직원들의 마음을 잃어버리는 것만큼 큰 손실이 있겠는가? 그렇다고 무작정 사람들에게 돈을 쏟아 부으라는 말이 아니다. 아무리 상대방이 간곡하게 요청을 해와도 도박 자금을 빌려주는 건 도움이라고 말할 수 있을까? 나이가 들어도 자립심 없이 계속해서 사업자금을 대달라고 하는 자녀에게 무한 지원을 해주는 것이 과연 자녀를 위하는 일일까? 그렇다. 사람을 위한 지출은 사람을 이롭게 하는 돈일 때 그 가치를 발휘한다. 이 밖에도 건강과 자기 계발비와 같은 긍정적인 가치와 이어지는 돈에는 아낌이 없어야 하며 남들에게 보여주기 위한 허영심 가득한 지출과 타인을 해롭게 하는 지출에는 망설임이 필요하다. 물론 사람마다 소비에 대한 가치관과 우선순위가 다르겠지만 정작 아까워하지 말아야 할 돈에 아끼느라 놓치는 것은 없는지, 자신도 모르게 더 큰 가치를 잃고 있는 것은 아닌지 다시 한 번 돌아보며 재정비하길 바란다.

Chapter

07

아무리 급해도
간과하면
안 되는 것

> 우리가 굳이
> 자신에게 정신적 자해를
> 하지 않아도
> 우리 삶은 충분히
> 고단하다.

01

융통성과 원칙 사이에
놓일 때

———

　일을 하다 보면 한 번씩 피가 바짝 마르는 순간이 있다. 간혹 모든 일정이 너무나 타이트하게 진행되어 중간에 조금이라도 일정이 틀어지면 일이 완전히 어그러질 수 있는 위태위태한 상황에 놓이곤 한다.

　지난번 시일을 다투는 긴박한 상황 속에 거래처 담당자는 나에게 다급하게 자료를 요청해왔다. 오늘 중으로 자료가 전달이 되지 않으면 일정을 맞출 수 없다며 20분에 한 번씩 전화로 푸쉬하였는데 정작 그 자료를 가지고 있는 타사 담당자가 외근 중이라 다음날이 돼야 보내줄 수 있다고 하는 것이다. 그렇다고 그다음 날 자료를 전달하자니 일정을 못 맞추는 상황이라 목이 바짝 타들어 가고 있었다. 그 순간 '그냥 그 자료 내가 지금 만들어서 보내줘 버릴까?' 하는 생각이 들었다. 그때 만약 나를 말리는 사람이 없었다면 정말 대형사고를 쳤을 수도 있다. 혹여나 내가 급하게 작성한 자료에서 문제가 발생하였다면 그때는 더 걷잡을 수 없는 상황이 발생하였을 것이다. 정말 다행히도 외근 중이었던 담당자가 늦게라도 사무실에 돌아와

자료를 보내주어 그 일은 무사히 마무리되었다. 이처럼 상황이 급해 지면 마음에 불이 붙어 원칙을 건너뛰려 할 때가 생긴다. 상황이 급해 비용 확인을 안 하고 급한 불부터 껐다가 폭탄 비용을 청구 받은 적도 있고 기존 거래처에서 급하다고 발을 동동 굴러 구두로 발주를 받고 진행을 다 했는데 결제 할 때가 되니 갑자기 정식발주가 아니었다며 말을 바꾼 적도 있다. 그야말로 믿는 도끼에 발등 찍힌 상황이지만 발주서라는 절차를 건너뛴 우리 쪽 잘못도 크다. 이런 일은 보통 거래 이력이 있는 업체 사이에서 일어난다. 첫 거래의 경우 서로 경계하며 원칙대로 일을 진행하는데 가까운 업체끼리는 보다 일을 유연하게 진행하며 원칙을 간과하기 쉬운 것이다. 이러한 상황을 여러 차례 경험하며 나는 아무리 급해도 원칙을 건너뛰는 행동은 자제하고 있으며 상대방이 말을 바꿀 것을 대비하여 중요한 이야기는 번거롭더라도 이메일로 주고받는다. 내가 어디 가서 이런 이야기를 하면 너무 융통성이 없는 것이 아니냐는 지적을 하는 사람이 있다. 만약 문제가 생기지 않으면 융통성있게 처리했다는 말을 듣겠지만 문제가 발생하면 그저 '원칙을 건너뛴' 사람으로 낙인 될 뿐이다.

놀이공원에서 키가 150cm 이상의 어린이만 탑승 가능한 놀이기구에 키가 3cm 모자란 아이가 타겠다고 우기자 옆에 있던 부모는 눈곱만큼의 차인데 융통성을 좀 발휘해 달라며 직원에게 사정사정하여 태웠다. 그런데 하필 그 놀이기구에서 사고가 났다면 이는 사정사정하여 태운 부모의 잘못인가? 아니면 3cm를 눈감아준 융통성을 발휘한 직원의 잘못인가? 문제가 생기면 반드시 누군가는 책임을 져야 한다. 서로 책임 전가를 하는 상황에서 자신을 지켜줄 수 있는 것은 바로 '원칙'이다. 먼저 원칙을 건너뛰자고 부추겨놓고 문제 생기자 한순간에 등 돌리는 사람이 생각보다 많다. 만약 당신이 모든 책임을 질 수 있다면야 그때그때 융통성을 발휘하여 효율적으로 진행하면 최상이겠지만 모든 책임을 진다는 건 참 무거운 말이다. 상황이 긴박하거나 달콤한 유혹 또는 간곡한 요청에 당신의 원칙은 흔들리기 쉽다. 나 역시 누군가로부터 원칙을 건너뛰면 많은 시간을 절감할 수 있을 뿐 아니라 훨씬 더 많은 이익을 취할 수 있다는 말을 들으면 솔직히 흔들린다. 그럴 땐 원칙을 뛰어넘음으로써 추후 생길 수 있는 부작용 리스트를 침착하게 작성하여 보는 것이 도움 된다. 만약 당장 부작용이 떠오르지 않는다면 시간을 두고 최악의 상황에 대해 상상의 나래를 펼쳐보는 것도 괜찮다. 비록 지금은 정말 믿음직스러워 보이겠지만 상대방이 뒤통수를 쳤을 경우도 상상해 보아라. 그렇게 생각을 그려나가다 보면 원칙을 건너뛰었을 때의 부작용이 한두 가지가 아닐 것이다. 설령 부작용이 하나라고 해도 그 부작용이 또 다른 부작용을 낳아 당신에게 치명타가 될 수도 있다. 원래 안 좋은 일은 한번 물꼬가 터지면 도미노처럼 우르르 넘어지기 마련이다. 당신에게는 이미 부작용을 인시할 수 있는 능력이 충분하지만, 마음이 급하거나 달콤한 유혹에 눈이 가려 깊게 들여다보지 않는 것뿐이다. 문제가 안 생기면 융통성이오, 문제가 생기면 범법자가 될 수도 있음을 기억하며 아무리 급해도 원칙은 간과하지 않길 바란다.

02

믿을 놈이 없어
외로운 날엔

———

'세상에 믿을 놈 하나 없다'에 관련된 사례는 누구나 한 번쯤 들어봤거나 직접 체감해본 적이 있을 것이다. '열 길 물속은 알아도 한 길 사람 속은 모른다.', '믿는 도끼에 발등 찍힌다.' 이런 속담이 있는 것을 보면 아주 오래전부터 사람들에게서 배신의 맛을 보았다는 것을 짐작할 수 있다. 이렇게 오랜 세월이 흘렀음에도 여전히 믿는 도끼에 발등 찍히는 사람이 존재한다. 수년을 연인 사이로 지내오다 하루아침에 성추행범으로 고소당하기도 하고, 호형호제하며 지내던 투자자가 한순간에 사채업자보다 더 무섭게 압력을 가해오기도 하며, 믿었던 동료가 실적을 뺏어가기도 하고 가족 같은 친구에게 사기당하기도 한다.

어느 조직이든 이간질하거나 멀쩡한 사람도 정신병자로 만드는 이슈제조기가 있으며 같이 일을 도모해놓고 문제가 생기면 나는 모르는 일이라며 혼자 발을 쏙 빼는 얌체도 있다. 얼마 전 삼십 년 지기 친구와 한 직장에서 근무하던 지인의 하소연을 듣다 나도 모르게 주먹이 쥐어졌다. 동료 A씨기 협력업체로부터 리베이트를 받는 것을 부서원들은 모두 공공연하게 알고 있으면서도 어느 누구 하나 나서서 고발하지 못하고 있었다. 그때 내 지인이 총대를 메고 상부에 고하였는데 증거 불충분으로 그 화살이 고스란히 자신에게 돌아왔고 당시 증거는 없어도 증인은 있다며 그간 이 일에 가장 목소리를 높였던 삼십년 지기 친구를 지목하였으나 이 친구는 갑자기 자신은 모르는 일이라며 잡아떼었다고 한다. 그간 이 사건을 가장 열심히 파헤쳐온 장본인이 사람들 많은 데서 혼자 발을 쏙 빼버리니 내 지인은 하늘이 무너지는 듯 한 충격을 받았다고 했다.

"다른 사람도 아니고... 그놈이 그럴 줄은 정말 몰랐어."

하며 한숨을 푹 쉬는데 순간 뭐라고 위로해야 할지 떠오르지 않았다.

그 사건으로 그는 직장에서 죄 없는 상사를 모함한 직원으로 낙인 찍혀 퇴사하였고 시간이 꽤 지난 뒤 그 친구를 만나 그때 왜 그랬는지 물어보았다고 했다.

"너도 알다시피 나는 여기서 나가면 정말 힘들잖아." 그랬다. 증거 불충분으로 상황이 불리할 것 같으니 자신의 생계를 최우선 순위로 둔 것이다. 이처럼 사람에게 한 번씩 눈뜨고 코 베이고 나면 귀신보다 사람이 더 무섭다는 생각이 들지만 그렇다고 살면서 믿을 놈 하나 없는 것만큼 외로운 일도 없다.

인생을 외롭지 않게 살아가기 위해 당신은 인연에 대한 해석을 보다 관대하게 할 필요가 있다. 누군가가 인연이라는 옷을 입고 당신에게 다가올 땐 반드시 어떠한 작용을 하기 위해 오는 것이다. 그것이 행복을 주는 인연일 수도, 깨달음을 주는 인연일 수도, 고통만 주는 인연일 수도 있다. 그중 누군가는 당신에게 귀신보다 사람이 무섭다는 것을 깨닫게 하기 위해 배신이라는 시나리오로 찾아온다.

학창 시절에는 수학, 국어, 과학, 사회, 음악 등의 교과서가 있었고 성인이 되니 다양한 사람과 사건이 얽혀 인생 교과서가 하나씩 늘어간다. 그중 배신은 인연이라는 인생 교과서 중 한 페이지에 불과하다. 게다가 사람은 사람으로부터 배우고 성장하기 때문에 자신을 괴롭힌 인연으로부터 얼마나 배울 것이 많은지 모른다. 이십 대 때 나쁜 남자, 나쁜 여자 좋아하던 친구들은 그들에게 호되게 당하고 난 뒤 지금은 좋은 인연을 만나 행복한 결혼 생활을 하고 있다. 결과적으론 우리를 힘들게 한 인연들은 우리가 좋은 인연을 찾아갈 수 있도록 돕는 훌륭한 교과서가 되어주었다. 그러니 괜한 트라우마로 사람들과 등지려는 시동을 걸지 말고 살면서 당신을 괴롭게 하는 인간을 만났을 때 아래 세 가지를 마음에 되뇌어보자.

1. 원래 귀신보다 사람이 더 무섭다는 것을 인정할 것
2. 당신의 긴 인생 중 악연은 고작 한 페이지에 불과하다는 것

3. 그 몹쓸 인연도 내 인생에 나름의 역할을 하고 갔다는 것

그러니 믿을 놈 하나 없다는 말에 자신을 가두어 인생을 외롭게 만들지 않길 바란다.

세상에 믿을 놈도 많다.

03

급전이 필요할 때

———

살면서 카드값 돌려막기 하는 사람은 본 적이 있어도 빚 돌려막기 하는 사람은 작년에 처음 봤다. 나는 조심스럽게 이 사람의 행동을 관찰하기 시작했고 머지않아 이 사람이 반복하는 몇 가지 패턴을 발견하였다. 그가 누군가에게 돈을 빌릴 땐 늘 정해진 시나리오가 있었다. 다음 주에 돈 들어올 곳이 있다며 먼저 상대방을 안심을 시킨 뒤 다급한 상황을 연출하여 감정으로 호소하는 것이다. 갑자기 병원비를 내야 된다. 사고가 났다는 둥 마치 그 돈을 안 빌려 주었다가는 내가 인정이 없는 사람이 되는 것처럼 느껴져 거절하기 쉽지 않게 만들었다. 게다가 그는 나름의 거래 요령이 있었는데 일단 큰돈을 이야기한 뒤 상대방이 바로 오케이하면 땡큐고 그렇지 않으면 금액을 낮추어 다시 제안하는 것이었다. 처음에 천만 원을 이야기하였다가 백만 원으로 낮추어 다시 제안하면 상대방은 상대적으로 금액에 대한 부담이 훨씬 작게 느껴져 승인할 확률이 높아지는 심리를 이용한 것이다. 이러한 방법으로 빌린 돈은 지난달에 빌린 돈을 갚는 데 사용되었으며 오늘 빌린 돈을 갚기 위해 또 누군가의 주머니를 털어와야 하는 악순환이 계속되고 있었다. 결국, 이 지인은 현재 가족들에게도 외면당한 상태이다. 아무도 그의 말을 믿어주지 않으며 도와주려 하지 않는다. 이는 타인의 돈을 쉽게 생각한 대가라고 생각한다.

빚 돌려막기 중인 사람은 본인이 원해서 이 악순환을 이어가기보단 없는 돈이 계속 없어서 그렇게 돌아갈 수밖에 없는 상황이었다. 늘 빌려 가는 놈이 빌리고 빌려주는 놈이 빌려준다. 채무 관계에도 패턴이 있으며 이 패턴에 한번 잘못 말려들면 헤어날 수가 없다.

나에게 돈을 빌려달라고 했던 두 지인이 있다. 첫 번째 지인은 다음 주가 여자 친구 생일인데 월급이 다음다음 주에 들어오니 돈을 빌려달라고 하였다. 나는 이 말을 듣고 세 가지를 모순점이 떠올랐다.

1. 당장 여자 친구한테 생일선물을 안 사준다고 어떻게 되는 것은 아니며 정 사주고 싶거든 형편껏 준비하면 되지 않는가? 선물이 약소하다고 멀어질 인연은 어차피 얼마 못 가게 되어있다.

2. 만약 정말 선물을 사주고 싶었던 것이라면 사전에 계획하여 조금씩 모아두면 될 것 아닌가? 당장 다음 주가 생일인데 수중에 돈이 없다고 남에게 손 벌리는 건 본인의 싼 똥을 남에게 치워달라는 무책임한 행동으로밖에 보이지 않는다.

3. 염치가 있다면 선물을 사고 싶은 마음보다 남에게 돈 빌리는 미안함이 더 커야 되지 않을까?

또 다른 지인은 요즘 힘든데 자신의 적금을 깰 수 없는 상황이라며 나에게 돈을 빌려달라고 했다.

나는 이 말을 듣고도 두 가지 생각이 떠올랐다.

1. 타인을 불편하게 하는 것 보다 당신의 돈이 더 중요한가?

2. 그게 아니라면 손을 벌리는 건 최후의 보루가 되어야지 최우선이 되어서야 되겠는가?

내가 이 사람이었으면 타인에게 손을 벌릴 바엔 내 적금부터 먼저 깼을 것이다. 사람에게 돈을 빌려달라는 말을 꺼내는 순간 마음의 빚까지 함께 지는 것이며 설령 상대방이 아주 친절하게 거절하더라도 속으론 이미 당신에 대한 신뢰가 떨어졌을 수도 있다. 당신이 상대방 돈을 가볍게 여기면 상대방은 당신의 존재를 먼지보다 더 가볍게 여기게 될 것이다. 그러니 당장에 눈앞의 급한 불을 끄기 위해 돈으로 환산할 수 없는 커다란 가치를 잃어버리지 않길 바란다.

04

왠지 모를 찜찜함이
몰려올 때

———

　제주도에 호텔을 짓겠다며 한동안 부지만 보러 다닌 지인이 있다. 부지 계약 후 호텔이 다 지어질 무렵 왜 이곳을 선택하게 되었는지 여쭤보았다. 이에 내가 예상한 답변은 "여기가 땅값이 저렴해서", "부동산 가치가 높은 곳이라", "위치가 공항에서 멀지 않아서", "경치가 좋아서" 정도였다. 하지만 생각보다 이유가 너무 단순해서 놀랐다. 그냥 "여기다!" 하는 촉이 왔다고 하였다. 그렇다고 이분이 막무가내 지르는 것은 아니었다. 수개월 알아보고 또 알아보다 결정적인 순간엔 직감이 함께 작용한 것이다. 그러고 보니 나도 처음에 강의를 시작하였을 때 비전, 연봉 등을 묻고 따지지 않고 '이거다.' 하는 알 수 없는 끌어당김이 전부였던 것 같다. 그리고 강의를 시작하고 일 년쯤 지나고 나서야 내가 왜 그토록 이 업이 끌어당겼는지 머리가 하나씩 납득하기 시작하였다. 또한 나의 직감은 일상에서도 영향을 미친다. 간혹 왠지 내키지 않는 자리가 있는데 마음은 가지 말라고 무수히 많은 신호를 보내왔지만, 머리로 합리화시키며 내 몸을 억지로 끌고 나간 적이 있다. 결국 '아 괜히 왔네.' 하며 후회한 적이 한 두 번이 아니다. 특히 인간관계에서도 직감이 강하게 발동할 때가 많은데 심지어 누군가가 나에게 도움을 주고자 하여도 마음이 밀어낼 때가 있다. 당시에는 왜 그런 마음이 들었는지 이해하지 못하지만, 시간이 지나 상대방에 대해 하나둘씩 알게 되며 밀어내길 잘했다는 생각이 들 때가 많았다.

이뿐만 아니라 여느 때와 같은 회사 전화에도 벨 소리에서부터 심장이 덜컹 내려앉을 때가 있는데 그럴 때 전화를 받아보면 정말 일이 터져있어 당황스러울 때가 많았다. 이처럼 내 직감이 맞아떨어졌던 사례를 지인들에게 얘기한 적이 있는데 그 중 한 명이 크게 공감하며 자신의 이야기를 이어갔다. 주위에 모든 사람이 이 사업은 무조건 잘된다며 장담하였는데 본인은 계속 알 수 없는 찜찜함이 남아있었다고 했다. 하지만 아무리 계산기를 두드려봐도 잘 될 수밖에 없을 것 같아 강행하였다 큰 손실과 이어진 경험을 한 뒤론 요즘은 조금이라도 꺼림직한 느낌이 있을 땐 일단 보류해 놓고 천천히 다시 검토한다고 했다.

수많은 유명한 경영인들, 버진(Virgin)그룹의 최고경영자인 리차드 브랜슨, 애플의 전 최고경영자인 스티브 잡스 같은 사람들은 모두 직감적인 의사결정에 능했다.

스티브 잡스는 "당신은 어떤 것들은 믿어야 한다. 당신의 직감, 운명,

인생, 인과응보 또는 나머지 모든 것들을. 이 방법은 내가 여러 번 해보니 효과가 좋았다. 게다가 내 인생도 바꿔주었다"라고 말한 적이 있다. 사회심리학자이자 〈직관의 두 얼굴: 순간의 선택을 좌우하는 본능적 직감의 힘과 위험〉의 저자인 데이비드 마이어스는 직감을 활용하면 몇 초안에 다른 사람이 좋은 사람인지 나쁜 사람인지 판단할 수 있으며 정확도도 높다고 보았고, 이스라엘의 텔아비브대의 마리우스 어셔 심리학과 교수 연구진이 '인간의 직감 90% 적중' 가설과 관련된 실험을 한 결과, 실제로 참가자들이 평균 90%의 확률로 정답과 맞췄다는 결과를 얻었다4).

살다 보면 우리의 머리보다 본능이 더 똑똑할 때가 있다. 단지 머리처럼 신속하게 근거를 찾아 합리화시키지 못할 뿐이다. 본능은 우리에게 시시때때로 신호를 보내오지만 우리는 머리로 짓누르며 간과 할 때가 많다. 어느 날 문득 당신의 마음속 어딘가에서 알 수 없는 신호를 보내온다면 잠시 결정을 멈추고 내면의 신호에 집중하여 보자. 당신이 생각했던 것보다 당신의 본능이 더 위대한 일을 해낼 수도 있다. 이제부턴 자기 자신 안에 담긴 혜안을 간과하지 않길 바란다.

---

4) http://blog.daum.net/_blog/BlogTypeView.do?blogid=09pjk&articleno=18349442&categoryId=766938?dt=20161102215615 저작권자 대기원 시보

05

남을 뜯어말릴 때와
나를 뜯어말릴 때

———

　살다보면 남들 눈에는 다 보이는데 내 눈에만 안 보이는 것이 있다. 더 정확하게 말하면 내 눈에만 안 보이는 시기가 있는 것 같다. 지인의 어머니가 몇 차례나 사기당하는 바람에 온 가족이 힘든 시간을 보냈었다는 하소연을 들은 적이 있다. 사기당한 이력이 한두 번이 아닌데 가족들은 왜 안 말렸냐고 물었더니 매번 수백 번은 뜯어말렸지만, 그때마다 그 사람 아들이 의사라는 둥 아내가 변호사라는 등의 스펙을 늘어놓으며 정말 믿을 수 있는 사람이라고 확신하였기에 아무리 말려도 소용없었다고 했다. 그런데 이런 일들은 주위에서 생각보다 많이 발생한다. 친구가 폭언을 일삼는 남자친구 때문에 너무 힘들어하길래 이렇게 힘들게 하는 인연은 좋은 인연이 아니라며 헤어지라는 이야기를 수십 차례 했음에도 친구는 헤어지지 않았다. 그리고 오랜 시간이 지나고 나서야 "그때 네 말을 들을 걸……. 세월만 흘렀네." 하며 후회하였다.

　사실 나도 돌이켜보면 친구들이 아무리 뜯어말려도 잘 안 듣고 살아왔던 것 같다. 예전에 모든 친구가 입사를 만류한 회사임에도 불구하고 입사했다가 땅을 치고 후회한 적도 있고 혼자 여행 다니면 위험하다고 그렇게 주위에서 말렸는데 강행하다 국제 미아가 될 뻔한 적도 있다. 나는 이십 대 때 부모님이 가지 말라고 하는 길을 향해 몸부림쳤고 하지 말라는 일에는 죽자고 달려들었다. 세월이 지나고 보니 부모님 말씀이 다 맞았는데 그땐 어쩜 그렇게 하나도 안 보였는지 모르겠다. 내가 왜 그렇게 타인의 조언을 귓등으로도 안 듣고 살았나 생각해보니 타인이 나를 말리는 의지보다 내가 진행하고자 하는 의지가 훨씬 더 강했기 때문이다. 반대로 내가 누군가를 말릴 때 목에 핏대가 설 정도로 열변을 토하여도 그들의 마음을 쉽게 바꿀 순 없었던 것 역시 같은 이유에서였다. 상대방은 수일 내지 수개월의 고민 끝에 이야기했는데 나는 고작 일 분의 고민도 없이 그 자리에서 내뱉는 말로 상대방의 오랜 의지와 맞섰던 것이다. 어떻게 삼십 시간 이상이 투자된 생각을 삼십 분짜리 반론이 이기겠는가?

부모가 자녀와 교제 중인 이성 친구를 만난 뒤 이런저런 이유로 헤어지라고 하면 자녀가 바로 "네, 알겠습니다." 하며 수긍하지 않는 것도 이와 유사한 논리이다. 자신은 삼 년을 만났는데 삼십 분 만에 부모가 판가름하였다면 그 말이 얼마나 설득력이 있게 들리겠는가? 삼 년을 매일 만나온 본인의 생각을 더 신뢰하는 건 너무도 당연한 일이다. 자녀의 관점에서 충분히 고민해 보는 생각의 숙성 단계가 빠져있으면 아무리 현명한 조언도 그저 듣기 싫은 잔소리에 불과하다. 게다가 잔소리는 늘 성난 표정과 듣기 싫은 말투까지 덤으로 따라붙으니 자녀 입장에선 더더욱 거부감이 생길 수밖에 없다. 일반적으로 자신이 쏟은 에너지와 시간에 비례하여 자기 확신이 강해진다. 만약 내가 길을 지나가다 즉흥적으로 "저 옷 이쁘네 살까?" 라고 했을 때 친구가 옆에서 "너무 튀어서, 사놓고 입을 일 없을 것 같은데?" 라고 한마디 툭 던지면 "그렇긴 하겠다?" 라며 쉽게 받아들이지만 내가 몇 주를 고심 끝에 고른 옷을 친구가 "색상이 조금 어둡지 않아?" 라고 이야기한다면 이미 몇 주에 걸쳐 구매 합리화에 힘써온 나는 "어두워서 더 고급스러워 보여, 밝은 외투랑 입으면 포인트가 될 거야~" 하며 반박하였을 가능성이 크다. 괜히 어설프게 조언했다가 "네가 뭘 알아", "내가 다 그거까지 생각해서 결정한 거거든?" 등과 같은 쓴소리를 듣기 십상이다. 당신이 정말 상대방을 말리고 싶다면 급하게 시동을 걸지 말고 그들만큼 고민한 뒤 생각을 정리해서 차분하게 말해라. 강한 부정은 반발심만 더 생기게 할 뿐이다.

반대로 주위 모든 사람이 당신을 뜯어말릴 땐 일단 진행을 보류하는 것을 권한다. 당신의 소중한 사람들이 전부 만류한다는 것은 생각의 전환이 필요하다는 객관적인 신호이다. 남들 눈에는 다 보이는데 내 눈에만 안보일 땐 시간을 두고 천천히 들여다보며 심사숙고하는 것이 절대 손해가 아니다. 만약 시간이 지나도 여전히 보이지 않고 당신의 결정에 확신한다면 그 길을 그냥 가보는 것도 괜찮다. 당시에는 죽어도 안 보이던 것들이 모든 것을 경험한 뒤에 모습을 드러내기도 한다. 이처럼 지나고 보이는 것 역시 세월이 선사하는 귀중한 열매 중 하나다. 당시에는 보이지 않은 덕에 시간이 지나 더욱더 커다란 깨달음이 되어 돌아오기도 하니 당신 눈엔 다 보이지만 상대방의 눈에 보이지 않는다고 못마땅해 할 것도 없고 남들 눈에 다 보이지만 당신 눈에만 보이지 않는다고 답답해할 필요도 없다.

06

리스크 사이즈를
계산하라

———

당신은 마음에 드는 옷을 보면 무엇부터 확인하는가? 일반적으로는 가격과 사이즈를 먼저 확인한다. 당신이 생각했던 것보다 가격이 낮으면 횡재한 기분이 들며 바로 지를 확률이 높고 예상했던 것보다 살짝 가격이 높으면 망설이게 되고 터무니없이 높으면 그냥 손에서 놓아버린다. 옷이 아무리 마음에 들어도 한 달간 힘들게 번 돈을 옷 한 벌에 다 쏟을 만큼 무모하지는 않기 때문이다. 이처럼 우리는 옷 한 벌을 살 때도 무의식중에 위험 부담을 계산한다. 뿐만 아니라 인터넷에서 옷을 구매하면 크기가 맞지 않거나 자신과 안 어울릴 수 있는 리스크가 있기 때문에 태그를 떼지 않은 채로 조심히 입어보며 공기청정기 한 대 살 때도 타사와 가격 비교, A/S 기간, 기능 등을 고루 비교하여 구매한다. 우리가 타사 제품과 가격을 비교하는 것은 합리적인 지출을 위함이며 A/S 기간을 확인하고 구매 후에도 품질 보증서 등을 보관하는 이유는 만일에 제품이 고장 났을 경우를 대비하는 행동이다. 이처럼 우리는 일상에서 알게 모르게 리스크를 최소화하는 행동이 몸에 배어있다. 그런데 한 번씩 사람만 믿고 위험 부담을 계산하지 않는 오류를 범할 때가 있다.

몇 년 전 친한 동생이 고민이 있다며 전화를 걸어왔다.

친한동생 : "누나, 저 투자제안 받았어요."

나　　　 : "네가 돈이 어딨다고"

친한동생 : "대출받으려고요"

나　　　 : "얼마나?"

친한동생 : "이억이요"

내가 어디다 투자할 거냐고 묻자 본인이 현재 일하고 있는 분야와 전혀 다른 직종의 스타트업을 줄줄 소개하며 투자제안자가 믿을 만한 사람이라는 것을 증명이라도 하듯 재력가 집안이라는 사실과 그 사람의 화려한 이력을 덧붙였다.

나는 조용히 이야기를 듣다가 물어봤다.

나　　　 : "대출받은 이억을 다 날렸다고 가정해봐, 너 괜찮겠어?"

친한동생 : "당연히 안 괜찮죠."

나　　　 : "네가 최악의 상황에서도 감당할 수 있는 만큼만 투자해"

얼마 전 식당을 개업하려는 지인에게도 쫄딱 망해도 괜찮겠냐고 물어본 적이 있다. 그녀는 나보고 무슨 망언이냐며 인상을 찌푸렸다. 나는 그녀가 망할 것이라고 생각한 것도 아니고 망하길 바라는 것은 더더욱 아니었다. 난 단지 경험이 전무한 요식업에 뛰어들며 간과했던 리스크에 그녀가 잡아먹힐까 걱정되었을 뿐이다.

누구나 스타트업을 시작할 땐 대박을 희망하지만 당장 오늘 하루도 내 뜻대로 안 되는 것이 우리의 삶이기에 작은 결정에도 리스크 사이즈를 먼저 계산하는 것이 도움이 된다. 여기서 중요한 건 사람마다 소화 가능한 위험 부담의 범위가 다르다는 것이다.

지인 A와 B는 둘 다 수중에 현금이 이천만 원도 없었다. 그런데 나는 A가 사업한다고 했을 때는 에너지를 격하게 쏟아가며 말렸고 B가 사업한다고 했을 때는 힘내라고 하였다. 혹자는 A는 자질이 없고 B가 능력자라 그런 것 아니냐고 하였지만 나는 감히 그들의 능력을 판단할 그릇이 못 되며 사업이 개인의 능력만으로 승패가 좌우된다고 생각하지 않기 때문에 자질을 논한 것은 아니었다. 둘 다 당장 현금은 없었지만, 지인 A는 자식이 둘이나 있었고 배우자가 무직인 데다 처분 가능한 자산이 없어 자칫 온 가족이 너무 힘들어질 수 있는 상황이라 최대한 리스크를 두지 말라고 권한 것이고, 지인 B는 혹여나 잘못되어도 부양가족이 없는 데다 물려받은 부지, 자가 집 등을 정리하면 혹여나 일이 잘못되더라도 빚더미에 깔려 죽진 않을 것 같았다. 그렇다고 B가 타격을 안 받는 건 아니다. 빚에 깔려 죽진 않겠지만 감수해야 하는 고통은 만만치 않을 것이다. 하지만 적어도 B는 최악의 상황에서 어떻게든 자신의 힘으로 해결은 할 수 있는 상황이었기에 격하게 말리진 않은 것이다. 누구는 카드빚 오천만 원을 못 갚아 목숨을 끊고 누구는 하루에 오천만 원도 쉽게 소비하는 이 불공평한 세상 속에서 살아남으려면 당신의 리스크를 적나라하게 계산할 수 있어야 한다. 만약 당신이 감당할 수 있는 리스크보다 감수해야 할 리스크가 더 크다면 어떻게 해야 할까? 당신이 감당할 수 있는 리스크 사이즈를 키우는 방법과 리스크를 줄이는 방안을 찾아보고 둘 다 어려우면 조금 더 고민해보라고 하고 싶다. 돈은 있다가도 없고 없다가도 있다는 말은 대성한 사람들이나 하는 말이지 일반적으론 한번 휘청하고 나면 황금기까지 다시 회복하는 데에는 엄청난 시간과 에너지가 소진된다. 만약 리스크 계산을 하지 않고 냅다 덤벼들었다가 일이 잘못되기라도 하면 죽을 때까지 벌어도 이자만 내치다 끝날 수 있다. 반면에 리스크 사이즈를 적나라하게 계산하는 사람은 돈에 붙은 허황한 거품을 뺄 수 있기 때문에 성공할 가능성이 높다. 혹자는 나보고 왜 자꾸 최악의 상황으로 몰고 가냐고 이야기하겠지만 제아무리 뛰어난 사람도 살다 보면 인력으로 컨트롤할 수 없는 상황이 생기기에 모든 리스크를 피해 갈 수 없을뿐더러 최악의 상황이 반드시 남의 일이라는 보장이 없다. 현실에서는 드라마 속처럼 백마 탄 잘생긴 실장님이 힘들 때마다 도와주거나 난관 속에 허우적대다 갑자기 초대박으로 역 전환되는 일은 드물다. 그러니 부디 리스크 계산을 객관적으로 계산기 두드리듯 하여 냉혹한 현실로부터 당신을 지켜내길 바란다.

07

당신의 판단을
의심하라

———

　내 지인 중에 엄청난 동안이 있다. 사십 대 중반임에도 주름 하나 없이 탱탱하다. 그녀에게 이십 대 아들이 있다는 것이 믿기지 않을 만큼 그녀는 실제 나이보다 10살 이상 더 젊어 보인다. 얼마 전 수년 만에 만났음에도 세월이 그녀만 비껴가는지 조금도 늙지 않았다. 나는 친구들에게 삼십 대 같아 보이는 그녀의 사진을 보여주며 너무 부럽다고 했더니 한 친구가 "동안이긴 한데, 그래도 딱 봐도 사십 대 같은데?"라고 이야기하는 것이다. 아마 나는 오랜 시간 그녀를 알아오며 그녀를 주관적으로 바라보고 있었던 것 같다. 그리고 보니 아무리 엄청난 동안이라도 막상 정말 삼십 대를 옆에 세워놓으면 나이 차이가 확연히 드러날 수밖에 없다. 또래보다는 훨씬 젊어 보이는 것은 사실이지만 세월을 다 감출 수 없는 것이다.　예전에 지하철에서 70대 할머니 두 분이 나누는 대화를 얼떨결에 듣게 된 적이 있다. 서로 "어릴 때랑 똑같아, 하나도 안 변했어" 하며 손뼉 치며 대화하시는데 이분들은 누가 봐도 백발 할머니인데 하나도 안 변했다는 말에 나도 모르게 입가에 웃음이 번졌다. 그런데 나도 동창들 만나면 분명 아줌마 아저씨가 되었음에도 정말 어릴 때 모습 그대로라는 말을 쏟아내곤 한다. 이처럼 우리의 시각과 생각은 상대적이고 주관적일 때가 많다.

내가 어제까지 100만 원을 벌다가 누군가 급여를 200만 원 주겠다고 유혹하면 우와! 하면서 달려갈 확률이 높지만 내가 어제까지 달에 일억을 벌다 누군가 내일부터 일억 백만 원을 주겠다고 유혹하면 선뜻 오케이를 날리지 않을 것이다. 양측 다 똑같이 급여를 100만 원 더 높여 제안한 건데 백만 원을 벌 땐 이백만 원이 급여의 두 배가 되어 크게 느껴지고 매달 일억씩 벌 땐 100만 원이 상대적으로 아주 작게 느껴져 마음이 선뜻 움직여지지 않는 것이다. 이렇듯 우리는 자신이 놓인 상황에 따라 같은 백만 원에 대한 생각도 상대적이며 주관적이다. 그렇다 보니 나는 매번 심사숙고한다고 해도 결과적으로 판단 오류를 범할 때가 있다. 내가 범하는 오류는 크게 사람과 일로 나뉜다. 평소에 워낙 조용하고 침착한 성향의 지인에게 사무직이 잘 맞을 줄 알고 권했는데 몇 달이 지나고 나는 당시에 내 판단이 성급했다는 것을 깨달았다. 알고 보니 그녀의 내면에는 엄청난 활동성이 있었다. 결국 그녀는 사무실이 적성에 안 맞는다며 머지않아 사직서를 제출하였다. 만약 나의 주관적인 시선이 아닌 적성 검사 등을 통하여 그녀의 적성을 객관화시켰다면 그녀에게 안 맞는 옷을 입으라 권하지 않았을 수도 있다. 예전에 브랜드 인지도가 없고 단가도 높아 해외 시장과는 맞지 않을 것이라고 섣부른 판단을 한 뒤 고객사에 제안을 중단한 적이 있는데 몇 개월 뒤 현지에서 그 제품이 대박 났다는 소식을 듣고 나의 어리석은 판단을 얼마나 자책했는지 모른다. 만약 내가 현지 시장조사를 더욱 철저히 하여 데이터를 객관화했더라면 그렇게 섣부른 결정을 하지 않았을 것이다. 이러한 판단 오류에는 여러 가지 원인이 있겠지만 내 결정은 주로 그간의 경험을 통해 적립된 주관적인 관념이 베이스가 되어 시야가 넓지 못하였던 것이 주원인이 되었다. 그런데 많은 이들이 주관적인 생각의 틀에 갇혀 있음에도 자신의 머리가 옳다고 생각한다. 직장에서도 무조건 자신이 옳다는 사람이 있는데 이러한 생각이 강한 사람일수록 귀를 닫고 타인의 조언을 듣지 않으며 주위 사람들과 소통이 단절되기 쉽다. 진정한 리더십은 객관적이고 합리적인 판단으로 직원들의 자발적인 지지를 얻어내는 것인데 대다수의 조직이 그냥 위에서 내린 결정이니 입 다물고 따르라는 식이다. 내가 이런 이야기를 하면 당연히 따라야 할 지시사항에 무슨 명분까지 만들어줘야 되냐며 볼멘소리를 하곤 하는데 결정에 대한 객관성이 부족하면 업무의 필요성을 못 느껴 마치 도살장 끌려가는 소처럼 수동적으로 따라가게 되는 것이다. 이렇게 장시간 방향성 없이 질질 끌려가다 보면 배가 산으로 가는 상황이 생기곤 한다. 당신이 정말 합리적인 판단을 한 것이라면 자기 생각을 객관화시킬 수 있어야 한다. 지속해서 자신의 견해를 객관화하고 구체화하면 타인의 자발적인 지지를 얻을 수 있을 것이다. 자기 생각의 틀에 갇힌 판단은 위험할 수 있다. 하지만 그 틀을 깨고 나와 다양한 각도에서 자신을 객관적으로 들여다보는 건 참 어려운 일이다. 특히 사람은 마음이 급할수록 시야가 좁아져 한쪽으로 치우친 결정을 내리기 쉽다. 옛말에 '급할수록 돌아가라' 라는 속담이 있다면 나는 '급할수록 시야를 넓혀라' 라는 말을 자주 한다. 당신의 생각을 객관화시키는 과정에서 시야가 넓어지기도 하지만, 당신의 시야가 넓어지면 자신을 객관적으로 바라볼 수 있게 된다. 당신의 주관적인 판단을 의심하고 또 의심하라. 자신의 생각을 의심할 수 있어야 객관화를 시키기 위한 갖가지 노력이 실력을 발휘할 수 있다.

08

타인의 눈에
피눈물 나게 하면

살면서 '타인에게 상처 주는 말은 하지 말아야지' 하고 여러 차례 다짐을 하여도 나도 모르게 상처를 줄 때가 있다. 내가 별 의미 없이 던진 말에 상대방이 상처받을 때도 있고 나 자신을 컨트롤 하지 못하여 상처 주는 말이 나올 때도 있다. 나름 조심한다고 해도 살면서 참 쉽지 않은 것 중 하나다. 그런데 지난 세월을 돌이켜보면 모르고가 아닌 고의로 상처 주는 사람도 꽤 있었다. 아예 작정하고 접근해서 등골을 빼먹는 사람도 있었고, 아랫사람에게 인신공격을 일삼는 상사도 있었다. 이밖에도 승진에 눈이 멀어 타인의 공로를 아무렇지 않게 빼앗는 사람도 있었고, 상대방의 약점을 이용해 협박을 일삼으며 상대방을 면전에서 대놓고 무시하는 사람도 있었다. 이들은 과연 본인의 행동이 잘못되었다는 것을 모르는 것일까? 이들의 언행은 초등학생들도 다 알만한 수준인데 모르기보단 그래도 된다는 생각이 강해서가 아닐까 싶다. 심지어 경쟁업체를 매도하기 위해 악성 루머를 퍼뜨리거나 악의적으로 곤란에 빠뜨리는 업체도 있다. 그렇게 되면 경쟁 업체는 큰 타격을 입으며, 상황이 심각해지면 비즈니스 생

명이 끝나기도 한다. 이때 기다렸다는 듯 만세를 외치는 사람이 있다. 자신들이 뿌린 약이 제대로 먹혔다며 이젠 자신들의 세상이 왔다고 손뼉 치며 기뻐한다. 주위를 보면 이렇게 못된 사람들이 승진도 더 빨리 되고 사업도 더 잘되는 것처럼 보인다. 갑질을 일삼고 힘없는 사람들의 피를 빨아먹으며 호의호식하는 사람이 잘되면 나도 저렇게 살아야 하나? 싶을 때도 있다. 그런데 그런 못된 인간들의 10년, 20년 뒤 이야기를 들어보았는가? 당시엔 사람들을 짓밟고 그렇게 잘나가던 사람들이 대부분 뒤끝이 좋지 않았다. 물론 이들이 100% 전부 망한다는 근거자료는 없지만, 예전에 한동안 이슈가 되었던 갑질 사건도 아주 오랜 세월 쌓여온 폐단이 결국엔 세상에 낱낱이 그 실체가 드러나지 않았는가.

근래에 한 지인을 만나 다른 사람 눈에 피눈물 나게 하면 그 피눈물은 반드시 되돌아온다고 이야기하였는데 그는 이 말에 격하게 공감하며 자신의 경험담을 털어놓았다. 예전에 자동차 수출을 위해 세 명의 동업자가 뭉쳤는데 수익이 발생할 때쯤 그 두 명이 짜고 함정을 파 자신을 고소하는 바람에 검찰 조사까지 받았다고 한다. 그런데 그렇게까지 했으면 자기들끼리 잘 먹고 잘살아야 하는데 결국 그건은 실패로 돌아갔고 지금까지도 그들은 잘 안 풀리고 있다고 하였다. 이 지인 뿐만 아니라 자신의 과오를 인정한 한 사업가가 나에게 자신의 질못에 내해 솔직하게 털어 놓은 적이 있다. 수년 전에 한 업체에 납품하기 위해 자신의 인맥을 총동원하여 엄청난 압박을 가한 적이 있는데 그때 이후 지금까지도 그 업체에는 일절 납품을 못 하고 있다고 하였다. 그는 "상대방이 잘되게 해주어야 그들도 나를 잘되게 해주는 것인데…. 그땐 몰랐어." 라는 말을 덧붙이며 자신의 방법이 잘못되었음을 후회하고 있었다. 간혹 만날 때마다 "난 사업가 자질이 없나 봐, 상황에 따라 사람도 버리고 말도 바꿔야 하는데 난 그걸 못하겠어." 하며 자신의 곧은 성품을 비관하는 사람이 있다. 나는 이런 말을 들으면 "아니에요, 그렇게 자기 필요에 따라 신의를 저버리는 얌체들은 언젠간 제 발에 걸려 넘어지게 되어있어요. 지금 잘하고 계신 거예요." 라며 상대방의 곧은 성품을 격려한다. 다른 사람의 피눈물 위에 올라선 자리는 겉으로 보이기엔 화려하고 웅장해 보여도 끝이 안 좋거나 이미 우리가 보이지 않는 곳에서 피눈물을 흘리며 살고 있을 수 있다. 조금 더디게 가는 것 같아도 다른 사람을 위할 줄 아는 당신의 한 걸음 한 걸음을 응원한다.

09

순간을 모면하려다

낯선 사람과 선을 본 첫날 결혼을 결심한 여자가 있다. 그녀가 이 토록 결혼을 서둘렀던 이유는 단 하루라도 빨리 자신의 집에서 탈출하고 싶어서였기 때문이다. 그녀의 아버지는 알코올중독에 폭언을 일삼는 사람이었고 그런 아버지와 함께 살며 죽기보다 괴로운 시간을 보내고 있던 그녀는 하루빨리 독립하여 자신의 가정을 꾸리고 싶었다고 한다. 그렇게 선본지 몇 개월 만에 결혼한 그녀는 비록 아버지로부터 탈출은 하였지만, 또 다른 지옥이 시작되었다. 알고 보니 이 남자는 알코올중독까진 아니었지만 한 번씩 술을 마시면 굉장히 난폭해졌으며 결혼 전부터 여자가 있었는데 결혼 후에도 정리가 되지 않았다. 결국 첫 아이를 낳고, 얼마 지나지 않아 이혼하며 태어난지 얼마 안 된 자식과도 이별하게 되었으니 마음에 더 큰 상처를 남기고 말았다. 이처럼 인생의 똥 밭을 벗어나기 위해 아무 차에나 올라타는 건 굉장히 위험한 일이다. 정말 알코올중독 아버지로부터 탈출하고 싶다면 굳이 결혼하지 않더라도 독립할 방법이 있었을 것이며 설명 결혼이 유일한 답이라고 판단하였다 하더라도 본인이 이전과 같이 불행을 반복하지 않기 위해 더욱 신중해야 하지 않았을까. 무작정 선을 보기 전에 자신이 어떤 남자를 만나야 행복하게 살 수 있는지 구체화해 두었거나 그 남자와의 첫 만남에서 결혼 결심을 하지 않고 시간을 충분히 두고 상대방을 이해하였더라면 실패 확률은 확연히 줄어들었을 것이다. 살다 보면 그 순간을 모면하려다 더 큰 불구덩이에 빠지는 일이 한 번씩 있다.

요즘에는 퇴사하고 과감하게 유럽 여행을 다녀오는 사람도 많아졌지만, 예전에는 이직할 곳을 먼저 알아보고 이직을 확정하는 사람이 많았다. 그런데 이직할 회사를 알아볼 때 '현재 직장을 벗어나는 것'이 급선무가 되면 합리적인 판단보단 일단 급한 불부터 끄고 보자는 마음으로 직장을 선택하게 되어 지금과 비슷한 상황이 악순환되기 쉽다. 특히 오랜 시간 무직 상태로 지내다 '일단 백수만 아니면 되지' 하는 생각으로 자신이 무슨 일을 할지, 연봉협상도 제대로 안 하고 뛰어들었다가 얼마 지나지 않아 적성에 안 맞는다, 복지가 안 좋다, 노동의 대가에 비해 연봉이 적다며 그만두는 사람도 많다. 뿐만 아니라 당장의 순간을 모면하기 위해 거짓말을 했다가 거짓말이 거짓말을 낳아 나중에는 걷잡을 수 없는 상황에 빠지기도 한다.

그간 똥차가 싫어 무작정 뛰어내렸는데 막상 내리고 보니 더 큰 똥밭이었던 경험을 여러 차례 한 뒤 이제는 그 순간을 모면하려고 발버둥치기보단 그 상황과 정면 돌파하려고 한다.

당장의 직면한 문제도 풀지 못하면 그 순간에서 벗어난다고 문제가 사라지겠는가. 이 직장에서 해결하지 못한 인간관계는 저 직장가도 마찬가지이며, 여기서 하기 싫은 업무는 다른 곳에 가도 당신의 발목을 붙잡을 것이다. 도망갈 땐 가더라도 엉킨 실을 어느 정도 풀어내야 다음 열쇠에 대한 단서를 얻을 수 있다. 이전과 같은 상황이 반복되지 않으려면 정면 돌파에서 얻은 단서를 토대로 전략적으로 움직여야 한다. 악순환의 고리를 끊어내는 것은 운명이 아닌 당신의 의지에 달려있다. 살다보면 누구에게나 도망치고 싶은 순간이 찾아온다. 하지만 그 순간으로부터 도망치기에만 급급하다 보면 더 큰 손실을 야기할 수 있음을 기억하자. 그럴 때일수록 전략적으로 움직여 순간이 아닌 영원히 그 상황에서 벗어나길 바란다.

10

정신적 자해를 할 때

———

누구나 한 번씩 우울한 감정이 몰려올 때가 있다. 그럴 땐 온갖 부정적인 생각들이 머릿속에 가득 차오른다. 그러다 감정이 더 끓어오르면 충동적인 행동으로 이어져 갑자기 사직서를 제출할 수도 있고 언행이 거칠어지며 싸움을 걸기도 한다. 그런데 여기서 멈추지 않고 감정이 더욱 극에 다다르면 자살 또는 살인과 같은 극단적인 행동으로 이어질 수도 있다. 이렇게 한순간의 감정 때문에 돌이킬 수 없는 행동을 하는 건 너무나 안타까운 일이다. 우리가 그 감정에 빠져있을 땐 마치 그 순간이 전부인 것 같지만 사실 우리의 감정은 굉장히 얕팍하다. 당신이 슬픔에 잠겨 자살하려는데 때마침 TV에서 로또 당첨자 발표를 하였고 당신이 1등에 당첨되었다면 당신은 그 상황에서도 계속 슬픔을 유지할 자신이 있는가? 과연 당신은 하던 자살을 마저 할 수 있을까? 이처럼 종이 한 장에 흔들리는 이 얕팍한 감정에 우리가 잡아먹혀서야 되겠는가. 부정적인 감정이 한없이 몰려올 땐 그 감정에 연결된 생각 또한 사실이 아니라는 것을 인지하고 있어야 감정의 골에서 벗어날 수 있다. 어쩌면 당신이 괴로운 건 상황 때문이 아니라 당신의 감정과 그에 연결된 생각 때문일 수도 있다. 다음 날만 되도 많이 누그러질 감정을 참지 못 참고 온갖 부정적인 생각과 연결해 자신을 지옥으로 떠미는 건 명백한 정신적 자해이다. 꼭 육체를 훼손시키는 것만이 학대가 아니다. 굳이 안 해도 될 생각을 머릿속에 죽어라 그어대며 괴로워하고 충동적인 행동으로 평생 지울 수 없는 고통과 후회가 남는다면 어쩌면 이는 육체적 자해보다 더 잔인한 일일 수 있다. 그러나 생각보다 많은 사람이 자신에게 정신적 학대를 하고 있다는 사실을 인지하지 못하며 살아간다. 감정으로부터 생각이 지배당할 때 내 머릿속에 가득 찬 생각을 부인하는 것은 너무나 어려운 일이다. 그 순간은 아무것도 안 들리고 아무것도 안 보이며 마치 내 머릿속에 차오르는 생각이 전부 사실인 것처럼 느껴져 헤어 나올 수 없다. 부정적인 감정이 몰려올 때 그 감정을 머리까지 전달하지 않는 것이 가장 확실한 차단이지만 여차하는 순간 순식간에 머리로 전달되어 버리기 때문이다. 그러면 여기서 할 수 있는 최선은 생각의 꼬리를 자르는 것이다. 만약 이조차 차단하지 못하면 그 생각의 꼬리는 꼬리를 물고 늘어져 당신의 감정을 더욱 바닥으로 끌어 내리게 될 것이다. 물론 애초에 안 좋은 감정 자체를 차단할 수 있으면 얼마나 좋겠냐마는 감정은 마치 숨 쉬며 공기를 흡입하듯 의식하지 않아도 우리에게 스며든다. 개인마다 감정에 영향을 받는 정도는 다르지만 누구에게나 감정은 존재한다. 나는 그간 다양한 방법을 동원하여 감정과 머리를 분리하는 노력을 기울여 왔다. 순간적인 감정에 치우쳐 헤어 나오기 힘들 땐 무조건 몸을 움직였다. 꼭 운동 같은 거창한 움직임이 아니라도 잠깐 설거지를 하거나 따뜻한 물로 샤워를 하거나 친구와 5분만 통화하여도 훨씬 나아졌다. 내가 감정의 늪에서 빠져나와 "그래, 이 생각은 사실이 아닐 거야. 잠시 감정에 지배당하고 있을 뿐이야"라고 되뇌는 데까지는 아주 오랜 시간과 노력이 필요했다. 하지만 나름의 노하우가 생겼음에도 여전히 힘들 때가 있다. 분명 몸을 움직였음에도 여전히 부정적인 생각을 떨쳐내지 못하는 날엔 이튿날의 태양에 희망을 건 채 최선을 다해 일찍 취침한다. 잠들기 직전까지가 괴로워서 그렇지 이튿날이 되면 내 요동치던 감정들이 고요해진다. 물론 괴로움이 완벽하게 사라지지 않는 날도 있지만 분명한 건 전날보다 훨씬 가벼워진다는 것이다. 취침하며 의식을 내려놓으면 복잡하게 얽혀있던 감정과 생각의 순환고리가 자연스럽게 끊어지는데 많은 사람이 이 하룻밤을 넘기지 못하고 자신을 훼손시킨다. 그러니 감정의 소용돌이에 휘말리는 날엔 죽을 힘을 다해 일찍 자는 것을 권한다. 나는 일찍 취침하기 위해 우유도 데워먹고, 운동을 통해 에너지를 빼거나 족욕을 하기도 한다. 만약 취침하는 방법이 마음에 썩 내키지 않는다면 당신만의 차단법을 찾아라. 어떤 방법이든 '지금 이 생각은 사실이 아니라는 것' 만 인지할 수 있으면 된다. 우리가 굳이 자신에게 정신적

자해를 하지 않아도 우리 삶은 충분히 고단하다. 그러니 정신적 자해로 자기 자신을 더 괴롭히지 않길 바란다.

Chapter

08

이미 백수이거나
백수가 되고 싶은
당신에게

> 행복한 백수로 사는 것이
> 결코 어려운 일이 아니다.
> 모든 건
> 남의 시선이 아니라
> 당신의 시선에 달려있다.

01

백수의 특권

———

식사하러 갔다가 대박 난 식당에 들어섰을 때, 친구의 고액 연봉을 알게 되었을 때, 사업하는 친구의 월 매출을 들었을 때 솔직히 하나도 안 부럽다면 거짓말이다. 그런데 그들을 부러워할 필요 없다. 그들은 오히려 백수를 부러워 할 테니까. 그들은 매일 같은 시간에 일어나 같은 곳을 향하고 종일 죽어라 일하다 정신과 육체가 너덜너덜해져 퇴근한다. 매일 밤 기절하다시피 잠들고 매일 아침 눈도 안 떠지는데 알람 소리에 강제 기상한다. 이제 막 누운 것 같은데 눈떠보니 아침일 땐 대체 잠을 잔건지 안 잔건지 구분이 안될 만큼 피곤하다. 그러다 문득 돈의 노예가 되어버린 자신을 보면 서글퍼지는 날도 있다. 현대판 노예로 살고 있는 당신의 지인들은 쳇바퀴 같은 일상과 전쟁 같은 일터에서 얼마나 벗어나고 싶겠는가. 친구들과 오랜만에 모여 서로의 근황을 묻다 근래에 회사를 그만둔 한 친구 말에 모두의 첫마디가 "우와! 좋겠다! 부럽다"였다. 사실 그 자리에 있던 우리 모두 백수가 되길 원했지만 현실적으로 그럴 수 없어서 참고 사는 것 뿐이었다. 그중 연봉이 높은 한 친구는 지금보다 덜 벌어도 되니 제발 저녁이 있는 삶을 살고 싶다고 소리쳤다. 이 친구는 겉으로 보기엔 남들이 부러워하는 삶을 사는 것 같았지만 시간의 노예로 살아가고 있었다. 자기 시간이 없어도 너무 없었다. 쉬는 날에도 스마트폰으로 실시간 날아오는 이메일, 전화, 메시지 때문에 하루도 마음 편히 쉴 수 없다. 걸려오는 전화를 안 받자니 혹여나 급한 일일까 싶어 받게 되고 휴대폰을 꺼놓자니 마음 한편이 찝찝해서 이저리도 저러지도 못한 채 휴일조차 노예를 벗어나지 못하는 삶을 살고 있다.

　매일 자신만을 위한 시간을 한 시간도 확보하기 어려운 그들에 비해 백수는 시간 부자다. 하루 24시간을 자신이 원하는 데로 안배할 수 있으니 일상에 주인이 된다. 원하는 만큼 자고 원하는 시간에 나갔다 들어올 수 있다. 오로지 자기 자신을 위한 시간을 할애할 수 있는 것이 백수의 가장 큰 특권이다. 당신은 모두가 부러워하는 시간 부자이다. 시간적 여유에서 마음의 여유가 나온다. 돈이 많다고 모두가 마음의 여유가 있는 것은 아니다. 자신이 버는 만큼의 대가를 치르느라 정신적으로 시달리고 시간에 쫓겨 마음의 여유를 찾지 못하는 사람이 수두룩하다. 당신은 능력이 없어서 백수가 된 것이 아니라 마음의 여유를 누릴 수 있는 삶을 선택한 것뿐이다. 게다가 백수는 치열한 관계의 전쟁을 치를 필요가 없다. 퇴근 후 소 도살장 끌려가듯 회식을 할 필요도 없으며 만나고 싶지 않은 사람 만나서 굽

신거리며 영업할 필요도 없다. 당신은 동료들과 죽어라 경쟁하며 승진하기 위해 아등바등하지 않아도 되며 그럴듯함 직함과 승진 속도에 연연하지 않아도 된다. 무엇보다 직장인은 회사가 원하는 시간에 출근해서 시키는 일을 하는 '피동적인 삶'을 살아가지만, 당신은 자신이 원하는 시간에 자신이 원하는 일을 할 수 있는 '능동적인 삶'을 살 수 있다. 백수의 특권이 이렇게나 많은데 주눅 들것이 뭐가 있는가. 이제부터 당신 삶의 주인이 되어 일상을 당당하게 리드하라! 어차피 누구나 일시적이든 영구적이든 육아, 은퇴, 이직 등의 이유로 백수의 길을 걸으며 지금도 많은 이들이 백수를 꿈꾼다. 당신은 이들보다 먼저 꿈을 이룬 선두주자로서 자부심을 가지고 어떻게 즐겁게 살 것인지만 고민하면 된다. 매일 백수의 특권을 누리며 즐겁게 살자! 백수는 인생의 종착역이 아닌 또 다른 시작이다.

02

사람마다 소화
속도가 다르다

———

지인들과 이야기 나누다 보면 누구는 하루에 4~5시간만 취침해도 정상 생활이 가능하다고 하고 다른 누군가는 최소 7~8시간 이상은 숙면을 취해야 하루를 버틸 수 있다고 한다. 점심 때 같이 짬뽕 한 그릇씩 먹고도 누구는 오후 5시만 되어도 출출하다고 하고 누구는 7시가 되어도 배가 안 고프다고 해서 당황스러울 때가 있다. 나에게는 하루 7~8km 정도 걸어주는 적합한 운동량이지만 아버지는 최소 20km 정도는 뛰어주어야 운동을 한 것 같다고 하신다. 나는 예전에 겁도 없이 아버지의 운동량을 따라 하다 숨이 잘 안 쉬어지는 듯 한 경험을 한 뒤로 타인의 운동량을 욕심내지 않는다. 같은 연령인데도 누구는 '나는 소주가 안 맞다' 하고 또 누구는 '난 맥주가 안 맞다' 고 외치고 회식 때 보면 소주 3병에도 끄떡없는 사람이 있고, 반면 소주 한잔에도 얼굴이 붉어지며 취기가 오르는 사람도 있다. 이렇다 보니 누구나 한 번쯤 타인의 주량과 속도에 맞춰 술을 마시다 죽다 살아난 적이 있을 것이다. 이처럼 사람마다 인생을 소화하는 속도 역시 제각각인데 우리 사회는 정해진 시기에 정해진 행동을 필요로 하는 경우가 많다.

마치 태어날 때부터 약속이라도 한 것처럼 스무 살이 되면 대학을 가야하고 졸업하면 취업을 하라고 하고 취업하면 결혼을 하라는 분위기고 결혼하면 자식을 낳으라고 한다. 사람마다 주어진 환경과 살아가는 방식이 제각각인데 어떻게 모두 동일한 시기에 동일한 액션을 취할 수가 있겠는가? 상황이 여의치 않아 돈부터 벌고 나중에 대학을 갈 수도 있는 것이고 남들보다 더 늦게 돈을 벌기 시작할 수도 있는 것이다. 예전에 대학 졸업 후 다들 막 취업하기 시작했을 때 한 친구가 "친구들 다 돈 버는데 나만 이러고 사네." 하며 한탄을 하였는데 지금은 친구들 중 이친구가 돈을 제일 잘 벌고 있으며, 이십 년 가까이 대출금 갚느라 쉬지 않고 죽어라 일해도 계속 적자상태를 유지하였던 한 지인은 사십 대 중반이 되면서부터 일이 술술 풀리기 시작하더니 지금은 그 누구보다 훨씬 여유로운 생활을 하고 있다. 이처럼 평생 죽어라 일하여도 돈 한 푼 못 모으고 힘들게 살다 나이가 들면서부터 돈이 급격하게 쌓이는 사람도 있고, 이십 대부터 쭉 잘나가다 사오십 대에 갑자기 휘청이는 사람도 있다. 사람마다 돈이 모이고 나가는 시기가 제각각이기에 지금 당장 통장에 잔고가 별로 없다고 주눅들 필요도 없고 지금 잘나간다고 거만할 필요도 없다. 특히나 결혼 같은 경우 좋은 인연을 만났을 때 하는 것이지 나이에 맞춰, 타인의 시선에 쫓겨서 하는 것이 아니다.

내 주위에 육십 대에 결혼해서 그 누구보다 행복하게 잘 사는 사람도 있고 남들 하는 시기에 맞춰 부랴부랴 결혼했다가 이년도 안 되서 이혼한 커플도 있다. 하지만 우리는 여전히 타인의 시선과 정형화된 인생 매뉴얼을 신경쓰며 살고 있다. 결혼하고 일을 그만둔 친구가 있는데 결혼한 지 일 년이 지나자 주위에서 "집에서 놀 거면 애를 낳던가 아니면 살림에 도움 되게 일이라도 하지"라며 친구를 볶아대기 시작했다. 출산과 취직 이 둘 중의 하나라도 하지 않으면 마치 죄인이 되는 것 같아 이 친구는 결국 출산을 선택했는데 아이가 어린이집 갈 때쯤 되니 "이제 첫째는 어린이집 보낼 수 있으니 한 명 더 낳든지 살림에 보탬이 되게 일을 하든지 하지"라며 다시 둘째 출산과 일에 대한 압박이 들어왔다며 친구가 나에게 하소연했다. 둘째를 낳는다고 해도 분명 이삼 년 있다 어린이집 보낼 때가 되면 "애 둘 키우려면 맞벌이해야지"라는 말을 들을 것이고 아이가 더 자라면 "학원은 어디 보내냐, 대학은 어디로 간다니, 취업은 어디로 한다느냐, 장가는 언제 보내느냐, 증손자 언제 볼 수 있을까"라고 할 것이 눈에 그려진다고 했다. 이렇게 자신의 삶을 타인의 잣대에 맞추면 끝이 없다. 같은 상황에서도 자의적인 결정에는 '내 탓'이 되니 긍정적으로 해석할 수 있지만, 타인의 시선에 쫓겨 내린 결정은 후회가 남으면 '남 탓'이라는 생각이 이어져 원망하기 쉽다. 그런데 간혹 타인은 어떠한 압박도 하지 않는데 본인 스스로 타인의 속도와 비교하며 조급해하는 사람도 많다. 얼마 전 받은 고민 상담 이메일에서도 같은 직종에 있는 친구들은 자신보다 높은 연봉에 복지도 더 좋은데 자신만 뒤처지는 것 같아 초조하다는 내용이 담겨있었다. 여기서 오는 괴로움은 타인이 주는 것이 아니다. 이는 자신의 인생 잣대를 타인의 매뉴얼 속에 두어 발생한, 자신이 만든 고통이다.

　자신이 자신의 인생 무대에 주인공이 되어야 하는데 많은 이들이 타인의 무대에 자신을 조연처럼 세워두고 괴로워한다. 특히 백수는 더욱 주눅 들기 쉬운 환경인데 사실 주눅 들 필요 하나 없다. 백수가 되는 것도 인생의 타이밍 중 하나일 뿐이다. 그저 사람마다 백수가 되는 시기와 머무는 기간이 다를 뿐 누구나 겪게 되어있다. 그러니 자신의 인생에 쉼표가 찾아왔을 땐 타인의 인생 속도와 비교하지 말자. 백수가 된다는 건 오로지 자신의 내면에만 집중할 수 있는 절호의 기회! 타인의 시선을 차단한 채 자신의 내면과 깊게 소통하다 보면 예전엔 생각지도 못했던 일, 또는 생각만 하다 그쳤던 일에서 더 큰 가치를 찾을 수도 있다. 타인의 매뉴얼을 버리는 순간 당신의 인생은 온전히 당신 것이 된다. 백수가 결코 무의미한 시간이 아님을 깨닫는다면 분명히 이 시기가 당신에게 커다란 가치를 선사해 줄 것이다.

03

백수도 힐링이
필요해

———

나는 학창 시절 방학 때마다 가장 듣기 싫었던 말이 "하는 것도 없
으면서", "종일 집에만 있으면서"로 시작되는 부모님의 잔소리였다.
아무것도 안 하고 집에 가만히 있으면 스트레스를 안 받아야 될 것
같은데 나는 오히려 스트레스 지수가 높아지곤 했다. 일터에서 전쟁
같은 하루를 보내고 나면 상대적으로 종일 집에 있는 사람이 굉장히
편할 거라 생각하지만, 백수도 스트레스로부터 그다지 자유로운 것
은 아니다. 그들의 일상에도 나름의 갈등이 있으며 주위 사람들 때
문에 스트레스를 받는 날이 많다. 차라리 이해관계로 얽힌 인간관계
는 서로 어느 정도 거리가 있기 때문에 스트레스는 받아도 상처를
받는 일은 드물지만, 백수의 인간관계는 주로 막역한 지인 또는 가
족이 주가 되다보니 상처를 받는 날도 생긴다.

원래 가까운 사이일수록 말을 걸러내지 않고 비이성적인 말을 쏟
아내기 쉽지 않던가. 그래서 직장에서의 인간관계는 '힘들다, 스트
레스다' 정도로 표현하지만 가까운 인간관계의 트러블은 '마음이
찢어진다, 속상해 죽겠다'라고 가슴을 치며 이야기하곤 한다. 게다

가 직장인들은 매일 일터에서 시달리긴 해도 친한 동료들과 소통하며 활력을 유지할 수 있지만, 백수는 비타민 같은 동료들도 없이 긴 하루를 외롭게 보내는 이가 많다. 가장 안타까운 것은 직장인은 원하든 원치 않던 매일 출퇴근하며 일터와 집을 벗어난 제 삼의 공간을 자연스럽게 갖게 되지만 백수는 규칙적으로 제 삼의 공간을 갖지 못하는 사람이 많다. '제 삼의 공간이 뭐 별건가?' 라고 대수롭지 않게 생각하는 사람도 많겠지만 이 공간이야말로 자신만을 위한 숨 고르기 시간이다. 비록 그들은 매일 제 삼의 공간에서 재충전하고 있다는 생각을 못 할 수도 있지만 아무에게도 간섭받지 않는, 아무 말도 하지 않아도 되는 오로지 나에게만 집중 할 수 있는 제 삼의 공간을 즐기는 직장인이 많다.

주위에 직장까지 왕복 2시간 이상 소요되는 지인들에게 "회사가 멀어서 힘들지 않으세요?" 라고 질문을 하면 "운전하며 이 생각 저 생각 할 수 있어서 좋아요", "버스에서 멍때릴 수도 있고 졸 수도 있어서 좋아요" 등의 생각보다 긍정적인 답변을 듣곤 한다. 출퇴근 시간에 지하철 안을 둘러보면 조는 사람, 책을 읽는 사람, 음악 듣는 사람, 예능 프로그램을 보는 사람, SNS 하는 사람 등 다양한 광경을 볼 수 있다. 이 공간이야말로 내면의 울림을 자유롭게 실행하며 지친 마음을 치유시키는 충전기 역할을 한다. 백수도 보이지 않는 곳에서 남모를 고민과 스트레스가 있기에 이러한 제 삼의 공간이 필요하다. 설령 금전적인 여유가 없다고 하여도 이 공간을 포기하지 않길 바란다. 꼭 출퇴근하는 직장인처럼 대중교통을 탈 필요는 없다.

나는 걸어서 30분 거리에 제 삼의 공간이 있다. 차로 가면 얼마 안 되는 거리지만 산책하며 에너지를 한바탕 쏟아낸 뒤에 도착하면 '아 도착했다' 하는 반가움과 보람이 배가 된다. 만약 주위에 적당한 장소가 없다면 꼭 특정한 장소가 아니더라도 괜찮다. 나는 한 번씩 발길 닿는 대로 바람 따라 구름 따라 걷는다. 정신 차려보면 너무 멀리 와 있어서 집에 돌아갈 일이 막막하지만, 이 또한 하나의 매력이다. 그렇게 이 생각 저 생각하며 걷다가 지치면 멍해지기도 하고, 주위의 다양한 간판을 보며 걷다 보면 뒤 엉켜져 있던 생각들이 어느덧 어느 정도 정돈되어 있는 상태로 전환되어 숨이 탁 트이는 느낌을 받는다. 중요한 것은 어디로 향하든 매일 주기적으로 자신을 집 밖으로 빼내는 것이다. 백수가 정말 두려워해야 하는 것은 일을 안 하고 있다는 사실이 아니라 자기 생각에 잡아먹히는 일이다. 당신이 현재 '나는 괜찮다'고 느끼고 있다면 그것은 정말 괜찮아서가 아니라 타성에 젖어 생각하는 대로 사는 것이 아니라 사는 대로 생각하고 있는 것일 수도 있다. 설령 당신이 아무리 종일 아무 일도 하지 않고, 스트레스 또한 받고 있지 않더라도 어떠한 방식으로든 재충전이 필요하다. 간혹 하는 일도 없는데 무슨 힐링 할 필요가 있겠냐는 자존감 낮은 백수가 있는데 자기 자신조차 자신을 존중해 주지 않는다면 누가 당신을 존중해 주겠는가? 당신은 주위 시선 때문에 힘들다고 하지만 자세히 들여다보면 자신조차 자신의 가치를 인정해 주지 않아 더 작아지는 것일 수도 있다. 백수는 부끄러운 것이 아니다. 일하던 하지 않던 당신은 존재만으로 소중한 사람이며 힐링하는 데는 어떠한 조건도 붙지 않는다. 주위 사람들이 당신을 힐링시켜주지 않는다고 섭섭해 하지 말고 셀프 힐링을 통해 일상을 활력으로 채우자! 매일 가슴앓이하며 어디 가서 속 시원하게 털어놓지 못하는 고립된 백수야말로 절대적으로 힐링이 필요한 존재이다. 누가 뭐라 해도 당신의 힐링 타임에 당당해지길 바란다.

04

백수는 황금기다

주위에 매일 5시 반에 칼퇴근하는 지인들에게 "정말 좋은 회사네요, 저녁이 있는 삶을 사셔서 좋으시겠어요."라고 했더니 "저녁에 시간은 있는데 돈이 없어요."라는 답변이 돌아왔다. 이와 반대로 주위에 워라벨은 꿈도 꿀 수 없는 워커홀릭들은 다크서클이 콧구멍까지 내려온 모습에 마음이 짠하지만, 돈은 잘 번다. 그러고 보면 학창 시절에는 방학이 있어 시간은 많았지만, 금전적으로 자유롭지 못하였고 막상 돈을 벌기 시작하니 친구들과 시간 맞추기도 어려워지고 그 길었던 방학은 사라졌다. 참 안타깝게도 시간이 많을 땐 돈이 없고 돈을 벌기 시작하며 내 시간은 점점 사라져 갔다. 간혹 시간과 돈 둘다 있어 보이는 사람도 있고 시간과 돈 모두 여유가 없어 보이는 사람도 있지만, 일반적으로는 시간과 돈은 반비례하는 경우가 많다. 이를 현실적으로 풀어보면 일이 폭우처럼 쏟아질 땐 지출 할 시간이 없어 돈이 쌓이고 저녁이 있는 삶을 살 땐 퇴근 후 사람을 만나거나 여가를 즐기는 시간이 늘어나니 상대적으로 지출의 기회가 많은 것이다.

나도 너무 바쁠 땐 머리하러 갈 시간, 쇼핑할 시간, 사람 만날 시간이 없어 돈이 쌓이다가 한가해지면 신기하게 자꾸 돈 쓸 일만 눈에 들어온다. 나는 이처럼 시간과 돈이 반비례 되는 시기를 반비례기, 시간도 없고 돈도 없는 시기(죽어라. 일만하는데 돈이 쌓이긴 커녕 실체도 안 보이는 시기)를 마이너스 비례기, 돈도 있고 시간도 있는 시기를 플러스 비례기라고 명명하였다. 그렇다면 당신의 돈과 시간은 플러스 비례기에 속하는가? 마이너스 비례기에 속하는가? 아니면 반비례기에 속하는가? 나는 과연 어디에 속하는지 들여다보았는데 선뜻 결론을 낼 수 없었다. 수익이 발생할 기미가 전혀 보이지 않는 유튜브를 하며 수말에 쉬지도 않고 촬영하고 편집하며 한바탕 난리를 치르는 모습을 보면 마이너스 비례기인 것 같았고 가끔 지인들을 만나 맛있는 음식을 먹으며 좋은 시간을 보내는 모습을 떠올리면 플러스 비례기인 것 같기도 하였으며 일하느라 시간에 쫓길 땐 반비례기로 느껴지기도 하였다. 이렇듯 내가 삶을 바라보는 각도에 따라 이렇게도 보이고 저렇게도 보여 딱 어떻다고 정의 내리기가 애매하였다.

연봉이 비슷한 두 지인은 모두 매일 오후 5시 반이면 퇴근하는데 한 친구는 이 정도면 저녁에 시간도 있고 먹고 살 만큼 돈도 있다며 만족하였으나 다른 한 친구는 시간은 있는데 돈이 없다고 만날 때마다 죽는소릴 한다. 반면에 매일 정신없이 바쁘게 뛰어다니며 일하면서도 이 정도면 예진보다 돈도 있고 시간적 여유도 있다고 생각하며 만족해하는 사람도 있고 하루에 네 시간 일하면서도 돈도 안 되고 힘만 든다며 투덜거리는 사람이 있다. 게다가 때론 내 감정과 컨디션에 따라 삶이 다르게 느껴지기도 하였다. 나는 모든 것을 다 내려놓고 싶을 정도로 지치는 날엔 내 인생이 마이너스 비례기로 보였다가 힐링 타임을 갖고 난 뒤 기분전환이 되면 다시 내 인생을 플러스 비례기로 바라보곤 했다. 이렇게 단 며칠 사이에도 해석이 왔다 갔다 하거늘 어찌 삶을 바라보는 자신의 시선이 객관적이라 할 수 있겠는가. 그러니 어느 날 문득 자신의 삶이 마이너스 비례기라고 느껴진다고 슬퍼할 필요 없다. 왜냐하면 이 또한 당신의 주관적인 시각 중 하나의 각도에 불과하기 때문이다. 그런데 참 안타깝게도 많은 이들이 자신의 감정의 골에서 헤어나지 못하여 시각을 고정해 버리는 바람에 주위에 소중한 사람들과 자신이 누리는 행복이 눈에 들어오지 않는다. 주위를 보면 삶의 만족도가 높은 사람일수록 자신의 삶을 플러스 비례기로 바라보는 경우가 많았고, 자존감이 낮은 사람일수록 자신의 삶을 마이너스 비례기로 해석하는 사람이 많았다. 결국 인생의 황금기와 암흑기의 기준은 타인의 눈에 비치는 자산, 직업, 명예 등의 조건이 아니라 자신의 인생을 어떻게 바라보고 있는지에 달려있는 것이다. 어쩌면 당신이 우울한 것도 백수라서가 아니라 우울한 감정에 파묻혀 자신의 인생을 바라보고 있어서가 아닐까? 누구나 돈과 시간의 반비례기를 겪으면서도 누구는 플러스 비례기로, 다른 누구는 마이너스 비례기로 해석하듯 같은 백수 상태라도 자신의 삶을 바라보는 시각은 천차만별이다. 남들 눈엔 하는 일 없어 보이는 백수의 삶이더라도 자신의 일상을 의미 있게 바라보면 당신은 황금기를 살게 된다. 행복한 백수로 사는 것이 결코 어려운 일이 아니다.

모든 건 당신의 시선에 달려있다.

05

인생의 나침반이
필요할 때

————

어릴 때는 초등학교를 졸업하면 고민할 필요도 없이 자연스럽게
중학교에 진학하였고, 중학교를 졸업하면 자연스럽게 고등학교로
이어져 방향을 잃을 틈이 없었다. 그런데 성인이 되면서부턴 내가
가고 있는 이 길이 맞는지 한 번씩 혼란스러울 때가 있다.

'이직을 해야 하나 말아야 하나'
'창업을 해야 하나 말아야 하나'
'이제라도 대학원을 가야 하나 말아야 하나'
'업종을 바꿔야 하나'
'프리랜서를 해도 될까?'
'다시 직장 생활해볼까?'
'이제라도 돈을 벌어볼까'

이러한 고민은 누구나 한 번쯤 살면서 하게 되는 아주 친숙한 고민
이다. 이렇게 우리의 삶은 늘 고민과 선택의 연속이다. 이럴 때 나침

반이 딱하고 "저쪽으로 가세요."라고 가르쳐 주면 좋겠지만 현실은 냉정하다. 선택도 나의 몫이요, 그 결과에 대한 책임 역시 내가 감당해야 되다 보니 나이가 들어도 선택의 갈림길에선 여전히 망설여진다. 하지만 당신은 이미 선택의 고수라는 사실을 알고 있는가?

당신은 수십 년간 매일 쉬지 않고 무엇인가를 고민하고 선택해 왔다.

"오늘 뭐 먹지? 삼겹살을 먹을까, 곱창을 먹을까?"

"내일 중요한 미팅인데 뭐 입지? 바지가 좋을까, 원피스가 좋을까?"

"강남역 부근에서 저녁 약속이 있는데 차를 가져갈까, 말까?"

"오늘은 운동을 하러 갈까, 그냥 집에서 쉴까?"

"저 사람을 만날까, 말까?"

그간 일상에서 무수히 많은 선택을 해오며 당신은 이미 어떤 선택을 하든 감수해야 할 것이 있다는 것을 알고 있다.

"강남역 부근에서 저녁 약속이 있는데 차를 가져갈까 말까" 하는 고민을 할 때(술은 마시지 않는 약속이라는 가정 하에) 당신은 차를 가져가면 왕래하기 훨씬 편하지만 길이 막히고 주차가 불편할 것을 떠올릴 것이다. 그렇다고 차를 안 가져 가자니 택시 타기엔 비용이 너무 많이 나오는 거리이고 미어터지는 퇴근 시간에 인파에 휩쓸려 지하철을 몇 차례 갈아타기도 참 번거롭다. 결국, 차를 가져가든 안 가져가든 어떤 선택을 하여도 불편한 상황은 따라오기 마련이다. 하물며 물건을 하나 살 때도 착한 가격을 선택하면 기능이 만족스럽지 못할 때가 있고 실용성을 선택하면 디자인이 마음에 안들 때가 있는데 불확실한 미래를 전제로 하는 선택은 얼마나 다양한 변수를 동반하겠는가.

일이 많은 회사를 선택한 친구는 일이 많아 힘들어 죽겠다고 하소연하고, 일이 너무 없는 회사에 입사한 친구는 하루가 너무 길고 잡생각만 많아져 괴롭다고 한다. 결혼 후 육아에 전념하고 있는 친구들은 밖에서 일하는 것보다 애 키우는 것이 훨씬 힘들다고 하고 워킹맘들은 일하느라 애 키우느라 하루하루가 전쟁이라고 한다. 결국 당신이 어떤 선택을 하든 이러면 이런 데로 힘든 일이 있고 저러면 저런 데로 힘든 일이 생긴다. 간혹 나에게 찾아와 "이 친구와 동업해도 될까?"라며 묻는 사람들이 있다. 사실 내가 뭘 알겠냐마는 아마 그들은 자신의 선택이 긴가민가하니 내가 얹어주는 한 표를 더해 자신의 선택을 확신하고 싶었던 것 같다. 그런데 나는 정말 뜯어말려야 될 것 같은 단순 현실 도피형과 일확천금을 노리는 뜬구름 형을 제외하고는 거의 대답이 비슷하다.

"하고 싶으면 하세요~ 단, 지출이 많을 수 있습니다." 이렇게 이야기하면 "대체 하라는 말이야, 하지 말라는 말이야" 하며 발끈하는 사람이 있지만 내가 이렇게 애매하게 대답하는 데는 나름의 이유가 있다. 나의 이 애매한 대답을 듣고 선뜻 지르지 못하는 사람도 있지만 그대로 직진하는 사람도 있다. 결국 사람들은 자신의 의지대로 선택하게 돼 있으며 이들이 자신의 결정을 나에게 알려오면 나는 그때 되서 "동서남북 다 옳습니다."라는 말로 그들의 선택을 지지해준다. 이것이 바로 내가 그들을 기를 쓰고 만류하지도, 부추기지도 않은 이유이다. 혹자는 자신의 지난 선택을 후회하며 "옳긴 개뿔이 옳아?"하며 발끈하지만 나는 그들에게 "당신이 동쪽으로 가서 고생한 것이 아니에요. 북쪽으로 갔어도 힘들었을 겁니다."라고 이야기한다.

당신이 어떤 선택을 하든 이러면 이런대로 얻는 것과 잃는 것이 있을 것이고 저러면 저런대로 장단점이 따르게 되어있으니 나침반에 너무 연연해하지 말고 자신이 진심으로 원하는 방향으로 향하길 권한다. 때론 자신의 선택이 만족스럽지 않은 결과가 따르기도 하겠지만 그 원치 않은 결과 속에도 분명 중요한 의미가 담겨 있을 것이다.

이 세상에 완벽한 상황과 완벽한 선택이 있을까? 냉정하게 말하면 당신이 어떠한 선택을 하든 어차피 꽃길만을 걸을 순 없다. 결국 인생은 선택하는 힘으로 사는 것이 아니라 수습하는 힘으로 살아가는 것이다. 그러니 선택하는데 모든 에너지를 다 소진 시키지 말고 수습하는데 에너지를 집중하여 당신의 불확실한 선택의 완성도를 높여나가길 바란다. 나는 언제나 당신이 선택한 '동서남북' 전 방향을 모두 지지한다.

06

고성능에 투자해라

고용노동부에서 운영하는 취업 성공패키지라는 일자리 지원 프로그램이 있다. 이 프로그램은 진로 상담을 통해 취업에 필요한 교육을 받을 수 있게 지원해주고 취업 알선까지 연결된 패키지이다. 그런데 간혹 직업상담사를 당황스럽게 하는 내담자가 있다고 한다. 누가 봐도 내성적이라 사람들 앞에서 말도 잘 못 하는 사람이 서비스업에 종사하겠다는 의지를 내보이는 것이다. 상담자가 사무직 쪽으로 유도를 하면 본인도 서비스업이 안 맞는 것을 이미 알고 있지만 자신의 성향을 극복하기 위해 새로운 일에 도전하고 싶다는 말을 덧붙였다고 한다. 이 내담자는 사람들과 잘 어울리지는 못하지만 꼼꼼하고 침착한 성품이 장점이었는데 굳이 사람을 상대하는 일을 하겠다고 하니 상담사 입장에선 무작정 지지해줄 수도 없고, 그렇다고 저렇게 강한 의지를 내보이는데 강경하게 말릴 수도 없었다고 한다. 위 상황을 더욱 쉽게 비유를 하자면 100m 달리기 25초에 뛰는 사람이 육상 선수가 되겠다고 하는 상황과 비슷하고 볼 수 있다.

운경신경이 둔한 사람이 축구선수를 하겠다면?

공감능력이 떨어지는 사람이 상담사를 하겠다면?

말주변이 없고 사람들 앞에 서는 것을 벌벌 떠는 사람이 강사를 하겠다면?

매사에 감성적이고 덜렁거려 실수투성이인 사람이 재무를 담당하겠다면?

물론 노력해서 안 되는 것이 어디 있겠냐만 우리의 시간은 유한하며 인간의 고유성은 쉽게 바뀌지 않는다. 그래도 굳이 그 어려운 길을 가겠다면 당신의 고성능에 투자할 때 보다 수십 배 내지 수백 배 더 많은 시간과 에너지를 쏟아야 되며 그럼에도 불구하고 노력한 만큼 결과가 따라주지 않을 수도 있다는 것을 다시 한 번 생각해주길 바란다. 공부가 안 맞으면 다른 길을 찾으면 되는 것이고 사무직이 안 맞으면 다른 직종을 알아보면 된다. 사람마다 타고난 성능이 제 각각이라 비록 언변력이 떨어지지만 꼼꼼함을 필요로 하는 작업에 최적화된 사람이 있고, 문서작업 능력은 부족하지만 나폴레옹급 리더십을 가진 사람도 있으며 사회성이 없는 외골수 기질이 오히려 연구직에서는 천직으로 그 능력이 발휘되기도 한다. 자신이 잘하는 일을 해도 살다 보면 힘든 일을 수도 없이 경험할 텐데 왜 굳이 바늘구멍에 들어가려 몸부림치는가. 이왕이면 자신의 고성능에 투자하는 것이 훨씬 효율적이지 않을까? 주식 투자할 때도 승산이 있는 곳에 투자하지 마음만 간다고 수익성 없는 곳에 투자하지 않는다. 자신의 저성능에 투자하면 마이너스 100에서부터 능력치가 차오르지만, 자신의 고성능에 투자하면 플러스 100에서부터 능력치가 올라간다. 시작점 자체에도 어마어마한 차이가 있지만, 능력치가 쌓이는 속도 역시 엄청난 차이가 생긴다. 나는 나의 저성능과 고성능을 구분하기 시작한 지 오래되지 않았지만 한 가지 확실한 건 내 성향이 성능의 근원이라는 점이다.

나는 타고난 덜렁이라 학창시절 학용품을 사면 며칠 가지 못하고 잃어버리거나 부서뜨리곤 했다. 고등학교 때 엄마가 핸드폰 A/S 맡기러 갔는데 "아드님이 참 별난가 보군요." 라는 이야기를 듣고 차마 '딸인데요.' 라는 말을 못 하셨다고 한다. 지금까지도 손에 마가 끼었냐고 할 정도로 고장을 잘 내고 좋은 걸 사면 뭐하나 싶을 정도로 분실이 잦다. 얼마 전에는 홍콩 택시에 새로 산 파우더를 놓고 내렸으며 그간 귀걸이, 반지, 시계, 립스틱, 이어폰 등을 셀 수 없이 잃어버렸다. 이런 덜렁이가 섬세함을 요구하는 엑셀 작업이 맞을 리가 없다. 그래도 먹고 살아야 되다 보니 안 할 수 없는 노릇이라 남들보다 더 시간을 들여 작업하고 몇 번이고 확인하지만 그래도 실수가 생기곤 했다. 이러한 그간의 경험을 통해 나는 행정, 통계, 분석, 수집 기능이 현저히 떨어지는 대신 소통, 상담, 사교, 표현, 모험, 아이디어 기능이 쓸 만하다는 것을 알게 되었다. 그렇다면 어떻게 자신의 고성능을 찾을 수 있을까? 나는 강의를 시작했을 때만해도 강의가 나의 고성능이라는 생각을 못 하였는데 청강자들의 피드백 덕에 내 성능을 다시 한 번 들여다보게 되는 계기가 되었다. 이처럼 타인에 의해 나를 재발견하게 되는 계기가 생기기도 하고 어린 시절부터 연결된 당신의 성향과 과거의 경험으로부터 당신의 고성능 단서를 찾을 수도 있다. 위 두 방법으로도 고성능을 찾지 못하였다면 지금이라도 이것저것 부딪혀가며 당신의 단서를 수집하면 된다. 이제 와서 찾으면 늦는 것 아니냐고? 이제라도 찾을 수 있다는 건 축복이다.

평생 자기 안에 잠재된 고성능을 깨닫지 못한 채 살아가는 사람이 얼마나 많은지 모른다.

나도 삼십 대 중반이 되어서야 나의 고성능이 정리되었다. 어쩌면 아직 발견하지 못한 고성능이 더 있을 수도 있다는 생각에 여전히 단서를 모으는 중이다. 고성능에 투자하라는 말이 다소 이상적이게 들릴 수 있겠지만 많은 이들이 돈(현실)과 타협하며 살아오느라 자신의 성능을 제대로 들여다보지 못한 채 살아간다. "먹고살기 바빠 죽겠는데 성능 타령하리?" 이것도 맞는 말이다. 나도 그간 원하는 일보다 해야 되는 일에 더 집중하며 살아왔다. 그런데 우리는 아무리 먹고살기 바빠도 누구나 다 진로 고민은 한다. 진로 고민이야 말로 나이가 들어도 완전히 해소되지 않는 평생 과제 중 하나가 아닐까 싶다. 특히 백수의 경우 방향에 대해 재정비하는 시점이므로 이럴 때 자신의 고성능을 파악해두면 나침반의 역할을 톡톡히 하게 될 것이다.

늘 살던 대로 일상을 살아가며 자신에게 깊게 관심을 두지 않으면 간과하기 쉬운 것이 바로 내 안의 고성능이다. 오랜 시간 발휘되지 않고 묻혀있었던 당신의 무기를 이제 꺼낼 때가 되었다. 흙밭에 숨겨진 보석을 향해 끊임없이 땅을 갈아라. 지금 당장은 돈이 되지 않더라도 언젠간 당신의 고성능과 타이밍이 맞닿아 큰 기회로 작용하여 빛을 발휘하는 시기가 올 것이다.

07

자존감 높은 백수로
사는 법

———

퇴사하고 육아에 전념하고 있는 친구 A는 요즘 맘 카페에서 활발하게 활동하고 있다.

신제품이 나오면 샘플 후기를 정성껏 올려 육아용품 등을 선물로 받는데 여기에 재미 들려 각종 이벤트와 사연도 적극적으로 신청하고 있다. 이 친구는 비록 직장생활은 하고 있지 않지만 소소한 생산 활동을 통해 일상의 낙이 생겼다. 이밖에도 얼마 전 퇴사 후 집에서 새 직장을 알아보고 있는 지인 B는 근래에 얼굴이 몰라보게 좋아져 비결을 물어보았다. 그는 그동안 새벽부터 일어나 출근하고 밤늦게 귀가하느라 방치해 두었던 운동량을 보충하고 있다고 했다. 마치 운동 못 해 한 맺힌 귀신이라도 붙은 거 마냥 매일 아침저녁으로 2시간씩 운동하는 것은 기본이며 주말에는 등산도 간다고 했다. 그간 몸 안에 쌓인 독소를 땀으로 다 배출하려는 건지 아니면 그냥 좋아서 하는 것인지는 알 수 없으나 분명한 건 예전보다 더 건강해지고 있다는 것이다. 예전엔 그를 보면 딱 봐도 만성피로인의 포스가 물씬 풍겼는데 한두 달 사이 안색도 훨씬 밝아지고 몽롱했던 눈빛도 초점을 찾아 나도 모르게 "백수가 체질이네"라는 말이 절로 나왔다. 이렇게 쉬는 틈을 활용하여 자신을 재정비하는 건 일상에서 활력을 찾을 뿐 아니라 장기적으로 보면 엄청난 자산을 축적하는 셈이다. 남들이 보면 무식하게 운동만 한다고 생각할 수도 있지만 결국 대업은 머리가 아닌 몸뚱이가 이루는 것이기에 나는 그의 미래지향적인 행동에 손뼉 쳐주었다.

이 밖에도 소일거리, 봉사활동, 취미생활로 작지만 일상에서 성취감을 얻으며 소확행을 실천하는 백수가 많다. 매일 도서관에 가서 일일 1권을 실천하고 있는 지인 C는 책에서 인생의 힌트를 얻었다며 요즘 신나게 새 출발을 준비하고 있다. 아직 갈 길이 멀지만, 이제라도 방향을 잡은 것이 얼마나 다행이냐며 아이처럼 기뻐하였다. 위의 세 백수의 공통점은 웬만한 직장인들보다 일상이 활기차다는 것이다. 백수가 되면 자존감이 바닥을 치며 막연한 두려움이 몰려와 일상이 무기력해지기 쉬운데 이들의 일상은 성취감을 느낄 수 있도록 설계되어 있었다. 작은 것이라도 내가 무언가를 해냈다는 성취감은 일상에 활력을 붙게 하고 자존감을 높여준다. 자존감이 낮으면 비단 자기 자신에게만 해가 되는 것이 아니라 타인에게도 부정적인 영향을 끼치기 쉽다. 자존감이 낮은 백수가 주위 사람들에게 끼치는 가장 큰 민폐는 돈이 없어서가 아니라 암울한 에너지를 펄펄 풍기는 것이다. 친구들이 눈치를 주는 것도 아닌데 혼자 주눅 들어 우거지

상으로 앉아 있으면 주변 사람들이 밥이 코로 들어가는 건지 입으로 들어가는 건지 모를 만큼 불편해진다. 거기에 자격지심까지 가득 차 있으면 친구들이 당신 눈치를 보느라 좋은 소식도 선뜻 알리지 못하고 직장 상사 뒷담화 등 사소한 회사이야기 조차 자유롭게 말하기가 어려워진다. 그렇게 불편한 상태가 지속되면 가까운 사람들이 하나 둘 당신과 멀어지게 될 것이다. 그간 당신도 모르는 사이에 서서히 멀어진 지인이 있다면 어쩌면 그들이 당신을 밀어낸 것이 아니라 당신의 낮은 자존감이 그들을 밀어낸 것일 수도 있다. 반면에 당신의 자존감이 높아지면 편안한 쉼터 같은 존재가 되어 당신을 찾는 사람들이 많아질 것이다. 오히려 마음의 여유가 없던 직장생활을 할 때보다 더 인기쟁이가 될 수도 있다. 그러니 이왕이면 당신의 소중한 관계까지 갉아먹는 자존감 낮은 백수 대신 유쾌하고 마음이 넉넉한 백수가 되는 것이 어떨까? 자존감 높은 백수가 되는 것은 생각처럼 어려운 일이 아니다. 본인이 즐거울 할 만한, 성취감을 느낄 수 있는 일을 하루에 한 가지라도 하면 된다. 소소한 성취감을 느끼며 매일 즐겁게 만들어가다 보면 일상에 만족도와 함께 자존감도 되찾을 수 있을 것이다.

08

갑질을 당해도
돈을 벌고 싶다면

———

일을 하고 있을 땐 한 달 만 쉬고 싶다는 생각이 참 간절해 질 때가 있는데 막상 쭉 쉬다 보면 아이러니하게도 다시 일하고 싶어지는 날이 있다. 예전에 그토록 사람들에게 시달리고 스트레스를 많이 받았음에도 집에서 눈치 보며 스트레스 받느니 차라리 돈이라도 벌고 스트레스 받는 게 낫겠다는 생각이 들곤 한다. "그땐 아무리 상사한테 깨지고 스트레스 받아도 퇴근 후 내 시간이라도 있었지, 지금은 아기 때문에 화장실도 편하게 못가니……." 이처럼 육아를 통해 강도 높은 노동을 경험한 지인들은 차라리 일하던 때가 나았다는 말을 종종한다.

인간은 망각의 동물이라 그런지 과거에 고생했던 기억을 추억으로 승화시키는 힘이 있다.

그래서 남자들이 삼삼오오 모여 두 번은 경험하고 싶지 않은 군대 이야기를 그렇게 걸쭉하게 늘어놓는 것이 아닐까 싶다. 심지어 예전에 나를 정말 힘들게 했던 사람에게 조차도 요즘은 한 번씩 감사한 마음이 앞서기도 하고 죽어라 고생했던 경험은 세월에 미화되어 인생의 자양분으로 해석하곤 한다. 어쨌든 당신이 기억을 미화해서건 백수로서 받는 스트레스가 일터에서 받는 스트레스보다 더 크게 느껴져서긴 막상 일을 시작하면 만만치 않은 것이 현실이다. 치열한 경쟁, 사람 스트레스, 종일 업무에 시달리다 보면 전쟁터가 따로 없다. 게다가 사회 초년생이거나 경력 단절자의 경우 급여 만족도도 낮은 데다 갑에게 쓴소리 들을 때도 많으니 성취감은커녕 '내가 왜 여기서 이러고 있나' 싶은 날이 허다하다. 그렇게 매일 급여에 응당한 노동의 대가를 치르다 보면 어느 순간 '아, 내가 이 돈 몇 푼 벌려고 이 수모를 당하고 있나' 하는 회의감이 몰려오기도 한다. 직장인들이 가슴에 사표를 품고 다닌다는 말이 괜히 있는 것이 아니다. 이렇다 보니 일을 시작하는 데까지는 수개월에 거쳐 고민하고 준비하였는데 정작 일을 시작하고 얼마 지나지 않아 상처만 받고 그만두는 사람이 많다.

만약 당신이 '돈이나 벌어볼까?' 하는 막연한 마음으로 일을 시작했다면 '에이, 더러워서 못 해 먹겠네.' 하며 얼마 지나지 않아 한계에 다다를 수 있다. 그래서 누구에게나 전쟁터 같은 일터에서 자신을 지탱해 줄 강력한 동기부여가 필요하다. 예전에 강의 중에 청강자에게 힘들어도 일을 지속하는 이유를 물어보니 "이렇게라도 해야 아이 학원 하나라도 더 보내죠." 라는 답변이 돌아왔다. 그녀를 매일 버티게 하는 원동력은 바로 '부모' 라는 삶의 무게였다.

"남편 사업이 요즘 힘들어서…. 나라도 벌어야지"

"힘들어도 어떻게... 내가 가장인걸..."

이처럼 많은 이들이 꿈을 좇기보단 현실과 타협하느라 생계 전선에 뛰어든다. 이들에게는 생계에 대한 책임감이 자신을 버티게 하는 강력한 버팀목이 되었다. 그간 과도한 업무로 생활패턴이 엉망이 된 지인이 안쓰러워 고생이 많다는 말을 한 적이 있는데 그녀는 "삼 년만 버티려고…."라는 계획을 털어놓았다. 그녀는 경력을 쌓아 더 좋은 직장으로 이직하겠다는 굳은 의지로 힘든 시기를 견디고 있었다. 이처럼 강력한 동기부여는 한계를 뛰어넘게 하여 전쟁터에서 나를 지켜주는 든든한 방패가 된다. 당신이 만약 갑질을 당하더라도 일을 다시 시작하고 싶다면 갑질을 이겨낼 수 있는 강력한 동기로 자신을 무장하라. 그런데 그렇게 동기부여를 완벽하게 했음에도 어느 날 문득 백수 생활이 그리워지면 언제든 돌아오면 된다. 그간 전쟁터를 온몸으로 부딪치며 버텨왔기에 이전보다 백수의 삶을 감사하게 여기며 백수의 특권에 더욱 충실해질 것이다. 그러다 어느 날 문득 당신의 기억이 미화되어 전쟁터가 다시 그리워지거든 또 다시 완전 무장하고 출동하면 된다. 자신이 원할 때만 일을 할 수 있는 것도 백수의 가장 큰 특권 중 하나임을 기억하자. 당신이 일을 하든 안하든 당신의 결정은 다 옳다.

09

도전의 재해석

———

늘 편안하기만 할 것 같은 백수도 마음 한쪽에는 늘 불편한 짐을 이고 있다. 주위에서 한마디씩 듣다 보면 예민해지기도 하고 금전적으로 여유가 없을 땐 불안감이 몰려오곤 한다. 더군다나 점점 시간이 흐를수록 도전에 대한 두려움이 늘어나 선뜻 무언가를 새롭게 시작할 용기가 나지 않는다. 특히나 과거에 실패한 경험이 있거나 아픈 기억이 있는 경우에는 더욱 막막하게만 느껴진다. 이들은 긴 시간 고심 끝에 무언가를 시작하려다가도 작은 자극에 온몸이 움츠러들곤 한다. 비단 이들뿐만 아니라 많은 사람이 도전을 '낯선'으로 해석하여 부담을 크게 갖는다. 하지만 당신이 아주 생소한 일을 시작하더라도 당신의 오늘은 하늘에서 갑자기 뚝 떨어진 것이 아니라 오랜 세월에 걸쳐 당신의 생각, 경험, 언행으로 이어진 결과물이다. 나는 스무 살이 되던 해에 친구들에게 밑도 끝도 없이 책을 쓰겠다고 이야기하고 다녔다. 친구들은 코웃음을 쳤고 나 역시 작가가 꿈은 아니었기에 그저 막연하게 뱉은 말에 불과했다. 그리고 대학 졸업 후 생계 전선에 뛰어들어 작가와 전혀 관계없는 삶을 살아왔는데 생각지도 못한 삼십대 초반에 출판사로부터 출간 의뢰를 받게 되었다. 신기하게도 내 몸 안에는 그간 잊고 지냈던 십여 년 전의 집필에 대한 열망이 어딘가에 장착되어 있었고, 오랜 시간이 흘러 그 버튼이 눌렸음에도 내 몸이 자연스럽게 반응하였다. 남들은 내가 새로운 도전을 했다고 생각하지만 나에게 집필은 도전이 아닌 그간의 경험을 정리하는 과정이었다. 비록 그간 전혀 다른 일을 하며 살아왔지만 과거로부터 이어진 히스토리가 없었다면 나는 이 책을 완성할 수 없었을 것이다. 그간 내가 만나온 사람, 경험, 깨달음 이 하나하나가 전부 새로운 도전에 고스란히 담겨져 있었다.

이처럼 도전이란 과거로부터 이어진 당신의 생각과 경험이 당신의 내면에 잠재되어 있던 욕구를 깨워 도전이라는 형태로 당신에게 신호를 준 것 뿐이다. 그러니 도전을 거창한 혁명으로 생각하는 대신 지금 살고 있는 집에서 발코니를 확장하는 정도로 생각해 주길 바란다.

이젠 도전에 대해 문턱이 조금 낮아졌는가? 그렇다면 이젠 도전의 범위에 관해 이야기 하려고 한다. 간혹 이력서 제출 후 연락이 안 오거나 면접 후 결과가 안 좋아 자신감이 바닥을 친다면 도전의 범위에 대해 다르게 인식할 필요가 있다. 도전의 시작점은 기회가 왔을 때 덥석 잡는 순간부터가 아니라 기회의 문이 열릴 때까지 부딪히는 시기를 포함한 것이다.

수영이나 마라톤 경기만 봐도 출발선에 서서 "땅!" 하고 달리는 것부터가 시작이 아니라 경기 전 준비 운동, 식단 조절, 체력 훈련 등의 모든 워밍업 단계까지 포함해서 한 세트인 것이다. 간혹 워밍업이 번거롭다며 워밍업의 필요성을 못 느낀 채 곧 바로 달리려고만 하는 사람들이 있는데, 도전하며 필요한 깡은 이 워밍업 단계에서 다 생긴다고 해도 과언이 아니다. 준비과정이 치열할수록 당신의 도전에는 배짱과 활력이 붙을 것이니 죽어라 부딪히며 맨땅에 헤딩하는 시기를 시간 낭비로 해석하지 않길 바란다. 이제부턴 도전에 대한 마음의 부담을 다 내려놓고 당신의 인생을 멋지게 확장해 나가며 그 과정에서 겪는 모든 시련은 당신의 도전을 단단하게 만드는 과정이라 받아들여 한 단계 더 업그레이드 된 내일을 기대해보는 것이 어떨까. 더 나은 내일을 기대할 수 있다면 도전은 더 이상 두려움의 대상이 아니다.

　도전은 위대한 설렘이다.

10

당신 주위에 백수가
있다면

―――

주위를 둘러보면 은퇴, 육아, 취업준비, 사업준비 등의 제각각의 사정으로 백수가 은근히 많다. 그런데 우리는 그들과 소통할 때 본의 아니게 상대방을 불쾌하게 하거나 자존심을 상하게 할 수 도 있다. 당신이 아무리 좋은 마음을 담아도 소통이란 게 원래 말하는 이의 의도와 듣는 이의 해석이 따로 국밥일 때가 많아 참 어렵다. 특히나 자의적 백수보다 타의적 백수를 대할 때 이미 상대방은 그 사실만으로도 민감할 수 있기 때문에 그들을 대할 때 몇 가지 주의해야할 점이 있다.

첫째, 시선 처리

간혹 백수를 못마땅한 시선 또는 안쓰러운 눈빛으로 바라보는 사람이 있다. 때론 말보다 타인의 시선이 더 따갑고 아픈 법이다. 당신이 굳이 그들에게 쓴 소리를 하지 않아도 당신의 눈빛만으로도 상대방은 주눅들 수 있으며 상대방의 자존감이 떨어져있는 상황이라면 더더욱 상처가 되기 쉽다. 당신도 언젠간 백수의 반열에 들어설 텐데 그들이 안쓰러울 건 또 무엇이며 못마땅해 할 이유는 또 무엇인가. 설령 당신이 백수가 안 된다고 해도 모든 사람이 꼭 동일한 패턴을 가지고 살 필요는 없는 법이다. 우리는 인생에 정답이 없다는 것을 알면서도 자신의 잣대에 타인을 가두려는 습성이 있다. 당신의 그들의 인생을 존중해 주면 그들을 대하는 눈빛 역시 자연스럽게 편안해 질 것이다.

둘째, 경청

매번 백수 지인을 만나 자신의 직장 하소연만 몇 시간씩 하는 사람이 있다. 직장 생활을 안 하고 있는 사람 입장에서는 공감도 안 될뿐더러 자칫 배부른 투정으로 느껴질 수 있다. 하루 종일 직장에서 사람들을 상대하느라 정신없는 당신과는 달리 이들은 홀로 보내는 시간이 길다. 그렇다보니 이들은 속내를 털어놓으며 마음의 응어리를 발산시킬 기회가 적다. 당신 눈엔 만나고 싶지 않은 사람을 안 만나도 되는 그들이 그저 부러울지 몰라도 이들은 외롭다고 느낄 수 있다. 그런 이들에게 가장 필요한건 당신의 하소연도, 그럴듯한 격려도 아닌 경청이 아닐까. 나도 힘든 일이 있을 때 자꾸 해결책을 알려주려는 지인보다는 침착하게 이야기를 들어주고 공감해주는 사람에게 연락하게 된다. 그 어떤 훌륭한 명언보다 경청이 더욱 큰 힘이 될 때가 있다는 것을, 누군가의 이야기를 잘 들어준다는 것만으로도 따뜻한 위안이 될 수 있다는 것을 기억해 두자.

셋째, 밝게 대하여라.

가득이나 혼자 있는 시간이 많아지면 무기력해지기 쉬운데 죽상으로 찾아가 침울한 이야기만 늘어놓는다면 그들에게 부정의 에너지를 더해주고 오는 것과 같다. 당신이 활력을 불어넣어주어야 그들의 긍정세포도 살아난다. 게다가 타인을 밝게 대하는 것은 상대방만을 위하는 것이 아니다. 당신이 유쾌한 에너지를 전도하는 힐링 전도사가 되는 순간 그 긍정의 에너지는 당신 자신에게도 차오를 것이다. 그러니 이제 심각한 이야기는 멈추고 웃음꽃 피우는 시간을 선사해주자.

넷째, 자존감

괜히 어설픈 조언으로 상대방의 속을 뒤집지 말고 상대방의 자존감을 높여주는 말을 자주 해 주자.

"네 덕에 해결했어."
"네 도움이 컸어."
"고마워"
"너 요리 진짜 잘하잖아"

위의 여러 표현과 같은 상대방을 인정하며 가치를 높이는 말은 상대방의 자존감을 높이는데 도움이 된다. 만약 딱히 해줄 이야기가 떠오르지 않는다면 이전 추억을 곱씹으며 예전에 고마웠던 일을 이야기하는 것도 하나의 방법이다. 거기에 칭찬까지 더해지면 상대방의 자존감이 훌쩍 더 높아질 것이다. 병원에서 생명을 살리는 사람만 의사가 아니라 타인의 삶을 건강하게 만드는 당신 역시 의사임을 기억하자. 당신의 작은 배려가 누군가에게는 사막의 오아시스가 될 수도 있다.

힐링이 필요한
당신

> 힐링이란
> 숨 쉴 구멍이 어디든
> 마음 놓고 마음의 먼지를
> 털어낼 수 있는 곳이면
> 충분하다.

01

일시 정지 버튼을
눌러야 할 때

———

요즘 나 자신에 대하여 가장 못 믿는 것은 내 머리가 아닐까 한다. 어떤 말을 하려할 때 그에 적절한 단어가 바로바로 생각나지 않는 순간이 많아졌다. 얼마 전 친구랑 이야기를 하다 '할증'이란 단어가 생각나지 않아 "그거 있잖아, 밤늦게 택시 타면 돈 내는 거" 이렇게만 이야기했는데 친구가 "어, 할증?" 하면서 알아들었다. 이 말을 귀신같이 알아듣는 친구가 웃기면서도 저렇게 표현한 나 자신이 너무나 민망했다. 이뿐만이 아니었다. 장을 보러 가도 꼭 하나씩 빼먹고 오기 일쑤였으며 일하다가도 깜박하며 놓치는 일도 잦아졌다. 그동안은 '뭐 그럴 수도 있지' 라고 넘겨오다 중요한 미팅과 강연에서 몇 차례 버퍼링이 걸려 적합한 표현이 생각나지 않는 바람에 이는 예삿일이 아님을 인지하였다.

가까운 지인들과 수다로 시간을 보낼 땐 위에서 언급한 할증처럼 풀어 설명하면 그만이지만 공식적인 자리에서는 피가 바짝바짝 마를 뿐만 아니라 자칫 신뢰도와 전문성을 떨어뜨릴 수 있기 때문에 이대로 방치해 둘 수 없었다.

인간은 망각의 동물이라 세월이 흐를수록 기억이 희미해지는 건 당연한 일이지만 일상에서 자주 쓰는 단어조차 한참의 버퍼링을 거쳐야 한다는 건 충분히 심각성을 제기할 만한 상황이었다. 보통 기억력 저하의 원인으로는 흡연, 음주, 매운 음식 과다섭취, 스트레스, 불면증 등 다양한 이론이 있지만, 필자는 매운 음식을 못 먹을 뿐 더러 흡연, 음주와도 거리가 멀다. 나 또한 스트레스가 아예 없다고 할 순 없으나 나름 힐링 가이드로 활동하다 보니 남들보다 스트레스 관리에 신경을 많이 쓰는 편이며 충분한 숙면을 하려고 노력한다.

문득 '나만 그런가?' 싶어 지인들 모임에 가서 슬쩍 운을 띄웠는데 나뿐만 아니라 심지어 나보다 한참 어린(20대) 친구들조차도 나와 같은 경험을 종종 한다는 것이다. 한동안 나는 주변 지인들과 미팅을 하며 이와 같은 질문을 하고 다녔다. 마침내 한 지인으로부터 생각지 못한 나의 문제점을 듣게 되었다.

"네가 머리를 너무 돌리니 머리가 안 돌아가는 거야. 컴퓨터에도 너무 많이 저장해 놓거나 창을 너무 많이 띄우면 가끔 랙 걸릴 때가 있잖니"

그 말을 듣고 보니 그간 내 머리는 쉬는 날 조차도 종일 풀가동 되어왔다. 심지어 취침 중에도 낮에 풀리지 않은 문제에 대해 업체와 논쟁을 벌이는 꿈을 꿀 때도 있었으니 과연 나의 뇌는 언제 편하게 쉬나 궁금할 정도였다. 게다가 나는 식사 중에도, 볼일을 볼 때도 스마트폰과 한 몸이 되어 쉬지 않고 무언가를 검색하고 있는 나 자신을 발견한다. 말하기 창피하지만 나는 변기에 앉아 휴대폰으로 강의를 들은 적도 많다. 이렇게 이야기하면 변비라고 오해할 수 있겠지만 난 변비는 아니다. 볼일을 보면서도, 산책하면서도, 설거지하는 시간조차 머릿속에 끊임없이 정보를 쏟아내어 쉬지 않고 생각을 하는 동안 내 머리는 나도 모르는 사이 계속 혹사당하고 있었다. 실시간으로 업데이트되는 광범위한 정보들과 방대한 콘텐츠 속에 하루에도 무수히 많은 정보가 우리의 머릿속에 출입한다. 관심 인물이 아님에도 실시간 검색의 상단에 노출되어 있으면 꼭 클릭하게 되고, 내게 필요한 기사를 검색하다가도 오른쪽 상단에 '전 품목 70% 세일' 이라는 배너가 보이면 충동적으로 클릭하기도 한다. 이렇듯 우리는 꼭 필요한 정보뿐만이 아니라 불필요한 정보에도 상시 노출되어 있으며 그 정보의 기지국인 스마트폰을 손에서 놓지 못하는 중독에 빠져있다.

이렇게 매일 엄청난 정보에 휩쓸리고 업무에 치이고 사람에게 시달리니 머리가 멀쩡한 게 오히려 이상한 것이 아닐까 싶다. 미국 밴더빌트 대학교의 연구에 따르면, 멀티태스킹은 우리 뇌의 피로도를 높여 코르티솔이라는 스트레스 호르몬을 분비시키기 때문에 일의 효율성을 떨어뜨리는 것으로 나타났으며 '1만 시간의 법칙' 의 창시

자이자 〈정리하는 뇌〉의 저자 대니얼 레버틴은 많은 정보가 넘쳐날 때 뇌는 지식을 쌓는 것이 아니라 '과부하' 상태가 된다고 하였다. 과부하가 걸리면 뇌는 집중력뿐만 아니라 기억력까지 저하된다는 것이다[5].

'과부하' 야 말로 음주와 흡연을 가까이하지 않아도, 나이와 상관없이 우리 뇌를 버퍼링에 걸리게 만드는 비중 높은 원인임이 틀림없다. 내가 이토록 확신하는 이유는 종일 전쟁 같은 하루를 보내고 저녁에 집필을 시작하려면 그 어느 때보다 버퍼링이 심하게 걸렸다. 이건 버퍼링 정도가 아니라 아예 생각이 마비된 수준이었다. 머리를 쥐어뜯으며 아무리 생각을 해도 생각이 나지 않는 경험은 누구나 한 번쯤은 겪어보았을 것이다. 내 머리는 종일 풀리지 않는 문제들과 씨름을 하며 잠깐씩 휴식할 수 있는 시간조차 방대한 정보를 집어넣기에 바빴다. 그런 과부하 상태에서 신선한 생각이 떠오를 리 만무했던 것이다. 백날 정보를 머리에 가득 채우기만 하면 무슨 소용이 있겠는가! 정리도 안 되고 정작 필요할 땐 머리에 랙 걸려서 활용도 못 하는데. 하물며 계란 하나를 먹어도 우리 몸에 도움 되는 에너지 원으로 작용하려면 몇 시간의 소화 흡수과정이 필요한데 우리 머리에는 쉬지 않고 집어넣기만 하니 온갖 잡념과 정보가 얽히고설켜 소

---

[5] 출처:SBS NEWS [라이프] 과도한 정보에 뇌는 지친다. 뇌 쉬게 하는 방법

화와 흡수는커녕 생각하는 힘도 파괴해 버렸다. 그래서 나는 나름의 해결방법을 찾기 시작하였고 존 레이 테이(John J. Ratey) 하버드 의과대학 교수의 "뇌의 활동성과 기억력을 위해서 일이 끝나면 모바일 기기와는 거리를 두는 게 좋다"는 조언을 참고하여 일상에서 모바일과 거리를 두는 시간을 확보한 뒤 생각을 일시 정지 시키는 시간을 갖고 있다6).

나는 시간적 여유가 있을 땐 잠시 바람을 쐬러 다녀오기도하고 그럴 여유가 없으면 창밖을 보며 멍~때리거나 약 5분정도 눈을 감고 깊게 호흡한다. 그러고나면 복잡했던 머릿속에 여유 공간이 생기며 서서히 뇌력이 충전된다. 우리는 흔히 "체력은 국력이다"라는 말을 하며 체력의 중요성에 대해서는 인지하고 있지만 뇌력은 매일 방전 시키면서도 뇌의 휴식에 대해서는 크게 신경쓰지 않는다.

나는 그간 마음이 급해서 책상 앞에 앉아 머리만 쥐어짤 때보다 한 시간 정도 걷고 와서 집필하는 것이 훨씬 효율적이라는 것을 체감하였다. 당장은 눈앞의 한 시간을 손해 보는 것 같아도 책상 앞에서 버퍼링으로 허무하게 날리는 시간이 몇 시간이다 보니 손익을 따져보면 일시 정지야 말로 남는 장사였다. 그러니 당신이 만약 풀리지 않

---

6) SBS뉴스
http://news.sbs.co.kr/news/endPage.do?news_id=N1004168575&plink=ORI&cooper=NAVER
&plink=COPYPASTE&cooper=SBSNEWSEND

는 문제를 맞닥뜨리거나 좋은 아이디어가 떠오르지 않을 땐 당신의 머리를 일시 정지 시킬 수 있는 매개체를 찾는 것을 권한다. 당신의 머리에 여유 공간이 생기면 당신에게 묻혀있던 좋은 아이디어가 하나씩 발견될 것이다. 매일 일정 시간은 일시 정지해주어라. 머리도 숨 쉴 여유가 필요하다.

02

몸에서 보내는 신호
간과하지 마세요

———

근래에 나에게 참 웃을 수도 울 수도 없는 일이 있었다. 재채기하다 처음으로 등에 담이 걸린 것이다. 숨 쉴 때마다 등에 통증이 가해지는, 말로만 듣던 '숨쉬기 불편한 상태'가 되자 너무 어이가 없어 헛웃음이 나왔다. 그날 비로 이 이야기를 SNS에 올렸는데 그때 누군가 남긴 "스트레스 받아서 그래요"라는 댓글을 보고 한참을 생각했다. 그러고 보니 나는 당시에 엄청난 스트레스에 시달리며 잠도 잘 못 자고 있었으나 경황이 없어 내가 스트레스를 받고 있다는 사실조차 인지하지 못하고 있었다. 사실 내가 담 걸린 원인이 정말 스트레스 때문인지는 확실치 않으나 만약 그 댓글이 아니었더라면 내 상태를 깊게 들여다보지 못했을 것이다. 더 정확하게 말하면 내 몸이 '담'이라는 형태로 적신호를 보내주지 않았더라면 나는 장기간 내 몸을 그 상태로 방치해 두었을 것이다. 어쨌든 그 적신호 덕에 그날은 어느 때보다 일찍이 일과를 마무리한 뒤 반신욕을 하고 초저녁부터 취침했다. 다음날 꿀잠을 자고 일어나니, 잠을 자는 동안 누가 요술을 부렸는지 엉망진창으로 얽혀있던 문제들이 머릿속에서 질서정연하게 정리되어 있었으며, 몸과 마음도 확연히 가벼워졌음을 느낄 수 있었다. 지금에 와서 생각해보면 그날의 그 불편했던 증상은 내 몸이 힘들다는 것을 알리기 위한 호소의 신호가 아니었을까 싶다. 이처럼 우리 몸은 시시때때로 우리에게 자잘한 신호들을 보내온다. 배가 고플 땐 꼬르륵 소리를 내보내고 졸릴 때 하품을 하게 만들며 땀을 많이 흘리면 갈증을 느끼게 해주고 술을 많이 마시고 나면 속쓰림을 느끼게 해준다.

이러한 신호는 허기가 졌으니 음식물을 채워달라는 신호를 보내 식사를 하게 하고, 졸리니 재워달라는 신호를 보내 잠을 청하게 하며, 수분이 부족하다는 신호를 보내 물을 보충해주고, 위장이 불편하다는 신호에 꿀물 등의 숙취에 도움 되는 것을 먹을 수 있게 한다. 이 밖에도 우리 몸은 지속해서 우리에게 노화의 진행 정도를 알려온다. 이십 대 독자들은 아직 체감하기 전이겠지만 삼십 대 중반만 되어도 이십 대 때와 체력이 차이가 난다는 것을 실감하며 사십 대가 되면 삼십 대와는 또 다르다는 것을 느끼게 된다. 아무리 이십 대 때 밤새도록 술을 마시고 멀쩡하게 출근하던 막강 체력의 소유자도 사오십대가 되면 밤을 새는데 부담스러워진다. 밤샘은커녕 연이틀 과음만 해도 일주일이 피곤하다.

사오십대 지인들의 이야기를 들어보면 피부 재생능력도 예전 같지 않아 얼굴에 베개 자국이라도 생기는 날엔 종일 얼굴 들고 다니기 부끄럽다고 하고 상처 회복력도 확연히 떨어져 어디 다치기도 무서울 지경이라고 한다. 이러한 생리적인 신호 외에도 우리 몸은 문제가 발생하면 자신을 보호하기 위해 지속해서 적신호를 보내온다. 그런데 정작 우리는 쓸데없이 건강에 자부심을 느끼며 신호를 간과할 때가 많다. "이러다 말겠지" 하며 안일하게 대처하다 나중에는 돌이킬 수 없는 상태에 다다르게 되는 모습을 종종 본다. 필자가 괜히 겁을 주는 것이 아니다. 나의 외할아버지는 일 년에 감기 한번 안 걸릴 정도로 건강한 분이셨는데 위암으로 일찍 돌아가셨다. 평소에 소화가 잘 안 되는 증상이 있었으나 소화제만 드시며 안일하게 방치해 두셨던 것이 화근이 되었다. 누가봐도 워낙 건강한 체질이었기에 가족들도 그러려니 하고 대수롭지 않게 여겼다. 그러다 몇 개월 뒤부턴 음식을 넘길 수도 없이 고통스러워졌고 병원에 찾았을 때는 이미 손 쓸 수 없는 위암 말기셨다. 요즘 같은 시대에 이런 이야기를 하면 "매년 건강검진 받는데 별걱정을"이라고 이야기하는 사람도 많다. 하지만 이러한 적신호는 꼭 건강에 큰 문제가 생겼을 때만 내보내는 것은 아니다. 이삼십 대의 건강에 아무런 이상이 없는 청년들도 신호를 받는다. 젊고 건강하지만, 운동을 무리하게 하다 보면 무릎에 염증이 생기거나 인대에 무리가 생길 수도 있고 꽃가루와 먼지 등에 의해 알레르기성 결막염이 발생할 수도 있다. 이러한 상태가 되면 우리 몸은 어떠한 증상을 드러냄으로써 열심히 자신의 상태를 호소해 오지만 많은 이들이 '아직 젊은데, 곧 괜찮아지겠지' 하며 자신의 회복력을 과신하며 병을 키운다.

예전에는 매일 아침 체중과 혈압을 체크하시는 아버지가 너무 유별나다고 생각되었으나 이제는 작은 신호도 간과하지 않으시려는 아버지 마음을 이해할 수 있게 되었다. 아버지께선 매일 그렇게 자신의 몸과 소통하며 하루를 시작하시는 것이었다. 나는 수년간 내 몸에서 보내는 작은 신호에 귀 기울이며 나에게서 몇 가지 특이사항을 발견하게 되었다. 나는 비 오기 전날 또는 비 내리는 날엔 소화가 잘 안 되고 걸을 때 마치 누가 내 다리를 잡아당기는 것 마냥 하체가 무겁게 느껴진다. 이런 이야기를 하면 지인들은 말도 안 된다고 하지만 비 오는 날 아침이면 보통 때보다 더 못 일어나겠으며 더 졸린다고 느끼는 사람이 꽤 많다. 어머니들이 비 오기 전날 무릎이 시리다고 하시거나 관절이 쑤신다고 하시는 것을 한 번쯤은 들어본 적이 있을 것이다. 간혹 일기예보에는 비 소식이 없는데 내 몸은 비 오기 전에만 느끼는 증상을 보일 때가 있다. 신기하게도 당일 또는 다음 날 일기예보에도 없던 비가 내리는 현상을 여러 차례 겪고 난 뒤 나는 몸에서 보내는 신호에 더 집중하게 되었다. 내가 커피와 술을 멀리하게 된 것도 내 몸이 주는 신호에 귀를 기울이면서부터이다. 이십 대 초반에는 멋모르고 친구들이 마시니까 선배가 사주니까 홀짝홀짝 마셨지만, 언제부턴가 술이나 커피를 마신 날이면 심장이 터질

듯 쿵쾅거려 한두 시간 간격으로 자다 깨거나 아예 뜬눈으로 밤을 지새워야 했다. 이는 내 몸에서 술과 커피가 나와 안 맞는다고 호소하는 신호였다.

반면에 내 몸에 맞는 생활패턴을 유지하였을 땐 내 몸이 긍정적인 신호를 보내오기도 한다. 보양식을 먹거나 숙면을 취하면 아침에 세수할 때 피부에 촉촉함이 다르다. 이는 물론 기분 탓일 수도 있으나 이밖에도 음식을 조금만 신경 쓰면 쾌변을 하거나 평소 같으면 꾸벅꾸벅 졸 시간에 맑은 정신으로 빠릿빠릿한 행동을 한다든가 하는 큰 차이 아니지만 그래도 확실히 이로운 신호를 받는다는 것을 느낀다. 그런데 내가 어디 가서 이런 이야기를 하면 혹자는 "너무 피곤하게 산다. 네가 의사냐?"라고 하는데 그렇다! 우리에게 가장 위대한 주치의는 바로 자기 자신이다. 제아무리 뛰어난 의료인이라도 일 년 365일 24시간 우리 곁에 딱 붙어 케어할 수는 없는 노릇이다. 자기 자신이야말로 일 년 365일 자신의 몸뚱이를 데리고 다니며 무엇을 먹었고 몇 시에 잤는지 일거수일투족을 전부 파악할 수 있으며 대소변 상태까지 매 시간 체크할 수 있다. 내 몸이 오늘 술이 받지 않는다는 것을 잘 아는 사람도, 점심때 먹은 음식이 아직 소화가 덜 되었다는 것을 아는 사람도, 매일 몸에서 보내는 세밀한 신호를 가장 가까이에서 정확하게 인지힐 수 있는 사람도 바로 당신이다. 만약 살면서 지금까지 어떠한 신호도 못 느꼈다면 그동안 당신의 몸이 신호를 보내지 않은 것이 아니라 그 신호를 외면해 왔을 가능성이 높다. 식사할 때 영화를 보거나 다른데 집중하며 먹으면 뇌에서 '배불러 죽겠으니 그만 좀 집어넣어라' 라고 보내는 포만감의 신호를 놓치기 쉬운 것처럼 깊게 관심을 두지 않아 놓친 적이 많을 것이다. 이제부터 자기 자신이 최고의 주치의임을 인지하고 몸에서 보내는 메시지에 귀 기울이다보면 그간 간과했던 신호들이 하나씩 느껴질 것이다.

일하다 허리가 뻐근해오는 신호를 받으면 5분이라도 스트레칭해주고 눈이 빠질 듯이 뻑뻑하다는 신호를 보내오면 '잠시라도 눈을 감고 휴식을 취해주어라.' 이렇게 작은 신호를 하나씩 받아들이기 시작하면 당신의 몸은 더 중요한 정보를 공유해 줄 것이다.

나는 수년간의 내 몸뚱이와의 소통을 통해 나에게 맞는 운동, 맞는 음식, 더욱 건강하게 사는 방법을 배울 수 있게 되었다. 덕분에 지금은 오히려 이십 대 때보다 건강하게 살고 있다. 건강이 가장 중요하다는 것은 누구나 아는 사실이지만 먹고살기 바쁘다 보니 가장 방치하기 쉬운 요소가 아닐까 싶다. 아무리 백세시대라 하지만 병원에 이십 년간 누워서 보낸다면 무슨 의미가 있겠는가? 큰 병 일수록 어느 날 갑자기 하늘에서 떨어지는 것이 아니라 수년에서 수십 년간의 식습관, 생활습관 등이 쌓여 서서히 병을 키우는 것이다. 그러니 나중에 소 잃고 외양간 고치지 말고 오늘도 끊임없이 전달되고 있는 당신의 똑똑한 신호들을 간과하지 않길 바란다.

03

과연 여행만 간다고
힐링이 될까?

────

나는 지인들과 함께 공연을 보는 것도 좋아하지만 나 홀로 공연장에 앉아 온 신경을 집중하여 공연에 흠뻑 취하는 것을 참 좋아한다. 얼마 전 아주 오랜만에 혼자 공연을 보다 문득 이런 생각이 들었다. '언제가 내 혼공(혼자 공연 보기)의 마지막이었지?' 그리고 보니 2011년 시드니 오페라하우스에서 혼자 공연을 본 뒤로 지난 8년간 혼자 공연을 본 적이 없었다. 더 정확하게 말하자면 혼공을 떠나 정신없이 사느라 공연 자체를 즐길 여유가 없었다. 물론 일 년에 한두 번 정도 토크콘서트와 페스티벌을 다녀온 기억이 있지만 이십 대 때에 비하면 10%도 채 안 되는 횟수인 것 같다.

나는 이십 대 초반에 한참 라이브 바에 빠져 혼자 온 재즈바를 돌아다녔던 기억이 있다. 가끔 들러 한두 시간 음악에 취해 있다 돌아오는 것이 나에게는 엄청난 힐링이 되었다. 당시 내가 가던 재즈바의 대다수의 고객이 서양인이었는데 그들의 리액션과 그곳의 자유로운 분위기가 니무 좋았던 것 같다. 쳇바퀴 같은 일상에서 한두 시간의 작은 일탈! '힐링'에 대한 개념도 없었던 시절, 나는 어쩌면 이미 나만의 힐링법을 체득했던 건지 모른다. 당시에는 혼밥 혼술 문화가 지금처럼 대세가 아니었음에도 나는 그때부터 혼여(혼자 여행)를 선호하였는데 사실 선호하는 정도가 아니라 내가 그간 다닌 여행의 95% 이상이 혼여였다. 아마 혼여, 혼밥, 혼술의 묘미를 나는 주위 친구들보다 조금 더 일찍이 체감한 것 같다. 그 중 혼여(혼자 여행)의 가장 큰 묘미는 새로운 친구들을 사귈 수 있다는 것이다.

2011년 혼자 푸껫 여행 갔다가 알게 된 말레이시아 친구들과 홍콩 친구와는 아직도 좋은 인연을 이어오고 있다. 그들의 문화와 그들이 겪는 스트레스를 듣다 보면 공감되는 것도 많고 배울 점도 많았는데 요즘은 비즈니스에 대한 조언까지 구하고 있으니 나는 여행지에서 아주 커다란 자산을 얻은 셈이다. 이쯤 되면 당신은 이런 친구들을 도대체 어디서 사귀는지 궁금할 법도 하다. 요즘에는 구글맵이 워낙 잘 되어있어 낯선 사람에게 길 물어볼 일이 거의 없지만 예전에는 지도 한 장 들고 혼자 두리번거리며 헤매다 보니 길 물어보다 자연스럽게 말동무로 이어진 적이 많다. 지금은 블로그나 인스타에서 사전에 관광지와 맛집 검색을 다 해놓고 찾아가는 여행객이 많지만 나는 당시 먹거리, 놀 거리 등을 호텔 프런트에 물어보거나 길에서 사진 좀 찍어달라고 부탁했던 현지인들에게 물어보곤 하였다.

나는 여행계획을 짤 때 꼭 들러야 할 관광지 몇 군데만 큼직하게 정해놓고 나머지 일정은 굉장히 유동적으로 움직인다. 나에게 있어 여행이란 어떠한 틀에 구속받지 않는 자유로운 몸부림이다. 가뜩이나 매일 기상 시간, 출 퇴근길, 만나는 사람, 나누는 대화, 먹는 음식 등이 거의 정해져 있는데 여행까지 와서 틀에 갇히고 싶지 않았다. 사실 나도 무작정 남들이 다 들리는 관광지에 가서 미어터지는 인파를 뚫고 인증샷 남기기에 급급했던 적도 많다. 도대체 왜 여기가 포토존이 되었는지, 여기가 왜 유명한지 어떠한 의미도 깨닫지 못한 채 한 시간이나 소요해서 도착해 놓고 오 분도 채 안돼서 자리를 뜬 적이 한 두 번이 아니다. 식당을 갈 때도 맛집을 블로그에서 찾다 보니 식당에 들어서면 현지인보다 한국인이 더 많아 당황스러운 적이 많았다. 한국인이 어찌나 많이 오는지 메뉴판도 한국어로 되어있고 내가 해외에 있는 건지 국내 맛집 투어를 하고 있는 건지 헷갈릴 때도 있었다. 물론 한국어 메뉴판이 보기엔 편하지만, 현지 메뉴판으로 대혼란을 겪으며 시행착오를 경험하는 것 역시 여행의 묘미 중 하나다. 게다가 아무리 구글맵을 켜고 가도 간혹 방향을 잘못 잡고 골목골목을 헤매다 겨우 도착 할 때가 있다. 그런데 그렇게 어렵게 도착한 식당이 맛이 없어 허무했던 적이 한 두 번이 아니다. 특히나 "미슐랭가이드"에 소개된 식당이나 SNS에서 인생 맛집이라는 수식어가 붙은 식당의 음식이 맛이 없으면 배신감이 들기도 한다. 어쩌면 포스팅된 식낭들이 맛이 없는 것이 아니라 그 식당에 붙은 수식어가 내 기대치를 한껏 높여놓아서 그럴 수 도 있다. 예전에 필리핀에 막 도착해서 호텔에 짐을 풀었는데 갑자기 미친 듯이 배가 고팠다. 맛집 검색은 포기하고 그냥 호텔 맞은편 식당에 들어갔는데 이게 웬일인가! 대낮에 겨우 손님이 두 테이블 밖에 없는 식당에서 열 명이 넘는 직원들이 신나는 음악에 춤을 추며 공연을 하는 것이 아닌가. 난 그날 흥이 폭발하여 식사가 나오기 전까지 그들의 춤에 합류해서 한국에서 할 수 없었던 일탈을 만끽하였다. 나는 지금까지도 그들이 진짜 쉐프인지 옷만 그렇게 입은 것인 진 알 수 없으나 중요한 건 이 식당은 SNS에서 검색한 맛집이 아니라는 것이다. 간혹 여정 중에 길을 잘 못 들어 오히려 생각지도 못한 귀한 경험을 할 때면 왠지 숨은 보물을 찾은 기분이 들곤 한다. 그래서 나는 여행 갈 때 블로그를 너무 뒤져보는 것을 추천하지 않는다. 정해진 코스에 발도장 찍기에 바빠 여행지를 제대로 음미하지도 못하고 구글맵으로 좌회전 우회전 길 찾기만 하다 정작 찾아가는 과정에서 느낄 수 있는 운치를 놓칠 수도 있다. 지나고 나니 인증샷을 남기기 급급했던 유명 관광지보다 얼떨결에 들린 식당, 현지인에게 추천받고 즉흥으로 움직인 곳이 더 애틋한 추억으로 남았다.

인간은 망각의 동물이라 머리에 새기는 여행은 세월이 지나면 희미해지지만, 가슴에 새겨진 여행은 그 진한 여운이 평생을 갈 수도 있다. 그냥 내키는 대로 걷고 그러다 힘들면 계획하지 않았던 근처의 아무 카페나 들어가 좀 쉬다가 배고프면 현지인들이 붐비는 식당에 들어가 안 먹어본 음식도 과감하게 시켜보길 바란다. 물론 당신의 입에 안 맞는 음식이 나올 수도 있지만, 입에 좀 안 맞으면 어떠한가? 평소에 매일 익숙한 음식만 먹고 사는데 이럴 때 아니면 언제 이렇게 이상한 맛을 맛보겠는가?

예전에 싱가포르에서 신년에는 두리안을 먹는 문화가 있다고(실제로 이 문화가 있는 건지 아니면 내가 하도 안 먹는다고 버티니 거짓말을 한 건지 모르겠으나) 똥 냄새나는 두리안을 억지로 먹고 토할 뻔 한 적이 있는데 오랜 시간이 지났음에도 한 번씩 그날을 떠올리면 웃음이 난다. 시간이 지나고 나니 이 또한 다 잊지 못할 추억이 되었다. 여행 중에 도저히 뭘 시켜야 될지 모를 때는 종업원에게 가장 인기 많은 메뉴를 물어보고 그 음식을 주문해라. 만약 당신이 주문한 음식이 도저히 못 먹겠을 맛이라면 는 또 다른 음식에 도전하면 된다. 여행의 가장 큰 묘미 중 하나가 자유로움이 아닐까? 하루에 다섯끼를 먹으면 어떻고 여섯끼를 먹으면 어떠하리. 다시 일상으로 돌아가면 그렇게 먹고 싶어도 근무시간 때문에 세끼도 겨우 먹을 텐데. 어리바리하게 길 좀 못 찾고 헤매면 어떠하리. 일상에서의 출퇴근길과 집앞 편의점은 눈감고도 갈 만큼 빠삭한데. 여행 와서 종일 먹고 잠만 잔다면 이 또한 어떠하리.타국에서 새로운 음식을 먹고 잠만 자는 것도 하나의 일탈인데 이러면 어떻고 저러면 어떠리. 사람들은 여행이 곧 '힐링'이라는 표현을 자주 하지만 여행만 다녀온다고 힐링이 되는 것이 아니다. 제대로 힐링 하지 않으면 피곤하기만 할 수도 있다. 그 냥 마음 내키는 대로, 발 닿는 대로, 남들의 시선을 의식하지 말고 나만의 의미를 찾아 가슴에 진한 여운을 남길 때 비로소 힐링과 직 결된 여행이 된다. 이제부턴 여행지에서 자신의 내면의 울림을 자유 롭게 실현하며 힐링을 만끽하길 바란다.

04

숨 쉴 구멍이 필요해

사람들의 SNS에서 보면 "힐링이 필요해", "여행 가고 싶다"와 같은 글이 자주 올라온다. 여행을 다녀오면 힐링이 되긴 하지만 시간과 비용에 한계가 있어 자주 계획하기는 힘들다. 물론 쇼핑, 맛집 탐방, 지인들과의 만남과 같은 상대적으로 시간과 비용을 많이 들이지 않고 힐링할 수 있는 방법도 있다. 하지만 퇴근 후 피곤함에 찌든 몸을 이끌고 매일같이 지인들을 만나 맛집 탐방을 하기엔 체력이 예전 같지 않다. 언제부턴가 하루만 무리해도 며칠이 피곤하며, 맛집 투어와 쇼핑을 자주 하기엔 직장인으로서 경제적 타격이 크다. 그렇다고 일 년에 한두 번 뿐인 여행으로 힐링을 퉁치자니 매일 시시때때로 쌓이는 스트레스가 감당되지 않는다. 물론 꾸역꾸역 버틸 순 있지만, 삶의 만족도가 너무 낮아지기에 나는 어떻게든 힐링하기 위해서 시간, 비용, 체력 소진을 최소화 할 수 있는 데일리 힐링법을 생각해 냈다. 나는 집에서 멀지 않은 곳에 나만의 힐링 플레이스를 지정하여 숨 쉴 구멍이 필요할 때마다 찾는다. 사실 나의 힐링 플레이스는 그렇게 특별한 곳은 아니다.

집 근처 한적한 산책로인데 남들이 보면 "여기가 왜?"라고 반문할 수도 있지만 나는 이곳에만 가면 마음이 평온해진다. 내가 화려하고 멋있는 공간보다 맘 편한 곳을 선호는 이유는 아무리 화려하고 멋진 장소도 편하게 갈 수 없으면 발길이 멀어질 수밖에 없기 때문이다. 내 주위에는 이미 자신만의 힐링 플레이스를 보유하고 있는 사람이 많다. 한 친구는 동네 체육관이(퇴근 후 사람들과 모여 운동하는), 또 다른 친구는 자신의 집 거실(맛있는 안주와 혼술 한잔하며 카~를 외칠 수 있는 공간)이, 그 밖에도 집 앞 편의점(퇴근길에 시원하게 맥주 한 캔 할 수 있는) 등 다양했다. 그중 유독 기억에 남는 힐링 플레이스를 보유한 지인이 있다. 수년간 하루도 쉬지 않고 달려오신 D 스튜디오 대표님께 그간 어떻게 버티셨는지 여쭤본 적이 있다. 그는 매일 퇴근 후 귀갓길에 위치한 사우나에서 2시간을 보내는 것이 가장 큰 낙이라고 하였다. 이처럼 사람마다 지친 일상으로부터 치유되는 공간은 제각각이지만, 모두 자신의 힐링 플레이스를 통해 스트레스에 대한 면역력과 삶의 만족도를 높이고 있었다. 힐링 플레이스는 바꿔 말하면 '숨 쉴 구멍'이다. 드라마에서 "나도 이제 좀 숨 좀 쉬자", "숨 쉴 구멍이 없어!"라는 대사는 한 번쯤 들어봤을 것이다. 이들이 숨 좀 쉬자고 외치는 건 폐 질환으로 인한 호흡 곤란이 아니라는 것을 당신도 이미 잘 알 것이다.

종일 일터에서 시달리느라, 듣고 싶지 않은 말을 참아내느라, 이러지도 저러지도 못하는 상황에 숨이 턱턱 막히는 일상을 살아가고 있는 당신에게 숨 쉴 구멍은 당신의 마음이 호흡 할 수 있는 최적화된 장소가 아닐까 싶다. 만약 아직 당신에게 숨 쉴 구멍이 없다면 그간 수집해온 힐링 플레이스 선정 노하우를 공유할테니 참고하면 좋겠다. 위에서 소개한 내 지인들의 힐링 플레이스는 전부 걸어서 갈 수 있는 가까운 거리라는 공통점이 있다.

1. 멋스러운 곳보단 편한 곳을 – 아무리 화려하고 멋있는 곳도 매일 가면 식상해 질 수 있다. 마음이 편안해 지는 곳에 발길이 잦아지며 쉽게 질리지 않는다.

2. 혼자 부담 없이 갈 수 있는 곳을 – 누군가 동행하려면 시간 맞추다 세월 다 간다.

3. 걸어갈 수 있을 정도의 가까운 곳을 – 멀다고 인지되면 매일 지친 몸을 이끌고 찾아가기 번거롭다고 느낄 수 있다.

4. 시간 제약이 없는 곳을 – 요일과 시간에 제약이 있으면 힐링이 필요한 날 제약이 따르기쉽다.

참고로 나의 힐링 플레이스는 위 네 가지 조건을 다 충족한다. 멋스러운 공간은 아니지만 답답한 마음에 찾으면 언제나 나에게 숨 쉴 구멍이 되어주며 그곳을 다녀오면 새로운 아이디어도 떠오르고 잡념도 사라지며 입맛도 회복이 되고 밤에 잠도 잘 온다. 게다가 늘 혼자 향하지만 남들의 시선이 신경 쓰이지 않으며 중요한 건 내가 원할 때 언제든지 갈 수 있는 24시간 365일 개방된 곳이라는 것이다. 그래서 나는 새벽 5시에 갈 때도 있고 해 질 무렵 갈 때도 있다. 내가 원할 때 언제든 달려갈 수 있다는 생각에 든든하기까지 하다. 숨 쉴 구멍이 어디든 마음 놓고 마음의 먼지를 털어낼 수 있는 곳이면 충분하다. 당신이 일상에서 간과하던 곳에 분명 당신만의 힐링 플레이스가 숨겨져 있을 것이다.

05

잠자는 시간이
아깝다고?

———

　얼마 전 한 친구로부터 링거 맞고 있다는 연락을 받았다. 그 이야기를 듣자마자 나의 첫 마디는 "요즘 잠 잘 못 자는구나?"였다. 내가 아주 오랜만에 연락했음에도 내가 바로 정곡을 찌르자 상대방은 적지 않게 당황했다. 가끔 지인들이 나에게 접신한 것 아니냐고 물을 정도로 나는 촉이 좋은 편이긴 하지만 이번 건은 평소 이 친구의 생활패턴을 안다면 누구나 가늠할 수 있는 상황이었다. 나는 친구에게 더욱 자세한 근황을 물어보았는데 근래에 퇴근 후 술자리가 많았으며 주말에는 아예 작정하고 밤 샌다고 하였다. 우리가 이십 대도 아니고 왜 그렇게까지 무리하냐고 물어보니 "하루 7시간씩 80년을 자면 평생 우리가 몇 시간을 자는 거니? 나는 자는 시간이 너무 아깝더라."며 잠은 죽어서 자는 것이라는 말을 덧붙였다. 그 말을 듣고 나는 친구에게 잠 안 자고 그렇게 알차게 24시간을 활용하다 지금 며칠째 계속 겔겔 되며 누워 있지 않느냐고 되물었다. 링거 맞으며 누워있는 동안 날아가는 시간은 아깝지 않은가? 하루에 3~4시간 자고 피곤함에 찌들어 멍~~~때리는 시간은 과연 효율적이라 할 수 있는가? 젊었을 때 잠을 안 잤던 시간만큼 나이 들어 남들보다 일찍 누워 지낸 다면? 간혹 내 친구처럼 수면의 중요성을 간과하는 사람들이 있는데 우리가 자는 동안 우리 몸은 생각보다 많은 일을 한다.

우리 몸은 우리가 잠든 사이 낮에 활동하면서 손상된 조직들을 복구하고, 이튿날 최적의 심신 활동을 할 수 있도록 에너지를 비축한다7).

이 밖에도 수면은 면역력과도 밀접한 관계가 있다. 미국 워싱턴 의대 수면 연구소 교수 Dr. Nathaniel Watson 팀이 11쌍의 일란성 쌍둥이 대상으로 한 수면 실험에 대한 연구 결과를 발표했다. 연구 결과에 의하면 수면시간이 짧은 쌍둥이들이 수면시간이 긴 형제자매 쌍둥이들보다 면역이 많이 저하되어 있다는 것을 발표하면서, 만성적인 수면 부족은 많은 질병을 초래하는데 질병 원인 중의 하나가 수면 부족에 의한 면역력 저하라는 결론을 내렸다8).

이러한 이론을 떠나서 누구나 한 번쯤 잠을 못 자고 난 뒤 이튿날 종일 피곤하고 집중력이 떨어졌던 경험이 있을 것이다. 하물며 핸드

---

7) '실험의학 저널' (Journal of Experimental Medicine)

8) 〈충주신문〉 http://m.cjwn.com/35681

폰도 하루에 한 번 이상은 배터리를 충전하는데, 종일 자신을 혹사하며 감정노동까지 하는 인간은 얼마나 더 많은 충전이 필요하겠는가. 수면 시간은 버리는 시간이 아니라 지친 육체와 마음을 재충전해 주는 치유의 시간이다. 충전은 한번 할 때 80~100% 해주는 것이 가장 이상적이나 여건상 그럴 수 없다면 주말이라도 작정하고 충전해 줄 것을 권한다.

　간혹 몇 시간을 충전하는 것이 좋을지 물어보는 사람이 있는데 사람마다 충전 속도가 다르기에 본인에게 맞는 수면시간을 파악하는 것이 중요하다. 어떤 이는 매일 최소 7시간 이상 충전을 해야만 하루를 버텨낼 수 있는 에너지가 충전되며 어떤 이는 하루 4~5시간만 충전해도 종일 크게 피로감 없이 하루를 버틸 수 있다. 현재 다수의 직장인들이 수면 부족에 시달리며 매일 커피 2~3잔으로 겨우 버티고 있다. 이러한 패턴은 이미 오랜 세월 굳어져 예전과 같은 열정과 활력을 잃은 지 오래다. 초심을 잃었다는 건 어쩌면 당신의 정신력의 문제가 아닌 피곤에 찌든 육체가 모든 걸 해이하게 만드는 것일 수도 있다. 우린 영화에 나오는 슈퍼맨 같은 히어로가 아니다. 결국, 우리 몸이 받쳐주지 않으면 아무리 의지가 강해도 정신력에 한계가 오기 마련이다. 아직 젊다는 이유로 이를 간과하는 사람이 많으나 우리 몸은 하루하루 매분 매초 노화되고 있어 충전이 제대로 되지 않으면 점점 놓치는 구멍이 커지기 쉽다. 그러니 잠은 죽어서가 아닌 살아있을 때 자는 것이며, 살아있기 때문에 충전도 가능한 것임을 다시 한 번 생각해 주기 바란다.

06

전략적 발산이
필요해

———

주위에 성격이 둥글둥글해 보이는 사람들이 있다. 이들은 화도 잘 안 내고 감정 기복도 거의 없어 평소에 사람 좋다는 말을 많이 듣는다. 그런데 사람 좋다는 말이 항상 좋은 것만은 아니다. 우리는 예민하고 까칠한 사람보다 사람 좋아 보이는 사람에게 부탁도 더 쉽게 하고 말도 더 스스럼없이 하게 된다. 왜? 더 편하니까. 사람들은 불편한 사람보다 편한 사람을 좋아하지만 안타깝게도 사람이 너무 편하면 만만하게 느끼기도 한다. 그렇다 보니 이들은 평소에 많은 것을 포용하며 살고 있다. 어느 날 문득 이들이 정말 괜찮은 것인지 속내가 궁금했다. 그래서 주위에 항상 모든 사람에게 친절하고 거절도 잘하지 못하는 신데렐라 친구에게 물어보았다.

나 　　　：　"신데렐라로 살기 힘들지 않아?"
신데렐라 : "나도 힘들 때 많지. 그래도 어쩌겠어..."

이들도 힘들 때가 많았지만 그저 불편한 감정을 표출하지 않을 뿐이었다. 그렇게 계속 참다 마음에 병이 생길 수 있다고 친구에게 여러 차례 이야기했지만 그녀는 이미 오랜 세월 타인의 감정을 받아주는 것이 몸에 배어 자신의 감정을 표출하는 것이 익숙지 않았다.

나는 늘 타인의 감정을 받아주는 사람을 수렴형이라고 부르고 시도 때도 없이 감정을 분출해대는 사람을 발산형이라 부른다. 발산형은 주위 사람 의식치 않고 마음 당기는 대로 자신의 마음 상태를 분출하여 주위 사람들을 피곤하게 할 때가 많지만 정작 본인은 뒤끝 없이 속 편하게 사는 사람이 많다.

반면에 수렴형은 자신의 감정보다 타인의 감정을 우선순위로 두어 주위 사람들에겐 너무나 좋은 사람이지만 정작 자신은 피곤할 때가 많다. 쉽게 이야기하면 수렴형은 마음에 먼지가 쌓이는 형태라면 발산형은 마음의 먼지를 털어내는 사람을 뜻한다. 가장 이상적인 것은 적당히 발산하고 적당히 수렴하는 것이지만 세상에서 가장 어려운 것이 바로 '적당히'가 아닐까 싶다. 필자는 회식할 때도 적당한 곳으로 알아보라는 지시가 가장 어려웠다. '적당히'가 어려운 당신에게 나는 되도록 '좋은 사람(수렴형)'으로 살아가는 것을 권한다. 물론 발산형이 나쁜 것은 아니다. 마음의 먼지를 잘 털어내야 건강하고 행복하게 살 수 있지만 마음의 먼지를 주위 사람들에게 털어낸다면 문제는 달라진다. 수렴형은 다른 사람을 배려하는 것이 몸에 배어 있어 자신을 힘들게 하는 사람도 있겠지만 좋은 사람도 많이 남는다. 하지만 타인에게 자기중심적 발산을 하는 발산형의 인간관계는 겉으로는 주위 사람들이 맞춰주는 듯해 보이지만 좋은 사람들이 곁에 남기 힘들다. 그렇다고 계속 수렴형으로 살려니 아무리 포용력이 강한 내공의 소유자도 사람인지라 무한대로 수렴 가능한 것은 아니다. 혹자는 아주 오랜 시간 수렴해도 잘만 살 수 있다고 하지만 사람마다 폭발하는 타이밍과 형태가 다를 뿐이다. 30년을 수렴하다 암에 걸릴 수도 있고 3년을 수렴하다 정신 질환에 시달릴 수도 있다. 꼭 질환이 아니더라도 한평생 참고 살아오신 어머니들 보면 답답할 때마다 주먹으로 가슴을 치곤하신다. 이를 '화병' 또는 '한'이라고 하는데 갑자기 예전에 누군가에게 섭섭했던 일들이 떠오르기도 하고 가만히 있다가 갑자기 화가 치밀어 오르거나 우울함이 몰려오는 감정 기복을 겪는다고 한다.

사람마다 수렴 가능한 정도가 다르긴 하지만 언젠가 자신이 감당할 수 있는 한도를 초과하면 어떠한 형태로든 당신을 위협해 올 수 있다.

그런데 간혹 너무 장기간 수렴이 몸에 배어 자신이 참고 산다는 사실조차 인지하지 못할 때가 있다. 자신이 힘들다는 인지라도 하면 발산할 방법이라도 찾을 텐데 책임감으로 똘똘 뭉쳐 정당한 맷집으로 받아들이는 사람들을 보면 참 안타깝다.

이들은 이미 오랜 세월 마음의 소리에 귀를 닫고 자신과 솔직하게 소통하는 법을 잊은 지 오래다. 지금 와서 돌이켜보니 나 역시 수렴을 수렴이라 인지조차 하지 못하고 살아온 시절이 있었다. 그간 나는 그 누구보다 씩씩하게 살아냈다고 생각했는데 요즘 들어 멘탈이 약해진 것 같아 친구에게 털어놓았더니 "약해진 게 아니라 그게 원래 네 모습일 수 있지"라는 뜻밖에 대답을 듣게 되었다. 순간 망치로 뒤통수를 꽝하고 맞은 기분이었다. 찔러도 피 한 방울 안 나올 것 같다던 내가? 강하다는 말을 밥 먹듯이 들어온 내가? 하지만 나는 친구의 말에 반박할 수 없었다. 왜냐하면 그 순간 내 머릿속에 괜찮은 척하며 버텨왔던 기억의 조각이 하나하나 스쳐 지나갔기 때문이다. 뒤에서 누가 내 험담을 해도 신경 쓰지 않은 척, 일이 안 풀려도 힘들지 않은 척, 몸이 아파도 에너지 넘치는 척, 우울하지 않은 척, 아무 걱정 없는 척. 무엇이 나를 그렇게 괜찮은 척하며 살게 했을까. 타지 생활을 했던 나는 부모님께서 걱정하실까 봐 몸이 안 좋아도 아프단 말을 하지 않았고, 자존심으로 똘똘 뭉쳐 다른 사람들에게 힘든 모습을 보이면 내가 무너진다고 생각했던 것 같다. 그런데 주위를 둘러보면 나보다 더 골치 아픈 일을 수렴하고 사는 사람이 많다.

몇몇 수렴형들과 이야기를 나누어보니 어떤 리더는 매일같이 외부압박에 시달리면서도 직원들의 사기가 떨어질까 봐 털어놓지 못한 채 혼자 머리를 쥐어짜며 수렴하고 있었고, 어떤 이는 회사 사정이 어려워져도 가족들이 걱정할까 봐 혼자 끙끙 앓고 있었다. 이처럼 많은 이들이 직장에선 깨지고 집에 가면 눈치 보고 거래처에는 비위 맞춰주며 오늘도 그렇게 수렴하며 살아간다. 하지만 당신 내면엔 점점 괜찮지 않은 것들이 쌓여 언젠간 당신에게 커다란 위협을 가할 수 있기에 먼지가 쌓이기 쉬운 수렴형은 반드시 전략적 발산이 필요하다. 무계획성 발산은 자칫 사람에게 발산시킬 수 있기 때문에 방법을 잘 찾아서 풀어내야 한다. 부끄러운 고백이긴 하지만 나는 신나는 음악을 크게 틀어놓고 춤추고 나면 속에 진 응어리가 풀리는 기분이 든다. 한 대학 동기는 주말에 밴드 공연을 보며 환호성을 지르며 푼다고 하였고 또 다른 친구는 퇴근 후 탱고를 배우며 뭉쳐있던 에너지를 발산한다고 하였다.

사실 발산에는 정해진 답이 없다. 그저 당신에게 맞는 방법을 찾아 발산을 할 수 있는 시간과 공간을 지혜롭게 안배하면 된다. 여기서 중요한 것은 당신이 수렴형이라는 사실조차 인지하지 못하고 있는 건 아닌지 혹은 수렴을 당연하다 여기고 있지 않은지 자신을 깊게 들여다보는 것이다.

이제는 어릴 때처럼 괜찮지 않다고 엉엉 울며 엄마를 찾을 수 없기에 오늘도 괜찮다고 합리화시키며 긴 하루를 버텨내는 가엾은 수렴형이여, 화병 걸리지 않도록 주기적으로 발산하여 마음의 먼지를 털어내자. 당신 혼자 참는 것만이 능사가 아님을 기억하길 바란다.

07

힐링은 해석이다

———

내 주위에 워킹맘들은 하루하루가 전쟁이다. 아침에 일어나 아이들 먹이고 입혀 어린이집에 데려다주고 부랴부랴 직장으로 향해 겨우 정시에 회사에 도착하여 업무를 시작한다. 방금 언급한 아이를 먹이고 입히는 일은 쉬운 일이 아니다. 애가 어찌나 안 일어나는지 깨우느라 한바탕 기운을 빼고, 아이가 아직 시간개념 없어 세월아 내월아 아침을 먹는 모습에 다시 한 번 속이 새카맣게 타들어 가며, 애가 고집은 어찌나 센지 "이 옷 싫어"라며 억지를 부리는 아이와 출근 시간의 압박으로 매일 아침마다 한바탕 전쟁을 치른다. 게다가 아이 픽업을 도와줄 사람이 없으면 야근도 못 하고 눈치 보며 부랴부랴 회사를 뛰쳐나와야 하고, 퇴근 후에는 아이를 씻기고 저녁을 차린 뒤 먹이고 치우는 이차 노동에 들어간다. 그렇게 정신없는 일상을 보내다 보면 한 번씩 우울해질 때가 있다는 하소연을 종종 듣는다. 이런 상황은 육아에 전념하는 주부들도 마찬가지다. 모든 일과가 아이에게 초점이 맞춰지다 보니 한 번씩 자신을 잃어버린 것 같은 공허함이 몰려온다고 하였다. 이들은 힐링이 절실하지만, 힐링

할 수 있는 여건이 안 된다며 아이와 남편에게 짜증을 내거나 우울 모드를 유지하곤 한다. 그렇다면 미혼자들은 과연 매일 힐링하며 살고 있을까?

미혼인 워크홀릭 친구가 있다.

그녀는 매일 너무 늦게까지 일하고 주말도 없이 출근하기 일쑤라 힐링이 필요하다는 죽는소리를 종종 하곤 했다. 나는 친구네 회사가 주 52시간 근로제를 안 지키고 있으면 내가 대신 고용노동부에 신고해주겠다며 농담 섞어 이야기한 적이 있는데 그녀의 대답에 순간 내 귀를 의심하였다. 강요는커녕 누구 하나 지나가는 말로 언급하지도 않았음에도 본인이 자발적으로 출근하여 열정을 쏟는 것이었다.

그녀는 그동안 힐링을 못 한 것이 아니라 힐링을 안 하고 있었던 것이 아니었을까? 이처럼 퇴근 후 육아에 시달리지 않는 직장인도 피곤해서, 돈이 없어서, 바빠서 등 힐링할 여건이 되지 않는다고 죽는 소리하는 사람이 꽤 많다. 만약 당신이 현재 힐링할 여건이 안 된다고 외치고 있다면 힐링에 대한 개념 전환이 필요하다. 워킹맘 중에도 아이들을 재우고 맥주 한 캔에 영화 한 편 보며 힐링하는 사람도 있고 한 달에 한두 번 자유 부인 데이를 만들어 자신만을 위한 시간을 갖는 사람도 있다. 만약 한두 시간이라도 가족에게 양해를 구하고 커피 한잔 할 여력이 되지 않는다면 당신은 힐링에 대한 고정관념을 바꾸는 것이 좋다. 나는 시간에 쫓겨 마음의 여유조차 없을 땐 취침 전 30분이라도 좋아하는 음악이나 강의를 들으며 힐링한다. 취침 전 이십 분 정도 족욕을 하는 것도 나의 데일리 힐링법 중 하나다. 혹자는 족욕하는 시간을 힐링 타임으로 생각하지 않을수도 있지만, 나에게는 이 시간만큼 개운하고 편안한 시간이 없다.

우리가 아무리 여유가 없어도 마음만 먹으면 어떻게든 틈을 만들어 낼 수 있다. 죽어도 시간이 없다는 워킹맘 친구는 점심시간을 활용해서 운동하였고, 육아 중에는 신나는 음악을 틀어놓고 따라 부르며 청소하는 것으로 힐링한다고 했다. 어떻게 청소가 힐링이냐고 할 수 있겠지만 본인이 마음의 먼지를 털어낼 수 있으면 그게 바로 힐링이지 남들 눈에 그럴싸한 곳에 가서 돈 쓰며 흔적을 남기는 것이 힐링은 아니다. 그간 당신이 의지가 부족해서 힐링을 일상화하지 못한 것이 아니라 힐링에 대한 고정관념 때문에 힐링하지 못했던 것일 수도 있다. 반드시 시간과 비용을 들여야 힐링 할 수 있는 것이 아니다. 돌이켜보면 학창 시절의 우리는 돈이 없었음에도 훨씬 더 신나게 놀았다. 하물며 아침 인사 한마디만 바뀌어도 내 마음이 환해지고, 반찬 하나만 신경 써도 힐링이 된다. 만약 당신이 '힐링이 필요한 요즘'이라고 느낀다면 마음먹은 만큼 힐링 타임을 확보 할 수 있을 것이다. 힐링은 조건이 아니라 해석이다.

08

직장인 92.8%가 노잼
시기를 겪는다

────

　나는 미래지향적인 성향이 강하다. 그걸 어떻게 확신하냐고? 29
살 때 두뇌 활용 스타일을 알 수 있는 심리검사 도구인 브레인 컬러
를 검사했는데 목표추구형, 안정지향형, 변화추구형, 관계지향형 수
치 중 나는 변화추구형 그래프에서 가장 높은 수치를 기록했으며 반
면에 안정지향형의 수치는 아주 저조하였다. 변화 추구형에는 모험
적, 창의적, 개혁적, 아이디어, 상상적, 유머, 오락적, 예술적 등의
성향이 포함되어 있었는데 이런 검사 결과를 떠나 그간 내가 살아온
길만 돌아봐도 안정지향형과는 거리가 멀었다. 난 이십 대 때 낯선
길에 대해 두려움이 없었고, 낯선 사람과의 만남을 설레어하며, 생
소한 문화에 열광하였다. 나의 이러한 성향은 강의 할 때도 드러나
는데 나는 같은 주제로 열 번을 강의하더라도 매번 조금이라도 변화
를 주려고 한다. 내 성향이 이렇다 보니 매일 같은 시간에 일어나 같
은 곳을 향하여 같은 업무를 반복하는 것을 견뎌내는 힘이 남들보다
약했나.

어떤 날은 견딜 수 없을 만큼 답답하여 한동안 '내가 이상한 사람인가? 하는 질문에 빠져있던 시절이 있다. 결국 이 질문에 대해 명쾌한 해답을 찾지 못한채 살아가던 어느 날 우연히 접하게 된 '반복되는 일상에 지쳐 성인 10명 중 9명, 노잼' 이라는 동질감 넘치는 기사를 보고 반가움에 눈이 번쩍 뜨였다. 기사에 따르면 최근 성인남녀 1,322명을 대상으로 '노잼시기' 관련 설문조사를 실시한 결과 91.1%가 '노잼시기를 경험한 적 있다' 고 답한 것으로 나타났다. 노잼시기를 경험했다는 답변은 대학생(89.7%)보다 직장인(92.8%)이 소폭 높았으며, 이들은 '일상에서 벗어나고 싶은 충동', '막연한 우울함, 불안감' 등을 노잼시기 증상으로 꼽았다. 노잼시기 경험자들의 증상은 '일상에서 벗어나고 싶은 충동' 을 느꼈다는 답변이 39.0%였으며,' 막연한 우울함, 불안감(35.0%)', '무엇을 해도 재미를 느끼지 못함(34.4%)', '만성피로를 느낌((33.4%)', '집중 못하고 멍 때리는 시간이 많아짐(29.0%)' 등이 주요 증상이었다. 재밌었던 것은 노잼시기가 찾아온 이유를 조사한 결과 '매일 반복되는 일상에 지쳐서' 라는 답변이 56.8%로 가장 많았다는 것이다[9].

이 기사를 통해 '나만 매일 반복되는 일상이 지치는 게 아니었구

---

9) 저작권자 : 싱글 리스트
http://www.slist.kr/news/articleView.html?idxno=31602#09Pr

나.' 하는 생각에 위안이 되면서도 또 한편으로는 '이를 어떻게 극복해야 하나' 하는 고민에 빠졌다. 다행히 지금은 일상의 중요성과 소중함을 마음에 새길 수 있는 노하우가 생겨 노잼시기를 나름 잘 극복하며 살고 있다. 나는 쳇바퀴 같은 일상에 지쳐 무기력해질 때마다 일탈을 기획한다. 여기서 말하는 일탈이란 마약과 범죄와 같은 용인된 규범에서 벗어나는 탈선의 의미가 아니라 일상 탈출의 줄임말이니 오해가 없길 바란다. 나는 매번 일탈하기 전 기획 단계에서부터 설레고 신이 난다. 어릴 때를 돌이켜보면 소풍 가기 전 날엔 좋아하는 과자를 고르면서부터 설레고 심지어 잠까지 뒤척였던 기억이 있다. 우리의 일상은 매일 반복되는 환경의 연속인지라 내 일탈은 크게 공간과 사람으로 나뉜다. 매일 다를 것 없는 뻔한 곳으로부터 벗어나 평소에 잘 안가는 곳을 향하면서부터 나의 소소한 일탈이 시작된다. 지난번에 수년 만에 이태원을 다녀왔는데 외국에 온 것 같이 흥이 넘쳤으며, 평소에 잘 안가는 페스티벌이나 밴드공연 등도 일탈에 큰 일조를 했다. 꼭 이렇게 시끄러운 곳이 아니라도 색다른 장소에서 평소에 잘 안 읽는 장르의 책을 읽는 것도 일탈이 되었으며 일상의 루트에서 벗어난 곳에서 식사하는 것도 일탈이 되었다. 이처럼 공간의 전환도 일탈이 되지만, 사람에게 받는 에너지만큼 신선하고 자극적인 에너지가 있을까 싶다. 일반적으로 우리가 매일 만나는 대상은 거의 고정적이다. 물론 매일 새로운 고객을 만나는 서비스업에 종사 중인 직장인도 많겠지만 그들의 동료는 고정적이다. 그런데 매번 만나던 사람하고만 만나다보면 대화 소재가 거의 정해지는 경우가 많다.

일상에서 주위 사람들과 나누는 대화만 떠올려 봐도 특별한 상황을 제외하곤 거의 정형화 되어있다. 집에서는 "밥 먹었고?", "나 운동 갔다 올게", 직장에서도 "안녕하세요.", " 식사 갑시다.", "날이 왜 이렇게 더워"와 같은 대화가 주를 이룬다. 그래서 평소에 자주 만날 수 없는 지인과 약속을 잡는 것도 일상의 관성을 깨는 법 중 하나가 된다. 근래에 오랜만에 만난 한 지인은 최근 스타트업에 올인하여 쉬는 날도 없이 열심히 뛰어다니는데 그 모습을 보면 나에게도 그 활력이 전이되며, 나와 전혀 다른 분야의 사람을 만나 좌충우돌 스토리를 듣다 보면 책 한 권 읽는 것 같은 간접 경험을 하게 된다. 게다가 경청하다 궁금한 것이 생기면 그때그때 질문을 할 수 있어서 책보다 훨씬 재밌고 유익하게 느껴질 때가 많다. 뿐만 아니라 나와 다른 연령대를 만나 그들의 고충을 들으며 내가 겪게 될 미래의 고민을 간접 체험하기도 하고 상대적으로 나의 고충은 아주 작게 느껴져 반성하기도 한다.

간혹 오랜만에 만났음에도 초지일관 자기 자랑만 늘어놓는 사람도 있는데 예전엔 이런 사람들을 만나길 꺼려했다면 요즘은 이런 사람들의 심리를 연구하며 오히려 재밌게 느껴지기도 한다. 이처럼 평소에 자주 만날 수 없는 나와 다른 업종, 연령, 성향의 사람과 한 번씩 만나는 것도 멋진 일탈이 된다. 이 밖에도 다이어트하다 치맥으로 입안을 황홀하게 만드는 것도, 안 보던 영화, 안 입던 의상, 안 쓰던 색상의 립스틱, 옛 추억이 담긴 노래도 일탈의 매개체로 충분하다. 이처럼 당신의 일탈이 반드시 거창할 필요는 없다. 나는 일탈을 통해 일상의 활력을 얻고 시야를 넓혔으며 발상이 전환되는 일석 삼조의 효과를 얻고 있다. 여기서 중요한 건 일탈은 일상이 중심을 잡고 있을 때만이 존재 할 수 있다는 것이다. 만약 일탈의 쾌락을 못 잊어 자주 반복하게 되면 그것은 일탈이 아니라 일상이 되어버린다.

　일탈의 가치는 희소성에 있다. 다이어트라는 일상이 중심을 잡아주기에 가끔 먹는 치맥이 더 짜릿한 것이 아닐까? 그래서 나는 보통 일탈의 빈도를 한 달에 한 번 정도로 잡는다. 이보다 텀이 길어지면 고새를 못 참고 나의 무기력증이 발작을 일으키며 이보다 잦아지면 희소성의 가치가 떨어지기 때문이다. 어쩌면 그간 당신을 무기력하게 만든 건 반복되는 일상 때문이 아니라 관성을 깨려 하지 않는 자신의 의지 때문일 수도 있다. 일탈은 또 다른 의미로 매달 내가 나에게 주는 선물같은 시간이다. 그 선물을 잘 풀어보면 "이번 달도 고생했어, 다음 달도 힘내자"는 메시지가 담겨 있을 것이다. 이제부터 멋진 일탈을 통해 노잼 일상을 슬기롭게 극복하길 바란다. 당신의 일상을 리드하는 가장 막강한 리더는 바로 당신임을 기억하자.

09

당신의 눈물을
응원한다

———

"울지마, 뚝!" 우리는 어릴 적부터 울지 말라는 교육을 받고 자라
왔다.

"울면 안 돼♬ 울면 안 돼♬ 산타할아버지가 우는 아이에겐♬ 선~물을
안 주신대요~♬"라는 노래만 들어도 어렸을 때부터 눈물을 부정적으
로 인식해 왔음을 알 수 있다. 특히나 남자아이가 울면 "사내자식이
말이야.", "남자는 평생 3번만 울어야 해, 태어날 때 한번, 부모님 돌아가
셨을 때 한번, 나라가 망했을 때 한번"이라고 다그치는 유교적 체면 문
화 속에 눈물을 흘리는 법을 잊은 지 오래된 사람이 많다.

사람이 울면 안 되는 이유는 어디에도 없는데 어른들은 왜 울지 말
라고 다그쳤던 것일까?

어쩌면 우는 행위가 잘못돼서가 아니라 우는 아이를 달래주는 것
이 너무나 지치기 때문에 어른들의 편의에 맞춰 울지 못하게 했던
것인지도 모른다.

부모가 아이에게 잔소리를 함으로써 자신의 못마땅함을 표출하듯
아이들도 눈물로서 자신의 감정을 표현하는 것뿐인데 아이에게 울

지 말라고 혼내는 것은 정말 아이를 위하는 행동일까? 하는 의문이 들었다. 우리는 기쁠 때도, 슬플 때도, 감동하였을 때도, 억울할 때도, 분노가 치밀어 오를 때도 눈물이 흐른다. 눈물은 그저 감정을 표출하는 하나의 방식일 뿐 옳고 그름을 가르는 행위가 아니다. 오히려 한 번씩 시원하게 울어주는 것이 건강에도 도움이 된다.

눈물에는 양파껍질을 벗길 때 나는 반사 눈물과 슬픔, 기쁨 등 정서적인 원인으로 흐르는 감정 눈물이 있다. 미국의 생화학자 윌리엄 프레이 박사에 따르면 감정 눈물 즉, 감정이 섞인 눈물에는 카테콜아민이라는 성분이 다량으로 들어 있는데 이 호르몬은 위염 같은 소화기 질환이나 심근경색, 동맥경화 등의 발병 위험을 높이는 것으로 알려져 있다. 이밖에도 감정 눈물은 몸에 해로운 카테콜아민 성분을 몸 밖으로 배출해주는 해독제 역할을 한다[10].

이러한 근거자료(이론)를 떠나서 나는 한바탕 크게 울고 나면 속이 후련해지기도 하고 어수선했던 마음이 고요히 가라앉기도 하였다. 어릴 땐 화가 날 때, 슬플 때, 답답할 때와 같이 부정적인 상황에서 눈물이 났다면 삼십 대가 되면서 나의 감정표현은 전보다 더 섬세해

---

[10] http://blog.daum.net/jesuscafe/13155813 일요신문
도움말=강남 새빛안과병원 김무연 원장

졌다. 어릴 때에 비해 경험이 풍부해지며 감정의 폭이 넓어지며, 타인의 감정을 공감하는 힘도 함께 증가하여 기쁨에 벅차올라도, 감동에 마음이 뭉클해져도 눈물이 북받쳐 올라왔으며 타인의 아픔에도 함께 울컥하는 날이 많아졌다.

　나는 눈물과 소통을 시작한 뒤로 한 번씩 머리로 이해할 수 없는 눈물이 흐르기도 한다. '아무 일도 없는데 왜 눈물이 나는 것일까?' 하며 내 자신을 한참 들여다보면 내가 외면하고 있던, 꾹 눌러오던 감정과 마주하게 된다. 신기하게도 눈물이 내 머리보다 먼저 슬픔을 알아차리는 것이다. 이처럼 눈물을 통해 내 마음의 울림을 듣기도 하고 타인의 감정을 끌어 안아주기도 하니 살면서 울지 않는 것이야말로 슬픈 일이 아닐 수 없다. 그런데 주위를 둘러보면 여성들은 우는 행위에 대해 거부감이 크게 없는데 남성들은 고통스러운 나날 속에서도 시원하게 울지도 못 할때가 많다. 사실 남자들이야말로 울일 투성이다. 가장으로 살아가는 것만으로도 평생 어깨에 엄청난 책임감을 이고 사는 것인데 누구 하나 알아주지도 않는 날도, 일이 뜻대로 안 풀리는 날도 허다하지만 그렇다고 어디 가서 힘들다고 징징댈 수도 그만 둘 수도 없어 혼자 끙끙 앓는 날이 어디 하루 이틀 이겠는가? 그 누구보다 속이 새카맣게 타지만 눈물을 참고 있는 당신에게 이 말을 꼭 해주고 싶다. "당신의 눈물은 나약해서 흐르는 것이 아닙니다. 그저 감정이 숨을 쉬는 것뿐입니다. 마음 한편이 아리는 날은 애써 눈물을 억누르지 말고 터트려주세요." 감정을 숨 쉬지 못하게 짓누르기만 하면 나중에 괜히 엄한 상황에서 감정이 폭주해버려 주위 사람들에게나 자신에게 더 큰 화를 입기도 한다. 무엇보다 자신의 눈물에 관대해져야 타인의 눈물에도 관대해질 수 있다. 만약 그간 지인들의 눈물에 "청승맞게 왜 울어", "사내자식이 찌질하게 질질짜냐"와 같은 눈물을 부정하는 리액션을 해왔더라면 이젠 "울어도 돼, 괜찮아", "더 울어"라며 목놓아 울 수 있도록 토닥여 주는 것이 어떨까. 그들도 그저 그들의 감정을 호흡하고 있는 것뿐이다. 눈물이야 말로 가장 솔직한 내적 표현이며 감정을 해소할 수 있는 치유제이다. 그러니 울 수 있다는 것에 감사해하며 더는 당신의 눈물에 인색하지 않길 바란다.

나는 언제나 당신의 눈물을 응원한다.

10

최고의 힐링은?

어릴 때를 돌이켜보면 분명 그때도 나름의 고민과 스트레스가 있었다. 지금보다 자유롭지 못하였고 경제력도 없었으며 시험에 쫓기느라 주말에도 도서관에 틀어박혀 공부하곤 했는데 그땐 뭐가 그렇게 재밌었는지 친구들과 숨넘어가게 웃었던 기억이 생생하다. 아무리 힘든 일이 있어도 친구들과 박장대소를 하다 보면 스트레스는 쥐도 새도 모르게 날아가 있었다. 당시에는 몰랐으나 성인이 되어 웃음지도사 자격증을 수료하는 과정에서 웃음의 효능에 관해 공부하며 내가 학창 시절에 얼마나 현명하게 힐링했는지 깨달았다. 요즘은 워낙 웃음의 효능이 알려져 누구나 웃음이 스트레스 완화에 도움이 된다는 것은 한번쯤 들어보았을 것이다. 이뿐만 아니라 미국 스탠퍼드대학의 윌리엄 플라이 교수가 웃음과 심장의 상관관계를 연구한 결과에 의하면 15초 동안 박장대소(손뼉을 치며 크게 웃음)를 하면 100m를 전력 질주한 운동 효과와 맞먹는다[11]. 그런데 나는 학창 시절

---

11) http://www.mariababy.com/app/simsin/board/view.asp?idx=330&page=40&code1=inform
매일경제 & mk.co.kr-이병문 의료전문 기자

시도 때도 없이 빵빵 터졌으니 매일 1km 이상 전력 질주한 셈이다. 이렇게 운동까지 시켜주고 스트레스까지 날려주는 박장대소야말로 비용과 시간이 들지 않는 최고의 힐링이 아닐까? 하지만 나이가 들수록 박장대소할 일이 줄어든다. 술자리에서 한 번씩 빵빵 터지긴 하지만 그런 자리를 매일 만들긴 어렵다. 일상에서 박장대소 할 수 있어야 하루하루가 즐거울 수 있다는 건 모두가 알지만 매일 업무에, 사람에 시달리는데다 웃을 시간도 없고 그렇게 빵빵 터질만한 일도 없다는 말을 많이 듣는다. 이는 어쩌면 웃을 일이 없는 것이 아니라 당신이 웃음 버튼을 누를 생각을 하지 않았던 것일 수도 있다.

분명 우리에겐 소똥만 굴러가도 까르르 웃던 시절이 있었다. 그땐 웃음 버튼을 작정하고 누르지 않아도 자동으로 눌러졌다. 하지만 언젠가부터 자동 작동이 잘 안 되었고 이제는 아주 작정하고 버튼을 눌러야 하는 나이가 되어버렸다. 그렇다. 나이가 들수록 웃음에도 노력이 필요하다. 별 이야기 아닌 상대방의 이야기에도 웃으며 리액션을 할 수 있어야 하고, 상대방에게 유쾌한 칭찬도 먼저 날릴 수 있어야 한다. 나는 직장에서 웃을 여유가 없을 때도 업무 시작 전 모닝커피 타임 또는 점심시간에 박장대소를 즐겼다. 내가 박장대소를 일으킬 때도 있었고 유쾌한 동료가 일으킬 때도 있었다. 한 동료는 사람들을 웃기기 위해 특별한 개그 소재를 찾기보단 동료들에게 늘 칭찬 한마디로 입을 열었다. "김 대리님 피부의 광채가!! 여신이 따로 없습니다.", "박 주임은 영화배우 포스가 좔좔이야, 연예인했으면 슈퍼스타가 됐을 텐데"하며 너스레를 떨었고 당사자도 이런 과찬에 진실이 몇 퍼센트 안 담긴걸 알면서도 웃으며 하루를 시작하게 된다. 게다가 이런 칭찬을 들은 사람은 호시탐탐 자신도 상대방에게 받은 칭찬을 돌려주기 위해 기회를 보게 되고 이런 바람직한 상황이 선 순환되면 칙칙한 기운이 맴도는 사무실의 냉소적인 기류와는 작별할 수 있다. 당신 주위에 웃음이 끊이지 않는 유쾌한 사람은 아마 타인을 즐겁게 하면 자신도 즐거워진다는 것을 일찍이 체감했을 가능성이 높다. 그래서 간혹 자신을 낮추거나 망가뜨려 가면서까지 웃음을 자아내는 희생형 개그를 하는 사람도 있고 직원들의 딱딱한 분위기를 풀어주기 위해 유쾌한 농담으로 조직 분위기를 띄우는 배려형 개그를 하는 사람도 있다. 그들은 선천적으로 유머 감각이 넘쳐서라기보단 상대방을 편안하고 즐겁게 하기 위해 유쾌한 배려를 하는 것이다. 그들은 당신의 화통한 웃음에 힘입어 더욱 빵빵 터질만한 스토리를 뿜어내게 될 것이다. 나도 강의할 때 청강 객이 빵빵 터지면 더 재밌게 끌어가기 위해 온 에너지를 쏟게 된다. 말하는 사람이 성취감을 느끼는 동시에 흥이 배가 되고 당신은 건강하게 힐링하니 그야말로 누이 좋고 매부 좋은 상황이다. 내향적인 사람들이 유독 어려워하는 것 중 하나가 타인을 즐겁게 해주는 것인데 나는 당신에게 개그맨처럼 웃음을 이끌어 내라고 하는 것이 아니다. 인사 몇 마디만 신경쓰고 밝은 표정만 유지하여도 충분히 유쾌한 분위기를 만들수 있다. 웃음에는 긍정의 에너지로 가득 차 있다. 웃으면서 인상쓰는 사람을 본적이 없지 않은가? 우리가 크게 웃을 때 작정하고 미간을 찌푸리려고 해도 잘되지 않으며 반대로 미간에 찌푸린 상태에서 활짝 웃는 것이 역시 잘 안 된다. 그 이유는 안면 근육에도 긍정에너지를 여는 버튼과 부정 에너지를 여는 버튼이 각각 존재하기 때문이다. 그래서 가짜 웃음(억지웃음)이라도 긍정 에너지를 여는 안면버튼이 눌려지기 때문에 실제로 뇌하수체에서 엔도르핀을 분비하여우리가 행복하다고 느끼게 해준다.

우리가 흔히 말하는 '행복해야 웃는 것이 아니라 웃어야 행복해진다' 는 말도 이와 같은 맥락이다. 이처럼 억지웃음만으로도 힐링 할수 있으니 웃음이 안 나오는 상황이라도 자꾸 억지로라도 웃어주자! 웃기 위한 작은 노력이 당신의 일상을 힐링 타임으로 바꾸어 줄 것이다.

"을이라 다행이야..."

1. 외로운 갑보다 동행자가 많은 을이 훨씬 행복하다.

일반적으로 갑과 잘 지내고 싶어 하는 을은 거의 본적이 없는데 대다수의 오너들은 직원들과 잘 지내고 싶어 한다. 그래서 한 번씩 회식이라는 식사자리를 만들어 직원들과 허심탄회하게 소통하려고 하지만 아랫사람 입장에서는 편하게 이런저런 이야기하기 어려운 것은 사실이다. 직급이 낮은 직원들의 입장에서는 윗사람들의 만찬에 어설프게 끼어 어색한 리액션을 해대느라 밥이 코로 넘어가는지 입으로 넘어가는지 모르는 업무의 연장으로 느껴질 수 있기 때문이다.

사실 나 역시 예전에 회식하다 이차에서 센스 있게 빠져주는 오너를 좋아했고 더 솔직하게 말하면 카드만 주는 오너를 더더욱 좋아했다. 그런데 갑의 입장에서는 그럴 때 아니면 직원들과 어울릴 기회가 없어서 친목도모의 목적으로 이차까지 달리는 건데 직원들 눈에는 그저 눈치 없는 꼰대로 보인다면 굉장히 서글픈 일일 것이다. 그래서 요즘 갑들은 직원들 눈치를 많이 본다. 물론 여전히 전혀 눈치 없고 직원들을 조금도 배려하지 않는 꼰대도 있지만 겉으론 독불장군 같아도 나름 직원들 눈치 보며 잘 지내고 싶어 하는 오너가 많다.

마음은 직원들과 잘 지내고 싶지만 막상 어떻게 대해야 될지 몰라 말을 붙여보려고 우스갯소리도 한 번씩 건네 보지만 직원들의 영혼 없는 웃음소리에 이내 분위기가 어색해지곤 한다. 보통 직원들은 갑의 사생활에 크게 관심이 없지만 갑은 직원들의 일상이 궁금하다. 소소한 그들의 일상이 궁금해서 물어보는 순간 '네가 뭔데 그런 것까지 물어봐? 아랫직원이라고 사생활까지 보고하라는 거야?' 는 말이 함축된 듯한 눈빛을 보내어 되레 상처가 되기도 한다. 특히 매일 점심시간에 직원들끼리 모여 커피 한잔하며 시시콜콜 이야기하는 모습과 퇴근 후 삼삼오오 모여 맥주 한잔하는 모습을 보며 부럽기도 하고 또 한편으로는 뒷방 늙은이 취급을 당하는 것 같아 서러운 날도 많다. 이들은 가정에서도 회사에서도 늘 기둥역할을 하느라 정작 자신이 기대고 싶은 날은 세상 외로워진다. 늘 힘을 주고 서있어야 하는 기둥이기에 아프다고, 힘들다고 주저 않을 수 없어 강한 척 꼿꼿이 버티고 있는 중이다 이렇게 외롭게 지탱하고 있어도 누구 하나 고생했다고, 잘하고 있다고 토닥여 주지 않는다. 어쩌면 외로운 갑보다 동행자가 많은 을이 훨씬 행복할지도 모른다.

  2. 갑도 사람 때문에 괴롭다.

  다수의 직장인들이 인간관계로 인해 엄청난 스트레스를 받는다.
누구나 한번쯤 저 인간만 아니면 스트레스 안 받고 일할 수 있을 것
같다는 생각을 해본 적이 있을 것이다. 돌이켜보면 나의 주 스트레
스 원인은 80%가 갑 때문이었다. 여기서 갑은 외부의 갑과 내부의
갑으로 나뉘는데 외부의 갑과 내부의 갑이 번갈아 가며 속을 뒤집기
도 하고 이들이 동시에 피를 말리기도 했다. 그래서 나는 갑들의 하
소연을 듣기 전까지 을이 최대의 피해자라고만 생각해왔다. 그러던
어느 날 중소기업 사장님 몇 분과 미팅을 할 기회가 있었다. 그곳에
모인 사장님들은 각자가 겪고 있는 그리고 겪었던 자신들의 고충을
늘어놓기 시작했다. 그 모든 이야기를 듣고 이들도 사람 때문에 힘
든 건 마찬가지라는 것을 알게 되었다. 그들 역시 그들의 갑과 그들
의 을 때문에도 힘들어 하고 있었다. 그 이야기들 중 그들이 하나같
이 목소리를 높여 말하는 스트레스의 요인은 직원들의 이직률이었
다. 요즘 이직률이 어느 정도인지 체감하게 해주는 고용노동부의 통
계 자료에 따르면 2017년 중소기업의 이직률은 5.0%로, 2012년

5.4% 이후 5년 만에 최고로 치솟았다고 한다. 나는 거래처 담당자들로부터 이직했다는 연락을 종종 받으며 중소기업의 무서운 이직률을 체감하고 있다. 어떤 업체는 두세 달에 한 번씩 담당자가 바뀌는 바람에 일의 흐름이 뚝뚝 끊겨 거래처인 내가 진행 상황을 인수인계해줄 때도 있었다. 이처럼 거래처 담당자만 바뀌어도 업무에 혼선이 생길 때가 많은데 오너 입장에서는 오죽하겠나 싶었다.

실컷 가르치다 이제 좀 필요한 일을 맡겨 보려고 했더니 아주 쓴 표정을 지으며 "대표님, 드릴 말씀 있습니다."하며 흰 봉투를 들고 찾아온다. 사직서를 제출하거나 구두로 이야기 하는 직원은 그나마 양반이다. 전날 혼났다고 연락도 없이 다음날 잠수 타며 퇴사하는 직원도 있고 정말 중요한 일정을 앞두고 일부러 골탕이라도 먹이는 듯 내일부터 못나온다고 통보하는 직원도 있다. 이번 달까지만 출근해달라고 사정사정해도 '그건 내 알바 아니지' 하는 표정으로 매몰차게 돌아선다.

그야말로 마른하늘에 날벼락이다. 믿었던 직원에게 수차례 크게 데이고 나면 이제는 새로 누군가를 채용하려면 두려움이 먼저 앞서곤 한다. 새 직원을 채용하는 과정부터 채용을 한 뒤 많은 시간과 에너지를 쏟아 교육을 시켜야하는 일까지 고된 일이 아닐 수 없다.

때론 이렇게 큰 번거로움을 감수하고서라도 어쩔 수 없이 직원을 정리해야 되는 상황도 있으며 수없이 얘기해도 행동변화가 없는 직원 때문에 속이 뒤집어 지는 날도 허다할 것이다.

이 밖에도 갑은 외부의 슈퍼 갑들과 마주해야 되는 끔찍한 운명을 가지고 있다. 직원들이 상대하는 외부의 갑들과는 사이즈와 파워가 다르다. 회사의 생명권을 쥐락펴락하는 슈퍼 울트라 갑들 앞에서 아무렇지 않은 척 넉살좋게 '허허허' 웃으며 비위를 맞추다 문득 '하......내가 이렇게 까지 해야 되나' 하는 생각이 몰려오기도 한다. 직원들은 사직서 한 장으로 그 관계로부터 벗어날 수 있지만 갑은 회사의 명운(命運)을 놓고 결정을 해야 할 것이며 때론 부도가 나더라도 그 지긋지긋한 관계가 끝나지 않는 경우도 있다. 몇몇 지인들이 회사를 정리하였음에도 투자자에게 시달리는 상황을 보며 사표 한 장으로 관계를 정리할 수 있다는 건 행운이란 생각이 들었다. 아무리 을 앞에서 떵떵거리는 갑도 결국 사람으로부터 받는 스트레스는 빗겨갈 방법이 없다. 어쩌면 그들은 오늘도 보이지 않는 곳에서 슈퍼울트라 갑으로부터 극도의 스트레스를 받으며 괴로워하고 있을지도 모른다.

알고 보면 갑도 불쌍하다 .